Jade Lee

Auteur d'une trentaine de livres, passionnée par la Régence, elle s'est spécialisée dans l'écriture de romances historiques et s'est également adonnée à l'érotique et au paranormal.

Elle s'est fait connaître du public avec sa série *Tigress*, ayant pour particularité de situer son action en Chine, ce qui lui a permis de créer un univers bien à elle, empreint de multiculturalisme.

Elle a été récompensée par de nombreux prix et a reçu à deux reprises le Romantic Times. Elle écrit également sous le pseudonyme de Kathy Lyons.

Amante ou épouse ?

Du même auteur
aux Éditions J'ai lu

Secrètes voluptés
N° 7950

JADE

LEE

LES FRAZIER – 1

Amante ou épouse ?

Traduit de l'anglais (États-Unis)
par Catherine Berthet

J'AI LU

AVENTURES
& PASSIONS

Vous souhaitez être informé en avant-première
de nos programmes, nos coups de cœur ou encore
de l'actualité de notre site *J'ai lu pour elle* ?

Abonnez-vous à notre *Newsletter* en vous connectant
sur **www.jailu.com**

Retrouvez-nous également sur Facebook
pour avoir des informations exclusives :
www.facebook/pages/aventures-et-passions
et sur le profil *J'ai lu pour elle*.

Titre original
WICKED SURRENDER

Éditeur original
The Berkley Publishing Group,
published by the Penguin Group (USA) Inc., New York

1

— Il n'est pas là...

Sheherazade Martin prononça les mots à voix haute, comme pour s'exhorter à cesser de chercher du regard celui qu'elle n'avait pas envie de voir. Il ne se trouvait pas dans la foule qui se pressait à l'intérieur du théâtre, et de toute façon, cet homme ne l'intéressait pas. Elle priait même chaque soir pour qu'il cesse de l'importuner, mais certains désirs étaient trop puissants pour être refoulés. Tout cela n'avait pas de sens. Pourquoi diable lui plaisait-il autant ?

Ce n'était qu'un noble cherchant à satisfaire un caprice passager. Elle était actrice et aucun aristocrate ne daignerait l'épouser, en dépit de toutes les promesses chuchotées dans l'intimité. En outre, son propre désir n'était que le signe d'une envie plus profonde. Certes, lord Blackstone l'attirait, mais elle voulait aussi... autre chose. Quelque chose d'insaisissable.

Le mot *amour* lui traversa l'esprit, mais elle chassa impitoyablement cette idée. L'amour, ce n'était pas pour les femmes comme elle. Son but était de se marier, mais même cela serait impossible avec lui. Il valait donc mieux qu'elle cesse de chercher lord Blackstone et qu'elle se concentre sur sa tâche. Elle se tourna vers le foyer des acteurs, d'un mouvement si vif que ses jupes effleurèrent les flammes.

— Enlève donc cette lampe ! ordonna-t-elle au nouveau machiniste, en désignant la lanterne posée sur le sol.

Le *Théâtre de la Taverne* était minuscule, et ne pouvait contenir qu'une cinquantaine de personnes debout. Une simple imprudence, et le bâtiment s'enflammerait du sol au plafond avant même qu'elle ait eu le temps de donner l'alerte.

— Tu veux être brûlé vif ?

— Ouais, marmonna avec insolence le garçon, âgé tout au plus de dix ans.

Il ne fit pas mine de bouger. Allongé sur le sol, il avait l'œil collé au trou du souffleur. Soudain, un jeune homme apparut et l'agrippa par-derrière.

— Oh, arrête, Seth ! s'écria le garçon en serrant les poings.

Sans un mot, Seth désigna la lanterne. Bien que muet, il régnait avec efficacité sur la petite troupe de gamins, secondé par Joey, l'aîné de ses recrues.

— C'est lady Sher qui t'a parlé, crétin ! aboya Joey, surgissant de derrière le rideau. Fais ce qu'elle ordonne, et vite. Sinon tu vas crécher ailleurs, ajouta-t-il en désignant la porte d'un geste du menton.

La tension était à son comble. Le gamin sembla hésiter un instant entre se rebiffer et s'enfuir. La première semaine, ces gosses étaient toujours imprévisibles. Mais il considéra la silhouette massive de Seth et changea d'avis. Il se pencha et saisit la lanterne en serrant la poignée à la briser. Seth bondit sur lui, le prit par l'oreille et le traîna jusqu'à la porte. Le garçon se débattit, mais Sher se détourna. Elle préférait ne pas savoir comment Seth parvenait à se faire obéir. L'essentiel, c'était que ça fonctionnait, et que ça valait bien mieux pour ces gosses que ce qui les attendait à l'extérieur.

De plus, elle était en retard et n'avait pas le temps de discuter.

— Merci de ton aide, Joey, lança-t-elle en se dirigeant vers le foyer.

Le visage du garçon s'illumina.

— Oui, m'dame ! Je vais tout ranger, juste comme vous voulez.

— Tu es un bon garçon, ajouta-t-elle en franchissant un rideau pour passer dans le corridor.

Celui-ci était sombre et étroit, mais elle le connaissait par cœur et s'y engagea sans la moindre appréhension.

Elle était en train de rassembler ses idées quand un bras s'abattit sur le sien, la repoussant violemment sur le côté. Puis on la fit pivoter et elle se retrouva face à son assaillant. Celui-ci donnait l'impression d'être grand. Une main large, une haute stature, un lourd manteau qui les enveloppa tous deux. Elle se trouva soudain le dos au mur, évitant de justesse de se cogner la tête contre une échelle. Le corps viril se pressa contre le sien, mais le visage de l'homme demeura caché.

Elle serra les poings et sentit ses muscles se crisper. Elle avait beau être légère, elle savait se battre. Si elle criait, Seth et les garçons seraient près d'elle en un instant. Personne n'oserait agresser lady Sher chez elle.

— Vous êtes en retard, dit l'homme d'une voix qui la fit frissonner.

C'était *lui*. Celui qui la caressait chaque soir avec tant d'audace. Dans la réalité, pour commencer, puis ensuite dans ses rêves les plus fous. Le désir et la peur se mêlèrent soudain en elle et il lui fallut un moment pour se ressaisir et souffler.

Elle leva la tête vers lui, mais il avait posé le bras contre le mur et les pans du manteau dissimulaient ses traits. Il était dans l'ombre, cependant elle connaissait tous les angles de son visage viril et bien sculpté. Ses jambes écartées la retenaient prisonnière, elle sentait son ventre plat contre le sien, et toute l'ardeur de son désir. Et surtout, elle percevait son souffle mentholé. Dans un monde où les hommes sentaient généralement la bière et la sueur, la menthe était un parfum élégant et raffiné.

Cependant elle avait des choses à faire, une réputation à maintenir, et elle le repoussa.

— Je suis attendue dans le foyer.

Il recula de son propre gré. Elle aurait été bien incapable de le faire bouger, s'il avait insisté. Mais c'était un gentleman, il se comportait donc comme tel. Sher réprima un soupir de regret en songeant que leurs corps n'étaient séparés que par quelques centimètres.

— Que se passe-t-il ? voulut-il savoir. Vous avez l'air triste.

La remarque lui coupa le souffle. Comment pouvait-il lire en elle aussi aisément ?

— Hé là, monsieur, il n'y a pas...

Il lui saisit le menton, d'un geste si vif qu'elle étouffa un cri.

— Ne mentez pas, lady Sher.

Elle ne put articuler un mot.

— Dites-moi, chuchota-t-il, les lèvres contre son cou.

Elle frissonna. Seigneur, il la tenait à sa merci ! Quand il se mit à lui taquiner l'oreille du bout de la langue, elle fut sur le point de céder en demandant grâce.

Mais elle n'en fit rien. C'était impossible. Fille d'actrice, elle avait appris très tôt à n'accorder sa confiance à personne. Et surtout pas à un homme.

— Je suis fatiguée, c'est tout. Delilah a la migraine, ce qui la rend toujours imprévisible, et Seth a surpris un des garçons en train de faire les poches du personnel. Le gamin a été renvoyé, et vous imaginez ce que sera sa vie, à présent. Cela m'attriste.

Il ne répondit pas, trop occupé à lui embrasser les épaules, juste au-dessus du fichu qui recouvrait sa sage robe brune. Mais elle savait qu'il l'avait entendue. Cet homme-là faisait usage de tous ses sens. Il percevait sans doute les battements rapides de son cœur, son souffle court, la faiblesse qui lui coupait les jambes. De son côté, bien qu'elle ne puisse le voir, elle connaissait ses traits durs, ses yeux sombres. En dehors de sa haute taille qui le distinguait des autres hommes, son physique n'avait rien d'exceptionnel. Mais il avait de la *présence.* Quand il la regardait, elle avait l'impression qu'il lisait dans ses pensées. Et il apprenait des choses qu'elle aurait préféré lui cacher. Par exemple, il savait lorsqu'elle mentait sur son humeur...

Il recula juste assez pour être à la hauteur de ses lèvres et ses jambes se resserrèrent imperceptiblement sur les siennes.

— Je n'aime pas, quand vous mentez. Oubliez vos soucis et couchez avec moi. Ensemble, nous...

— Nous oublierons aussi les mensonges ?

Il rit doucement, et elle sentit son corps vibrer contre elle. Comme un autre rire, plus rauque, lui parvenait du foyer, elle revint soudain à la réalité et s'obligea à le repousser. On avait besoin d'elle. La présence de lady Sher avait un effet apaisant sur la clientèle.

— Je dois y aller, dit-elle, en posant les mains sur le torse de l'homme pour le faire reculer.

Il ne broncha pas. De fait, il pesa même plus lourdement contre elle.

— Dites-moi ce qui vous attriste.

— Je vous l'ai déjà dit.

— C'est faux, vous m'avez menti.

— Ne croyez pas que...

Elle ne put aller plus loin. Ses lèvres prirent les siennes. Sans brutalité, mais sans douceur excessive non plus.

Elle ne voulait pas l'embrasser, ne voulait pas sentir la chaleur de son corps. Cependant, presque en dépit de sa volonté, elle le reçut dans la chaleur de sa bouche. Certes, elle n'était pas vierge, mais elle n'était pas pour autant une femme facile. Dans son théâtre, elle se devait de donner une impression de pureté.

Mais il se souciait peu de ces artifices. Il ne fit que l'embrasser et la caresser, mais elle sentit la tête lui tourner de plaisir. Il ne pressa même pas les hanches contre les siennes pour lui faire éprouver son désir. Elle n'avait pas besoin de cela pour prendre conscience de leur attirance réciproque. En à peine plus d'un mois, il lui était devenu indispensable. Cet homme représentait la lumière dans sa vie trop grise et triste.

Quand il interrompit leur baiser, elle ne put réprimer une moue de regret. Malgré l'obscurité, elle vit l'éclat de ses dents blanches lorsqu'il sourit.

— Je dois m'en aller, dit-elle d'un ton sec. Ce n'est pas le soir idéal pour laisser Delilah seule. Elle risque de se faire des ennemis.

— Dites-moi ce qui s'est passé. Je pourrai peut-être vous aider.

Elle aurait pu tout lui expliquer à ce moment-là, lui faire part de son inquiétude. Mais elle aurait eu de la peine à exprimer ce qu'elle avait elle-même du mal à comprendre. Elle secoua la tête en signe de refus.

— Il en faut plus pour gagner ma confiance, lord Blackstone.

— Je peux faire plus, répondit-il d'une voix sensuelle. Je...

— Non. J'y vais.

Il fit un pas en arrière, mais avant qu'elle ait pu s'esquiver, il lui agrippa la main. Il portait des gants, comme de coutume.

— Je viendrai vous retrouver ce soir, chuchota-t-il. Je vous réconforterai.

— Je suis trop fatiguée.

Il eut un éclatant sourire de petit garçon.

— Je vous réveillerai.

Comme elle aurait aimé accepter ! Elle brûlait de lui appartenir, mais il n'était pas question de s'aventurer de nouveau sur ce chemin. À seize ans déjà, elle avait cru aux mensonges d'un homme. Forte de cette expérience, et aussi de l'exemple de douzaines d'actrices, elle savait que les hommes qui venaient au *Théâtre de la Taverne* offraient de doux baisers et de jolis mensonges. Une route qui ne menait nulle part. La seule façon d'échapper à son sort, pour une femme comme elle, c'était un anneau de mariage. Et ce n'était pas ce que lord Blackstone avait à lui offrir.

Alors, elle répondit :

— Non, monsieur.

Il s'inclina, avec toutefois un brin de moquerie dans le regard, le genre de regard qu'avaient tous les nobles avec les actrices qu'ils mettaient dans leur lit.

— Si, lady Sher. Ce soir...

Elle s'éloigna à regret, l'oreille tendue, dans l'espoir d'entendre le bruit de ses pas derrière elle. Mais le brouhaha émanant du foyer recouvrait tout. Elle ouvrit la porte avec sa discrétion coutumière et se glissa dans la salle.

Delilah fut la première à l'apercevoir, et un mélange de soulagement et d'irritation parut dans ses yeux. Sher était en retard. L'actrice vedette aimait les flatteries que dispensaient ses admirateurs, mais parfois leurs compliments devenaient pesants. Même à distance, Sher vit que son sourire et ses gestes étaient contraints. Par chance, elle ne semblait avoir encore insulté personne. Elle trônait comme une reine, dans le seul fauteuil confortable de la petite salle.

Trois autres actrices saluèrent son entrée d'un battement de paupières, ou d'un léger signe de tête. Elles tenaient elles aussi leur cour, mais s'arrangèrent pour que leurs admirateurs sachent que lady Sher se trouvait là. Tant que la « dame » propriétaire des lieux était présente, elles pouvaient maintenir l'illusion qu'elles étaient chaperonnées et appartenaient à une catégorie supérieure d'actrices. C'était un mensonge, bien entendu, mais cela attirait une meilleure clientèle, et profitait à tout le monde.

Sher s'avança dans la pièce exiguë avec autant de grâce que possible. Il n'y avait pas plus d'une douzaine de clients ce soir, et l'atmosphère était respirable. Cependant, Sher se souciait par-dessus tout des livres de comptes. Le bar proposait d'excellents cognacs et des vins à des prix élevés. Plus la foule était dense, plus les clients buvaient en attendant de pouvoir approcher Delilah.

Sher inspecta l'assemblée, gravant comme chaque soir les visages dans sa mémoire. Elle vit certains hommes qu'elle aimait bien. Parmi eux se trouvait M. Frazier, en train de jouer dans un coin avec Polly, le petit chien d'Annette. Il avait un don avec les animaux, et c'était une des raisons pour lesquelles il lui plaisait. Il leva les yeux quand elle passa devant lui et lui sourit gentiment. Bien que ne pouvant s'arrêter pour lui parler, elle lui rendit son sourire. Au même instant, une main moite saisit la sienne avec force. Elle se hérissa, mais parvint à contenir son irritation. La maîtresse des lieux elle-même ne pouvait éviter ce genre de familiarités.

— Lady Sher ! Lady Sher ! Dites-lui qu'elle doit me donner un baiser ! s'exclama M. Babbott, blême et les traits tendus.

— Un ruban ! lança M. Phipps. J'exige d'avoir un ruban de ses cheveux !

Lady Sher retira délicatement sa main et demanda du thé. M. Babbott n'aimait pas la bière et le cognac était trop cher pour lui.

— Oh, non, chuchota-t-il à Nell, la serveuse. J'ai quelques arriérés ce mois-ci, et je n'ai même pas les moyens de m'offrir du thé.

Sher le savait fort bien, mais en revanche Babbott avait d'autres services à proposer.

— Je vous l'offre, monsieur Babbott, lui susurra-t-elle à l'oreille. À condition que vous encouragiez vos jeunes amis à partir tôt. Je crains que Delilah n'ait la migraine.

Le regard de M. Babbott se posa sur la vedette du théâtre et ses yeux s'embuèrent.

— Bien sûr, dit-il, je le ferai. Mais vous lui direz que c'est pour elle que je vous rends ce service, n'est-ce pas ?

Sher réprima un soupir. Le pauvre homme n'avait aucune chance de conquérir Delilah, mais naturellement il ne s'en rendait pas compte. Dans un élan inhabituel de générosité, elle commanda aussi un petit pain pour lui.

— Un cadeau de ma part, expliqua-t-elle quand la collation arriva. Pour que vous sachiez à quel point on vous apprécie.

Les yeux de M. Babbott s'embuèrent une nouvelle fois.

— Vous êtes une vraie dame, dit-il en mordant avec avidité dans le pain.

Visiblement, son dernier repas n'était qu'un lointain souvenir.

Sher lui tapota la main et s'écarta, en proie à un désespoir grandissant. Quoi qu'on en dise, elle n'était pas une vraie dame. Elle n'était pas un chaperon, ni une actrice, elle faisait simplement partie de ce théâtre. Elle était née ici même. Vingt-cinq ans auparavant, sa mère avait régné à la place de Delilah. Au fil des ans, Sher avait joué différents rôles. Tout d'abord celui du petit enfant Jésus, déambulant dans la foule, tirant sur les perruques des acteurs et empochant de la menue monnaie. Plus tard, elle s'était essayée à la comédie. Elle avait chanté, dansé, joué du luth, cherchant sa place dans le seul foyer qu'elle ait jamais connu.

Mais il lui manquait le talent. Elle ne serait jamais une actrice de premier plan, ne deviendrait pas une chanteuse remarquée de la troupe. Elle avait pourtant fait tout son possible pour prendre la place de star du théâtre, surtout après la mort de sa sœur Cléopâtre. Malheureusement, elle était loin d'avoir la voix de rossignol de sa mère et de sa sœur. Aussi avait-elle fini par se rendre utile d'une autre façon. Sher dirigeait l'établissement, supervisait les costumes et gérait l'argent. Elle occupait une fonction dans le théâtre, mais ne faisait pas partie de la troupe d'acteurs – pas plus qu'elle n'était une vraie dame.

Quand il eut fini son thé et son petit pain, M. Babbott se mit à humer l'air avec ostentation.

— Mon Dieu, mon Dieu, lança-t-il à haute voix, quelle drôle d'odeur ! Cela sent le renfermé, ajouta-t-il en fixant d'un air accusateur M. George Hale, qui était affligé de problèmes de flatulences.

L'homme s'empourpra et voulut protester de son innocence, mais c'était trop tard. Les moqueries fusèrent. Cela donna à Delilah l'occasion de s'éclipser en prétextant une soudaine fatigue. Une fois la vedette de la soirée disparue, les autres ne tardèrent pas à quitter la salle.

Sher continua de jouer gracieusement les hôtesses. Elle bavarda en flirtant avec la clientèle, et ne tarda pas à voir Seth lui adresser un signe de connivence. Il se chargeait de veiller sur les filles encore présentes. La plupart avaient fait leur choix pour la soirée et ne tarderaient pas à s'éclipser à l'étage, ou bien dans la pension voisine, avec leur compagnon d'une nuit.

Tout se passait comme prévu, et Sher était libre de vaquer à ses affaires. Elle pivota sur elle-même pour sortir, et comprit aussitôt qu'elle n'y parviendrait pas. Kit était encore là et s'entretenait avec Annette, attendant le moment où Sher serait libre. C'était un homme charmant et aimable, avec ses cheveux blonds et son visage piqueté de taches de rousseur. Maintenant que la foule s'était éclaircie, il se dirigea vers elle.

— Monsieur Frazier, quel plaisir de vous voir ce soir !

Ce n'était pas un mensonge, elle aimait vraiment beaucoup cet homme. En outre, il était l'un de leurs meilleurs clients, aussi oublia-t-elle sa fatigue afin de bavarder un peu avec lui.

— Avez-vous aimé la nouvelle scène avec le chien ?

— Kit, répondit-il, ignorant sa question. Je vous ai déjà dit de m'appeler Kit.

— Ah, mais vous savez bien que ça ne serait pas convenable !

— Je vous en prie, Sheherazade, y aurait-il un lieu où nous pourrions parler tranquillement ?

Elle songea au corridor qui séparait la scène du foyer. Il était sombre et c'était l'endroit le plus discret de tout le théâtre, pendant les quelques minutes où les garçons de Seth étaient occupés sur la scène et les actrices dans le foyer. Mais ces quelques minutes étaient écoulées.

— Monsieur Frazier…

— Oh, flûte ! s'écria Annette, de l'autre côté de la salle. J'ai encore oublié ma perruque. Venez, mes chéries, vous m'aiderez à me poudrer.

Sher leva les yeux, étourdie, tandis qu'Annette jetait un regard impérieux aux deux actrices restées dans le foyer. En quelques secondes, tout le monde fut sorti. L'une d'elles emmena même le chien. Seth leur tint la porte ouverte, puis se tourna légèrement vers Sher avant de sortir en refermant sans bruit la porte derrière lui.

En un instant, la jeune femme se retrouva seule dans le foyer avec M. Frazier.

— Je ne comprends pas, murmura-t-elle.

Vraiment, elle ne comprenait pas. M. Frazier était le quatrième fils d'une famille d'aristocrates. Il était jeune et parfois impulsif, mais il promettait de devenir un homme sérieux. Il n'était pas enclin à prendre des maîtresses, et pas assez fortuné pour avoir soudoyé les actrices afin qu'elles le laissent en tête à tête avec elle. Que se passait-il donc ?

Perplexe, elle se tourna vers son compagnon et poussa un petit cri en le découvrant un genou en terre.

— Oh, je vous en prie, n'ayez pas peur ! s'exclama-t-il. Ceci doit être un moment de joie, du moins je l'espère.

Il lui prit la main.

— Monsieur Frazier…

— Je voudrais vous demander… vous supplier. Je vous en prie, ma douce Sheherazade, me ferez-vous l'immense honneur de devenir ma femme ?

2

Sher sentit sa gorge se nouer. Sa peau était moite. Comment une chose pareille pouvait-elle se produire ? Pourquoi n'avait-elle rien vu venir ? La brume grise qui l'enveloppait et l'engourdissait depuis près d'un mois s'épaissit. C'est à peine si elle entendit la demande en mariage de M. Frazier. Dans ce silence cotonneux, son esprit fut traversé par des rêves fous.

Elle se vit telle une dame, vêtue d'une robe dont les coutures n'auraient pas besoin d'être renforcées pour résister aux assauts des messieurs. Elle imagina la cérémonie de mariage, dans une église où les paroissiens ne parlaient pas l'argot londonien et où les femmes n'arboraient pas de décolletés indécents. Elle vit sa maison dans un village, avec de l'herbe verte et des oiseaux qui n'étaient pas des pigeons. Elle se représenta toute sa vie telle qu'elle pourrait être si elle devenait une femme respectable. Et par-dessus tout, elle vit ses enfants, en bonne santé, surveillés par un médecin. Elle avait perdu sa mère, sa sœur, et d'innombrables amies, uniquement parce que le médecin les faisait passer en dernier sur sa liste de patients. Les gens respectables étaient toujours soignés en priorité, et obtenaient les meilleurs remèdes. Elle n'aurait jamais, jamais, d'enfants, sans être certaine qu'ils disposeraient des meilleurs soins possibles. Pour cela, il fallait qu'ils appartiennent à une famille respectable...

Les doigts de M. Frazier se resserrèrent sur les siens, la ramenant à la réalité.

— Dites quelque chose, Sher. Je vous en prie.

Elle ouvrit la bouche, sans même savoir ce qu'elle allait répondre.

— Votre mère ne permettra jamais ce mariage, déclara-t-elle tout à trac.

Elle écarquilla aussitôt les yeux, elle-même choquée par cette affirmation. Ce n'était pas ce qu'elle aurait dû dire. Le visage de Frazier s'empourpra.

— Je suis un homme adulte, rétorqua-t-il d'un ton de défi.

— Bien sûr, concéda-t-elle, apaisante. Vous me prenez tellement de court que je dis n'importe quoi.

— Dites oui, tout simplement.

Elle ferma les yeux. Pourquoi fallait-il qu'elle se mette à transpirer dans un pareil instant ?

— Je n'arrive pas à réfléchir, chuchota-t-elle. Il fait très chaud ici, vous ne trouvez pas ?

— Je vais vous chercher une chaise, répondit-il en faisant mine de se lever.

Ce faisant, il tira légèrement sur la main de la jeune femme et se redressa. Il était très agile. Puis il l'escorta jusqu'à un vieux fauteuil, près du mur. Elle le suivit, essayant de voir plus clair dans la foule de rêves qui se bousculaient dans son esprit. Mais elle n'en eut pas le temps et se retrouva assise, Frazier une fois de plus agenouillé devant elle.

— Sheherazade, je sais que vous êtes une femme de logique. Aussi, peut-être devrais-je commencer par vous convaincre...

— Vous êtes amoureux, dit-elle avec douceur.

Il dut percevoir son manque d'enthousiasme, car il lui serra plus fort la main.

— Absolument, ma chère Sheherazade, je vous aime.

Elle frissonna en l'entendant prononcer son nom. Pour tout le monde ici, elle était lady Sher. Seul Pappy l'avait appelée par son nom complet, mais il avait quitté ce monde depuis des années.

— J'espérais que vous éprouviez quelque sentiment pour moi.

— Mais bien sûr ! répondit-elle machinalement. Je vous ai aimé tout de suite, la première fois que je vous ai vu.

Il était un peu comme les chiots qu'élevait Annette, qui faisaient des cabrioles et mâchonnaient tout ce qu'ils trouvaient. Frazier ne mâchonnait rien, mais il semblait explorer le monde avec la même curiosité enthousiaste que ces petites créatures. Elle se rappelait très bien sa première rencontre avec lui, quelques années auparavant. Il était littéralement tombé à ses pieds, alors qu'il se dirigeait vers le bar, les yeux fixés sur Delilah. Il avait roulé au sol dans une cabriole, au grand amusement de toute l'assistance. Cela lui avait paru si drôle qu'il avait aussitôt proposé une tournée générale de bière, afin de ne pas être le seul à s'enivrer.

Il était si adorable qu'elle s'était penchée pour lui caresser le menton. Bien sûr, qu'elle l'aimait. Tout le monde aimait Kit.

— Je sais bien que mon amour ne vous suffit pas, reprit ce dernier. Mais j'ai longuement réfléchi, et je suis arrivé à la conclusion que notre union s'imposait.

— Non, Kit. Vous êtes noble, et je ne suis qu'une actrice. De plus, je suis plus âgée que vous.

— Vous m'avez appelé Kit ! s'exclama-t-il, radieux. Cela signifie qu'au fond de votre cœur, vous connaissez la vérité. Votre cœur veut que vous répondiez oui !

Elle n'essaya pas de discuter, elle n'en avait pas le courage. Maudit gamin, qui faisait miroiter sous ses yeux un rêve impossible... Ne comprenait-il pas à quel point ceci était douloureux pour elle ?

Son silence dut lui paraître encourageant, car il enchaîna :

— Pour commencer, vous n'êtes pas plus vieille que moi, ma chère. Nous avons exactement le même âge.

Vraiment ? Il lui paraissait pourtant beaucoup plus jeune.

— Ensuite, je ne suis que le quatrième fils d'une longue et obscure lignée d'aristocrates. Alors que vous, vous comptez des nobles dans les deux branches de votre famille.

— Ma mère était actrice, et mon père... Eh bien, je suis une bâtarde, et vous le savez fort bien, marmonna-t-elle en détournant les yeux.

— Nous dirons que vous êtes la fille bâtarde d'un duc, et vous deviendrez la coqueluche de la bonne société. C'est bien plus intéressant que...

— On ne se marie pas avec quelqu'un parce que c'est « intéressant », Kit. Ce n'est pas dans la logique des choses.

— C'est la deuxième fois que vous m'appelez Kit. À la troisième, nous serons officiellement fiancés.

— Monsieur Frazier...

— Non, non, vous ne m'avez pas encore entendu jusqu'au bout. Pardonnez-moi, mais j'ai très mal au genou, ajouta-t-il en grimaçant.

Il roula sur le côté et agrippa un banc qu'il tira vers lui en le faisant glisser sur le sol. En quelques secondes, il fut assis face à elle et lui reprit les mains. Elle ne résista pas, sachant qu'il insisterait si elle tentait de se dérober.

— Où en étais-je ? Ah oui, la logique... Je ne suis pas très bon dans ce domaine, et c'est justement un autre de mes arguments. J'en suis au quatrième, ou au cinquième ?

— Au troisième.

— Ah, oui ! Vous voyez, vous comptez mieux que moi.

— Vraiment, ce n'est pas...

Il lui lâcha la main pour passer la sienne dans ses cheveux, un geste qui lui donnait beaucoup d'allure. Quel charme il avait !

— Je dois vous confesser une chose très importante.

Sher fit la moue. Ce genre d'annonce n'augurait jamais rien de bon.

— Je n'ai jamais été un élève très studieux. Je n'aime pas les chiffres et n'éprouve aucun intérêt pour le latin.

— Vous êtes pourtant quelqu'un de très intelligent, monsieur Frazier.

— Ah, nous voici revenus à « Monsieur Frazier ». Vous mentez, je ne suis pas très intelligent. Je ne ferai donc pas progresser la science, je ne retournerai pas faire des études, et je n'ai aucun désir de tomber sous les balles des Espagnols ou des Français. Donc, la carrière militaire est hors de question.

— Vous préférez épouser une actrice ? suggéra-t-elle en riant.

L'expression de M. Frazier se fit grave, ce qui était rare, chez lui.

— Je suis le quatrième de ma fratrie, pratiquement sans fortune. Aucune jeune fille de l'aristocratie ne voudra de moi.

— Vous ne pouvez pas dire cela...

— Et si l'une d'entre elles me voulait, je ne la voudrais pas. Elles sont encore plus stupides que moi, Sheherazade. Y a-t-il rien de plus désastreux pour un mariage ?

Sher garda le silence. N'approchant que les hommes, elle ne connaissait pas les jeunes dames de la bonne société.

— Vous pouvez tout de même faire un bon mariage, monsieur Frazier.

— Vous voyez, vous recommencez à m'appeler « monsieur » ! Cela signifie que vous mentez encore une fois. Je dois épouser une femme intelligente, et vous êtes la seule que je connaisse. Une femme qui m'aidera à gérer mes finances. Avec ma respectabilité et votre habileté, nous vivrons comme des nababs !

Sher ne put s'empêcher de rire. Sa prédiction était ridicule, cependant peu d'hommes soupçonnaient ses talents de gestionnaire. L'argent était un domaine dans lequel elle excellait.

— Vous riez ! s'exclama-t-il, aux anges. Je fais des progrès !

— Mais le rire n'est pas une base sur laquelle fonder un mariage, précisa-t-elle avec douceur. Je peux vous aider sans pour cela vous épouser.

Elle lui présenterait des honoraires pour ses conseils, naturellement.

— Vous oubliez tout le reste. Une alliance vous donnera la respectabilité que vous n'avez jamais eue. En échange, j'aurai la fortune que vous possédez déjà...

— Ce n'est pas un grand avantage pour vous, dit-elle, n'hésitant pas à mentir.

— Mais vous pourriez vivre ailleurs, avec moi. Nous aurons des enfants, de charmants garçons et des filles très intelligentes. Vous seriez une épouse fidèle, n'est-ce pas ? demanda-t-il en se penchant vers elle avec un regard d'avertissement.

— Bien sûr !

— Je connais tellement de maris trompés avant même une année de mariage. Vous ne feriez pas cela. Et je vous serai reconnaissant chaque jour pour votre savoir-faire en matière de finances. Vous avez un pourcentage sur les bénéfices, ici, n'est-ce pas ?

Sher détourna les yeux. C'était exact, mais elle n'aimait pas l'avouer. Les vraies dames ne parlaient jamais d'argent, or elle tenait à passer pour l'une d'elles.

— Notre mariage serait logique, Sheherazade. J'ai besoin de votre intelligence, et vous de ma respectabilité... et aussi de mon humeur joyeuse.

Il lui tapota les lèvres du bout du doigt.

— Vous êtes trop sérieuse, et je vous fais rire.

Elle écarquilla les yeux en sentant les larmes perler sous ses paupières. Elle pleurait ! Mais pourquoi ? Il se trompait, elle n'était pas trop sérieuse. Elle vivait entourée d'acteurs qui faisaient les pitres ! Cependant, l'émotion la tenaillait. Pourquoi ne pouvait-elle se contenter de la vie qu'elle s'était construite ici, avec la troupe de la *Taverne* ?

Ses pensées la ramenèrent vers le corridor sombre, et le baiser ardent qui l'avait embrasée.

— Et votre...

Elle s'interrompit avant de prononcer le mot cousin.

— Votre famille et vos amis ? reprit-elle posément. Ils se moqueront et diront que vous faites une mésalliance.

— Ce qui signifie qu'ils n'ont pas de sens logique, n'est-ce pas ? Je serai un bon mari. Je ne vous ferai jamais de mal, et à vos enfants non plus. Vous de votre côté, vous ferez en sorte que l'argent soit dépensé à bon escient. Et il y a encore une chose...

Elle déglutit, crispée. Cela n'arriverait jamais. Aux yeux du monde, elle occupait la place la plus basse dans la société. Elle n'était même pas une actrice connue, juste quelqu'un qui œuvrait en coulisses. Kit ne serait jamais autorisé à l'épouser. Il ne franchirait pas ce pas.

Et pourtant, comme elle aurait souhaité que ce soit possible. Un mariage authentique, honnête, légitime.

Avec le fils d'un pair du royaume ! Elle mènerait une vie respectable, sa progéniture serait protégée des dangers menaçant les enfants nés hors mariage. Elle sentit son cœur se serrer.

— Je vous aime, Sheherazade. Et vous avez dit que vous m'aimiez aussi. Que pouvons-nous rêver de mieux ?

Elle secoua la tête, la gorge nouée.

— Votre famille ne le permettra jamais. Songez à leur réaction. Pourriez-vous vivre exclu de la bonne société ?

— Nous n'en arriverons pas là.

— Oh, si ! protesta-t-elle en soupirant.

— Vous oubliez quelque chose, ma belle.

Il prit son poing crispé, le porta à ses lèvres et l'embrassa tendrement.

— Ne prononcez plus le mot amour, dit-elle, cela ne nous mènera nulle part.

Il haussa les sourcils, mais enchaîna :

— Vous avez oublié l'argent. Nous serons riches comme Crésus, et cela résoudra les autres problèmes. C'est ainsi.

— L'argent ne peut pas tout acheter. Votre famille vous reniera. Ils ne voudront jamais reconnaître vos enfants comme faisant partie des leurs.

À cette pensée, elle eut le cœur déchiré.

— Nous n'aurons pas besoin d'eux, riposta Frazier en se laissant de nouveau glisser sur un genou.

Il lui embrassa la main encore une fois et posa sur elle un regard suppliant qui la fit fondre.

— Je vous en prie, Sheherazade, me ferez-vous l'immense honneur de devenir ma femme ?

Pouvait-elle le faire ? Pourrait-elle vivre loin de la troupe d'acteurs et de la *Taverne* ? En n'étant ni tout à fait respectable ni tout à fait déchue ? Pourrait-elle être une bonne épouse pour cet homme jeune, mais généreux ? Naturellement. Elle aurait une bien meilleure vie que celle qu'elle menait aujourd'hui.

Mais lui ne le pourrait pas. Il n'irait pas jusqu'au bout. Le monde lui aurait ouvert les yeux bien avant qu'ils n'aient atteint l'autel. Pourtant, elle avait envie d'accepter. Il lui offrait ce dont elle rêvait depuis toujours.

— Ce sera dur, Kit. Encore plus que vous ne l'imaginez.

Il sourit et elle décela dans son regard une force qu'elle ne s'attendait pas à y trouver.

— L'amour surmontera tous les obstacles. Vous m'aiderez, Sheherazade. Et je vous soutiendrai. Je le jure.

— Dans ce cas, c'est oui, Kit. Je veux bien vous épouser.

Plusieurs heures s'écoulèrent avant que Sher puisse retrouver son lit. La moitié de la troupe avait écouté à la porte, aussi quand elle finit par accepter, entrèrent-ils dans le foyer avec des cris de joie. On servit du champagne, et le meilleur cognac de la maison, celui qui n'était pas coupé d'eau. Sher parvint à attraper un petit pain avant qu'ils ne soient tous engloutis. En fait, elle fit son possible pour que la fête demeure modeste. Elle ne voulait pas que le bruit de ses fiançailles se répande tout de suite, et elle en avisa ses amis, tout en sachant qu'ils ne parviendraient pas à tenir leur langue. Personne n'aimait autant que les acteurs raconter des histoires. Et le mariage de l'une d'entre eux avec le fils d'un pair était une nouvelle de premier ordre ! Certains cependant comprenaient son inquiétude. Ils savaient que Kit allait devoir affronter la fureur de sa famille.

En réalité, Sher apprécia chaque instant de la petite fête. Chaque fois que son humeur menaçait de s'assombrir, Kit avait un geste d'apaisement, ou un sourire. C'était vraiment un homme adorable. Elle n'osait plus songer à lui comme à un jeune garçon, il était adulte désormais. Du moins, elle l'espérait.

Elle était à bout de forces quand elle regagna enfin sa chambre. Sher était seule à s'être installée au dernier étage, et elle appréciait l'intimité dont elle jouissait. L'étage intermédiaire était réservé aux décors et costumes, et les quatre chambres étaient occupées par des couples différents toutes les nuits. En dessous se trouvaient la salle et la scène, ainsi que le foyer décoré dans les tons bruns afin de rehausser la beauté diaphane de Delilah.

Sher n'avait pas encore mis la clé dans la serrure quand elle entendit son pas derrière elle. Elle tourbillonna sur elle-même, la lampe serrée dans son poing. C'était lui, le vicomte de Blackstone, le cousin germain de son fiancé... Il l'avait prévenue qu'il viendrait ce soir, et il tenait sa promesse bien qu'elle lui ait opposé un refus.

Il demeura dans l'ombre, et elle ne put voir ses yeux. Mais un muscle tressautait sur sa mâchoire couverte d'une courte barbe. Il était en colère. Elle n'en fut pas fâchée. Après tout, il l'avait lui-même mise en colère assez souvent.

Ils demeurèrent un moment cloués sur place. Il se tenait en dehors du cercle de lumière projeté par la lanterne, silencieux et immobile. Sher chercha quelque chose à dire, mais ne trouva rien. Finalement, elle se tourna vers la porte en soupirant. Il pouvait bien continuer de bouder toute la nuit, elle avait sommeil ! Mais il parla avant qu'elle ait pu faire tourner la clé.

— Vous avez accepté sa demande.

Elle soupira de nouveau, soudain envahie par une vague de désespoir. Au milieu des cris de joie, elle s'était accrochée à l'illusion du bonheur, mais à présent elle sentait le mirage se dissiper. Toutefois, plus vite elle aurait dit la vérité, plus vite elle pourrait gagner son lit et pleurer. Néanmoins, les mots étaient difficiles à prononcer.

— Sher ?

— N'ayez crainte. Cela ne tiendra pas. Nous devons dîner demain avec sa famille pour annoncer nos fiançailles.

Elle pencha la tête de côté et l'appuya au chambranle.

— Sa mère n'autorisera jamais un tel mariage.

— Alors pourquoi avez-vous accepté ? Les commères vont traîner son nom dans la boue. Pourquoi vous exposez-vous aux moqueries ?

Elle haussa les épaules.

— Il est adulte et a le droit de faire ses choix lui-même.

— Mais si sa mère…

— Taisez-vous ! lança-t-elle d'une voix sifflante.

Elle se retourna et, malgré l'obscurité, reconnut parfaitement ses traits sombres.

— Je désire ce mariage, avoua-t-elle. Je veux une maison, des enfants, la vie qu'il m'offre. C'est ce que je souhaite.

Elle leva le menton pour ajouter :

— Je ne connais pas l'avenir. Je ne suis pas sûre que sa famille parvienne à le briser. Il n'est pas aussi stupide que vous le croyez.

— Je n'ai jamais dit que je le trouvais stupide.

Il tendit la main lentement, mais elle se déroba. Elle savait qu'à son contact sa peau s'enflammerait. Et elle ne voulait pas s'embraser pour un homme qui n'était pas son fiancé.

— Il me fait rire, dit-elle d'une voix claire.

Elle se mordit aussitôt les lèvres, choquée d'en avoir révélé autant.

Il s'approcha tant qu'elle ne put se dérober, et se retrouva coincée contre la porte. Ses doigts virils lui effleurèrent la joue. Elle ferma les yeux, luttant contre la faiblesse qu'elle sentait l'envahir.

Il fit glisser son pouce sur sa lèvre inférieure.

— Je pourrais vous faire crier de plaisir, dit-il.

Elle repoussa sa main, étonnée elle-même par la violence de sa réaction.

— Je n'aime pas crier, répliqua-t-elle avec effronterie.

— En effet, vous êtes une femme très discrète. C'est pourquoi vous me plaisez tant. Je vous ferai peut-être chanter, dans ce cas, ajouta-t-il d'une voix de velours.

— J'ai cessé de chanter lorsque j'avais dix ans.

Elle lui tourna le dos, regrettant de ne pouvoir le chasser en même temps de ses pensées.

Il avait surgi dans sa vie comme la plupart des hommes, un soir qu'il visitait le foyer. Un noble s'offrant une escapade dans les bas-fonds. Il était propre, avait un esprit percutant, et était entouré d'une aura sombre et mystérieuse. Contrairement aux autres, il ne buvait pas, ne devenait jamais grossier, et n'avait pas les mains baladeuses. Un soir, environ un mois auparavant, il avait même secouru Molly, aux prises avec un ivrogne.

Ce geste avait attiré sur lui l'attention de Sher. Avant qu'elle ou Seth ait eu conscience du problème, le vicomte de Blackstone avait chassé le soûlard. Un peu plus tard, Molly, complètement sous le charme, avait rapporté toute l'histoire à Sher.

Le soir suivant, celle-ci lui avait offert un verre de leur meilleur vin pour le remercier. C'était ainsi qu'ils s'étaient mis à discuter. À peine une semaine plus tard, il l'avait suivie dans le corridor qui séparait la scène du foyer. Ses caresses ardentes avaient déclenché chez elle une réaction passionnée. Ses mots chuchotés, son haleine mentholée, avaient achevé de la séduire. Elle s'était laissé embrasser. Cinq jours plus tard, elle lui en avait accordé un peu plus encore...

Il était maître dans l'art de la séduction et elle s'était abandonnée. Cela s'était produit quelques semaines plus tôt. Cinq fois, il était venu frapper à sa porte pendant la nuit. Elle l'avait renvoyé quatre fois. Bien qu'elle se soit presque donnée à lui dans le corridor, elle ne le voulait pas dans son lit. Mais la bataille était perdue d'avance. Ils savaient tous deux que l'issue était imminente.

Si la soirée avait été comme les autres, si Kit ne l'avait pas persuadée d'accepter sa demande, elle aurait probablement ouvert sa porte, cette nuit-là. Elle lui aurait laissé l'accès à son lit et à son corps. Elle se serait enivrée de plaisir, et le lendemain...

Sher ne savait pas ce qu'elle aurait ressenti le lendemain. C'était pour cette raison qu'elle avait gardé sa porte close, les premières fois. À présent, la question ne se posait plus.

— Je suis fiancée, déclara-t-elle avant qu'il ait pu poursuivre ses caresses. Ne croyez pas que je pourrais trahir Kit si facilement.

Il s'écarta, mais elle continua de sentir son souffle parfumé, sa présence virile. Ses jambes étaient flageolantes.

— Vous savez que les fiançailles ne tiendront pas. Et vous êtes triste.

— Ce qui me rend triste, c'est de savoir que nos fiançailles seront sans doute rompues.

Cependant, elle n'en était pas persuadée. Kit pouvait tenir tête à sa mère. La journée pouvait ne pas se dérouler aussi mal qu'elle le craignait. Dans ce cas, elle continuerait de s'accrocher à son rêve.

— Non, protesta Blackstone, interrompant le fil de ses pensées. Il y a quelque chose de plus profond. Je le savais déjà, avant que cet écervelé de Kit ne fasse sa demande.

Sher se raidit et trouva la force de le repousser d'une main.

— Kit n'est pas un écervelé ! Vous sous-estimez votre cousin.

— En tout cas, ce garçon a très bon goût, concéda-t-il avec un haussement d'épaules.

— La flatterie n'est pas votre fort, répliqua-t-elle en grimaçant.

— Vous n'y êtes simplement pas très sensible, lady Sher.

— Pourquoi n'êtes-vous pas mon ami ? demanda-t-elle, sans parvenir à soutenir son regard. Vous savez quel genre de vie mène une femme comme moi. Le soir on me courtise, mais dans la journée je suis méprisée. La plus pauvre des femmes mariées est respectée, et ses enfants aussi. Un ami serait le bienvenu, poursuivit-elle en levant les yeux vers lui.

Il ne parla pas tout de suite. Ses yeux exprimaient une grande tristesse.

— Je veux être votre amant, Sher. Vous ne pouvez pas savoir à quel point votre image me hante.

— Et moi, je veux être respectable, lord Blackstone.

— Kit n'est pas la solution à votre problème. Mais moi, oui. Je pourrais essayer.

Elle aurait aimé le croire. Tout autant qu'elle aurait aimé sentir ses mains sur son corps, sa force virile en elle. Mais cela ne l'aurait menée nulle part. Aussi se tourna-t-elle vers la porte, faisant jouer la clé dans la serrure d'un geste sec du poignet.

— Je suis trop fatiguée pour soutenir une conversation, monsieur. Je vous accorde la victoire. Vous êtes trop brillant, trop fin, trop viril pour qu'une femme puisse vous tenir tête. Je suis folle de désir. Mais par malchance, je suis fiancée à votre cousin.

Il se jeta sur elle, avec une telle force qu'elle ne put résister. Elle ne perçut son souffle parfumé que lorsqu'il fut trop tard. Il l'enveloppa de ses bras, lui emprisonnant les coudes sur les côtés, et la lanterne faillit lui échapper. Il la rattrapa d'un geste vif. Elle voulut crier, mais n'en eut pas la force. Il la hissa sur son épaule et pénétra dans la chambre.

3

Sher n'était pas plus lourde qu'une plume, songea Brandon, en refermant la porte d'un coup de talon. Sa forte personnalité et sa volonté de fer n'y changeaient rien. Sher était faite de chair et de sang, et il pouvait la conquérir.

Il la laissa tomber sur le lit, en prenant garde de lui protéger la tête pour qu'elle ne se cogne pas au mur, et fit prestement un pas en arrière. Néanmoins, il ne put se résoudre à s'écarter davantage.

Il demeura penché au-dessus du lit, admirant son corps souple. À en juger par les portraits qu'il avait vus de sa mère, elle n'était pas aussi pulpeuse que celle-ci. Son père avait dû avoir des attaches plus fines et des traits plus raffinés. Pour Brandon, elle était un peu comme un bel oiseau, souple, assez légère pour voler, avec une auréole de cheveux roux et brillants qui le fascinaient. Savait-elle que leur couleur changeait, selon la lumière ? En ce moment, ils se répandaient sur ses épaules en vagues brunes, et la lanterne faisait surgir çà et là des reflets rouges.

— Pourquoi ne hurlez-vous pas ? demanda-t-il d'un ton égal.

Alors qu'il la désirait violemment et pensait à commettre l'impensable, il pouvait cependant parler avec neutralité, comme un criminel endurci. Peut-être ne valait-il pas mieux qu'un de ces dépravés impénitents, dans le fond.

— Vous avez peur, ajouta-t-il.

Elle avait le souffle court, les pupilles dilatées. À l'instant où son corps était entré en contact avec le matelas, elle s'était ramassée sur elle-même, en appui sur les coudes. Mais en dehors de cela, elle ne fit pas mine de se protéger.

Brandon jeta un coup d'œil à la porte. Celle-ci était repoussée, mais non fermée à clé. N'importe qui pouvait entrer. Néanmoins, ils se trouvaient au dernier étage, et il savait que personne ne dérangeait Sher lorsqu'elle se reposait.

— Si vous poussez le moindre cri, en un rien de temps j'aurai toute la troupe sur le dos.

Elle inspira profondément. Il ne la regardait pas mais il l'entendit et réagit sans réfléchir. En une seconde il fut sur le lit, pressant le bras contre la gorge de la jeune femme. Le geste n'avait rien de brutal, mais la menace fut suffisante. Si elle tentait de hurler, il l'arrêterait aussitôt.

Il attendit ainsi, jusqu'à ce qu'elle ait relâché son souffle. Il ferma les yeux en sentant sa respiration contre sa joue. Son sexe viril se pressait contre sa cuisse. Elle était si près... Maudit soit son cousin. N'aurait-il pas pu attendre le lendemain pour faire sa demande ? Sans cet idiot de Kit, il aurait pu posséder Sher ce soir même. Il aurait pu vivre les jours suivants noyé dans un nuage de sensualité. Cela aurait dissipé sa propre envie, et aurait dissuadé le gamin de faire sa demande. Mais Kit n'avait pas pu attendre, Sher avait accepté, et maintenant elle ne céderait que s'il employait la force.

Un mois auparavant, tout avait paru tellement facile ! Son frère, le comte et chef de la famille, lui avait demandé d'éloigner de Kit une certaine actrice trop intrigante. Rien de plus facile, à première vue. Puis il avait fait la connaissance de Sher et soudain l'affaire était devenue plus compliquée que prévu. Plus intéressante, aussi.

Cela faisait maintenant plus d'un mois qu'elle l'embrassait et l'enivrait, tout en luttant pour maintenir sa respectabilité. À chaque baiser, il percevait le combat qu'elle se livrait à elle-même. Elle ne voulait pas le désirer, et pourtant c'était plus fort qu'elle. Il avait fait en sorte que certains de ses amis soient au courant de leur liaison. Sans donner trop de détails, mais juste assez pour être dans la ligne de mire de Kit, si ce dernier se décidait...

Et il s'était décidé, bon sang ! Ne pouvait-il attendre un soir de plus ? Kit se moquait que sa fiancée soit vierge, tout ce qu'il voulait c'était qu'elle lui soit fidèle. Donc, tout ce que Brandon avait à faire, c'était de la séduire avant que son cousin la demande en mariage et de s'en vanter. Mais les choses ne s'étaient pas déroulées comme prévu, et Brandon se retrouvait contraint de lutter contre ses désirs les plus ardents...

Pourtant, cela aurait pu être tellement facile ! Il n'aurait eu qu'à se hisser sur elle. D'une main, il lui maintiendrait les poignets, de l'autre il relèverait ses jupes. Elle aurait beau crier, ça ne changerait rien. L'acte serait accompli avant qu'on ait pu l'en empêcher. Et même si elle criait au viol par la suite, il y aurait des doutes. Selon toute vraisemblance, Kit aurait rompu son engagement avant le lendemain soir.

Son frère aurait mis ce plan à exécution sans hésiter, sous prétexte de rendre service à Kit et de préserver le nom de la famille. Il croyait même voir au-dessus de lui la tête de Michael, crispée de contrariété, le pressant de faire ce qu'on attendait de lui.

Il desserra son étreinte, afin de permettre à Sher de respirer. Son intention n'était pas de l'étouffer mais il ne put se résoudre à s'écarter davantage. Ses seins rebondis se pressaient contre son torse. Deux globes fermes et tendus qu'il sentait distinctement, bien qu'elle soit allongée sur le dos. Elle devait tenir ce corps voluptueux de sa mère.

Il fit passer sa main libre sur sa poitrine pour la caresser, en évitant de lui déchirer ses vêtements, car il savait qu'elle ne possédait que très peu de robes. Il aurait été cruel de détruire celle-ci, bien qu'elle fût d'une hideuse couleur brune. Quand il passa son pouce sur un mamelon, Sher laissa échapper un petit cri de détresse, mais la pointe de ses seins se tendit. Son souffle court et haletant traduisait-il la peur, ou le désir ?

— Je ne veux pas, chuchota-t-elle.

Elle s'exprimait toujours avec douceur. Il ne l'avait jamais entendue élever la voix ou hurler un ordre. Un haussement de sourcils lui suffisait pour se faire obéir. Ou bien un geste du doigt. Une seule fois, il l'avait vue serrer le poing. Et quand elle était avec lui, elle parlait encore plus doucement.

Ses doigts n'avaient pas cessé leurs caresses et taquinaient toujours le mamelon. Mais le tissu de la robe le gênait et il songea un instant à le déchirer. Il pourrait toujours lui acheter une nouvelle robe.

— Assez ! intima-t-elle d'une voix ferme.

— Rompez vos fiançailles avec Kit. Prenez-moi à sa place.

— Non.

Il ne s'attendait pas à pouvoir discuter. Toutefois elle demeura immobile sous lui, le cœur battant à tout rompre, le regard hanté par la peur.

Brandon détourna les yeux.

— Je n'ai jamais violé une femme. J'ai toujours pensé que c'était un acte digne d'un animal dépravé.

— Alors, pourquoi moi ? murmura-t-elle. Pourquoi maintenant ?

Il s'obligea à la regarder, et, en même temps, changea de position. Elle frissonna quand son sexe se plaqua contre elle. Ce n'était qu'un mouvement fugace, mais il perçut le désir qu'elle tentait d'étouffer.

— Vous avez une maîtresse. Allez la retrouver !

Il marqua une pause et fronça les sourcils.

— Je n'ai pas de maîtresse. Vous ne devriez pas prêter l'oreille aux ragots, Sher. La femme que j'ai ramenée des Indes n'est pas ma maîtresse, ce n'est guère qu'une enfant.

— Et que penserait cette enfant de ce que vous êtes en train de faire ?

Brandon haussa les épaules.

— Elle souhaite déjà ma mort. Ceci ne serait qu'un crime supplémentaire à me mettre sur le dos.

— Pourquoi moi ? Pourquoi ?

Elle abattit son poing sur l'épaule de Brandon. Pour douloureux qu'il fût, le coup ne suffit pas à dissiper son désir. Il se pressa davantage contre elle.

— Parce que vous avez choisi Kit plutôt que moi.

Elle le frappa de nouveau.

— Par vanité ? Vous seriez assez mesquin pour me violer parce que vous êtes blessé dans votre amour-propre ?

— Apparemment, oui, répondit-il en lui soulevant le poignet au-dessus de la tête.

— Vous êtes fou ? Ou bien vous avez bu ? Brandon, que vous arrive-t-il ?

Elle avait prononcé son nom. Il ferma les yeux pour savourer cet instant, tandis que ses paroles résonnaient dans son esprit.

— Je ne sais pas, dit-il. Je ne sais pas.

Il ne savait qu'une chose, c'était qu'il ne pouvait pas la violer. Il ne pouvait pas faire ça à une femme, et encore moins à elle. Accomplir un tel acte pour rendre service à sa famille était le comble du ridicule. Il se releva, tout en essayant d'exprimer des excuses. Il n'en eut pas le temps.

Dès qu'elle se sentit libre, elle se mit à hurler.

Comment n'avait-il pas prévu sa réaction ? Il ne s'était pas rendu compte qu'elle inspirait afin de pousser un cri perçant. Elle passa vivement une main entre eux et le repoussa de toutes ses forces.

Comme il était déjà en train de s'écarter, elle ne fit qu'amplifier le mouvement. Il retomba accroupi sur le sol, au pied du lit.

En un instant, elle fut sur ses pieds et lui assena un coup de poing sur la mâchoire qui le sonna. De fait, il fut ravi de se rendre compte qu'elle savait aussi bien se défendre. C'était une bonne chose pour une femme dans sa situation.

Il para le coup suivant et lui bloqua le bras en se redressant. Elle voulut résister, mais en vain. Sher était petite et son entraînement se bornait aux scènes de combat du théâtre. Elle n'avait pas l'expérience de la vraie vie et en moins de temps qu'il n'en faut pour le dire, il l'eut plaquée sur le lit.

— Ils arrivent, marmonna-t-elle, le visage contre la couverture. Ils vont vous tuer.

Elle ne mentait pas. Si Seth l'avait entendue crier, Brandon n'avait plus qu'à prendre ses jambes à son cou. L'homme était massif, énorme, et aurait sans doute le dessus sur lui. Pour peu qu'il ait amené des renforts, Brandon n'avait aucune chance de s'en sortir.

Il faillit attendre, pour en avoir le cœur net. Puis comme il n'était pas suicidaire, il se leva. Sher se retourna avant même qu'il soit sur ses pieds. Malgré l'obscurité, il lut le reproche dans ses yeux. Il méritait bien sa fureur, concéda-t-il en hochant la tête. Il méritait même pire que cela.

En un instant toutefois, il eut recouvré son équilibre, esquissa un salut, et annonça en souriant :

— Ce n'est pas fini entre nous, lady Sher. En fait, ça commence à peine...

Il la vit balancer entre la peur et un sentiment indéterminé. Avait-elle haussé les sourcils, comme pour le mettre au défi ? Ses lèvres s'étaient-elles réellement plissées dans une moue intéressée ? Ou était-ce son esprit enfiévré qui avait imaginé tout cela ?

Il n'eut pas le temps d'obtenir une réponse. Des pas résonnèrent dans l'escalier. Il escalada rapidement la fenêtre, atterrit sur le toit et s'enfuit à toutes jambes. Quand il sauta sur le sol, il sentit le goût du sang dans sa bouche.

Une douleur se répandit dans sa hanche, dans ses mains, et même dans sa langue, qu'il avait mordue en tombant. Une souffrance bien méritée.

Les dîners de famille étaient toujours ennuyeux. C'est pourquoi Brandon s'arrangea pour être en retard et se voir interdire l'entrée. Hélas, grand-mère avait retardé l'heure du repas spécialement pour lui, et il fut donc introduit dans le salon, où il affronta des regards durs et froids. Il eut à peine le temps d'apercevoir Kit et Sher près de la cheminée, avant que la voix stridente de sa grand-mère ne domine le brouhaha.

— Vraiment, Brandon, ton séjour en Inde t'a fait oublier les bonnes manières.

Il se dirigea aussitôt vers elle, en s'efforçant d'ignorer Sher, fort jolie dans sa robe bleu pâle. Elle ressemblait à une poupée anglaise et avait l'air aussi strict qu'une nonne, avec son col qui remontait jusqu'au menton. Puis il se pencha sur la main de sa grand-mère et ne vit plus rien.

— Les conséquences d'un climat chaud et humide, murmura-t-il en guise d'excuse. Cela vous rend paresseux et oublieux de l'heure.

— Eh bien, assieds-toi et raconte-nous tout, déclara tante Adélie.

Brandon releva brusquement la tête, et dévisagea la mère de Kit avec surprise. Elle avait toujours l'air pincé, avec ses lèvres serrées et son chignon sévère. Même ses paroles étaient dures et sèches. Mais elle faisait partie de la famille, aussi prit-il place dans un fauteuil, bien qu'il n'ait pas du tout envie de parler de son séjour en Inde. Toute la famille avait entendu l'histoire de ce voyage désastreux quand il était rentré en Angleterre, seize mois auparavant. Il voyait bien que sa tante ne s'intéressait pas du tout à ce qu'il avait à raconter.

Il n'y avait qu'à voir Kit pour deviner qu'Adélie avait autre chose en tête. Le gamin allait annoncer ses fiançailles avec Sher et tout le monde le savait. Après tout, cela faisait des semaines que son cousin faisait allusion à une femme mystérieuse. En posant des questions à Brandon, sa mère ne cherchait qu'à gagner du temps. Malheureusement, Kit ne semblait pas comprendre.

— Mère ! J'étais sur le point de faire mon annonce.

— Oui, oui, mon cher. Mais es-tu obligé de la faire tout de suite ? Brandon va peut-être finir par nous donner tous les détails sur son voyage !

Elle posa sur Brandon un regard impérieux.

— Tu peux bien nous le dire, maintenant. Quel service as-tu rendu pour gagner le titre de vicomte ? Nous savons qu'il y a eu un incendie dans une usine indienne. Il n'a été question que de cela pendant des semaines ! Combien de gens as-tu sauvés ? Étaient-ce des personnes importantes ? Est-ce pour cela que l'on t'a accordé un vicomté ?

Brandon arqua les sourcils. Apparemment, Kit essayait depuis un moment d'annoncer ses fiançailles, tandis que sa mère retardait cet instant, dans le vain espoir d'éviter l'inévitable. Et quel meilleur moyen de détourner l'attention de l'assistance, qu'en l'obligeant à révéler la vérité sur son nouveau titre ? Mais cela ne marcherait pas. Rien au monde ne l'obligerait à évoquer le passé, et Kit n'était pas prêt à se laisser détourner de son objectif. Il leva le menton et redressa les épaules, tel un boxeur se préparant au combat.

— Non, déclara-t-il d'une voix forte. Je ne me laisserai plus interrompre par quiconque.

Son regard balaya l'assistance, qui était nombreuse. Sa mère poussa un soupir dramatique.

— Vraiment, mon cher...

— Mlle Martin a accepté de devenir ma femme.

Un silence de plomb accueillit cette déclaration. Puis quelques soupirs offusqués se firent entendre çà et là.

Kit leva la main, dans laquelle il tenait celle de Sheherazade, et ajouta, presque avec véhémence :

— Nous sommes fiancés, et nous nous marierons dès que les bans auront été publiés.

— Est-elle enceinte de toi ? s'enquit tante Adélie.

La question était choquante, et quelqu'un dans l'assistance fut pris d'une quinte de toux. Brandon regarda derrière lui et vit Michael, son frère aîné et actuel comte de Thornedale, reposer son verre de cognac en manquant s'étouffer.

— Mère ! s'écria Kit en serrant les poings. Bien sûr que non !

— Adélie, déclara sèchement grand-mère, ne sois pas vulgaire. Je ne tolère pas la vulgarité sous mon toit.

Michael finit par recouvrer son souffle.

— Pouvons-nous passer à table ? Je meurs de faim !

— Oh, oui ! Allons-y, enchaîna Lily, son adorable épouse.

— Oui, fit Brandon à mi-voix. C'est le genre de conversation qui rend généralement le repas délicieux.

Il se tut brusquement, étonné lui-même par la stupidité de sa remarque. Il aurait mieux fait de rester à son club une heure de plus.

Grand-mère se leva, et il l'imita en lui tendant sa canne.

— Je sais, continua Adélie, d'une voix qui portait. Nous allons dîner indien, en l'honneur de Brandon. Que cela nous plaise ou non. Kit, prends ma main.

Brandon se raidit.

— L'Inde est un pays civilisé, dit-il avec froideur. Ils observent...

— Oh, ne sois pas ennuyeux, Brandon ! Pour ta peine, passe derrière. Et donne le bras à Mlle Martin.

— Non, non, protesta grand-mère avec un gentil sourire. Laisse Kit m'escorter. Cela fait une éternité que je ne l'ai pas vu.

Brandon se retrouva donc obligé de faire ce qu'il redoutait le plus : se tourner vers Sher.

Il avait soigneusement évité son regard jusqu'ici, craignant de lire une condamnation dans ses yeux. Mais il était un homme, un grand voyageur, doté de plus d'expérience que tous ceux de sa classe. Il était capable de soutenir le regard d'une femme en toutes circonstances. Aussi lui offrit-il son bras avec dignité. Ensuite seulement, il trouva le courage de croiser son regard.

Elle n'était pas différente des autres jours. Son expression était aussi calme et réservée que lorsqu'elle surveillait le théâtre et les spectateurs, juste un peu plus lointaine qu'à l'accoutumée. Son teint était très pâle et son attitude d'une correction irréprochable. Pire encore, il ne décela aucune haine dans ses yeux. Uniquement une sorte d'acceptation muette de toutes les vexations, les insultes, et même de son attitude abominable. Elle était prête à tout tolérer.

Cette idée le mit hors de lui.

— Bon sang, qu'avez-vous fait de votre esprit ?

Elle arqua les sourcils et lui lança un regard acéré.

— C'est le spectacle de Kit, et jusqu'ici le public a été assez restreint. Mais nous venons à peine de clore le premier acte. Je suis sûre que la représentation ne va pas tarder à devenir passionnante.

Le visage de Brandon s'enflamma. La dernière chose qu'il souhaitait, c'était faire preuve de cruauté envers cette femme. Néanmoins, il ne décolérait pas.

— Et vous quittez la scène avant même que la pièce ait commencé ? Vous laissez ce pauvre Kit affronter seul ces vieilles harpies ? Dans le mariage, il faut pourtant tout partager.

Elle inclina la tête de côté.

— La galanterie exige qu'il me protège.

Ils portèrent tous deux le regard vers Kit qui bavardait avec sa grand-mère en lui tenant la main. De toute évidence il faisait son possible pour gagner sa faveur, tandis que les invités se dirigeaient en cortège vers la salle à manger. Kit était-il capable de protéger Sher ? Brandon en doutait, mais sans doute n'était-il pas très bon juge.

Ils attendirent patiemment. Les invités tournèrent le dos à la jeune femme, les uns après les autres. Cette grossièreté qui perçait sous le vernis des bonnes manières mit la patience de Brandon à bout.

— En Angleterre, tout est organisé, lui dit-il alors qu'ils pénétraient dans la salle grandiose. Nous savons exactement où nous devons nous asseoir, nous lever... Nos pelouses sont impeccables, nos animaux sont enfermés dans des enclos et même les domestiques s'exhortent les uns les autres à observer la plus grande servilité.

— Je n'ai jamais trouvé que l'Angleterre était un pays discipliné, murmura-t-elle. Mais il est vrai que nous ne fréquentons pas les mêmes cercles.

— Ce sera le cas bientôt. Vous allez devenir ma cousine.

Elle esquissa un sourire. Il faillit ne pas le voir, car il lui présentait une chaise. Mais il ne pouvait s'empêcher de l'observer à la dérobée car il avait désespérément besoin de voir les émotions s'inscrire sur son visage. Et, dans ce sourire doux et fugace, il entrevit la vérité. Elle désirait ce mariage plus que tout au monde. En dépit de son cynisme, de sa réserve, elle ne se laisserait pas détourner de son but.

— Kit n'est pas assez fort pour leur résister, dit-il doucement, pour la mettre en garde.

Elle crispa les poings sur ses genoux, mais nul trouble ne transparut dans son attitude. Son regard se posa sur le haut de la table, où grand-mère, radieuse, s'entretenait avec Kit.

— Il croit que sa grand-mère peut gagner les autres à notre cause, fit-elle observer à voix si basse que personne à part Brandon ne put l'entendre.

Ce dernier prit place à côté d'elle.

— Comme c'est triste ! Kit ne tardera pas à comprendre que même ceux qui l'aiment le plus ne peuvent rien pour lui.

— C'est si terrible que ça ? murmura-t-elle en lui coulant un coup d'œil effrayé.

Brandon haussa les épaules.

— Elle l'adore. Il y a dix ans, il aurait remporté la partie grâce à elle. Mais grand-mère ne représente plus la même force qu'autrefois.

— Dommage... Le pouvoir est passé dans d'autres mains au sein de cette famille, répondit Sher en laissant son regard glisser sur le visage sec et pincé de tante Adélie.

Grand-mère ferait tout ce qui était en son pouvoir pour que Kit soit heureux. Mais était-elle plus forte que tante Adélie ? Ou même que Lily, la comtesse de Thornedale ?

— Je n'ai jamais cherché à comprendre comment fonctionnait le pouvoir chez les femmes, dit-il.

Sa remarque ne déclencha chez elle aucune réaction. Elle lissa sa jupe et attendit patiemment que le premier plat soit servi.

Brandon sentait une hostilité croissante dans l'assemblée. À vrai dire, Kit était idiot d'avoir annoncé ses fiançailles au début du repas, comme un défi lancé à la bonne société. C'était le genre de choses qu'il valait mieux amener tranquillement dans la conversation à la fin de la soirée, après le dernier verre, quand les fiancés pouvaient s'éclipser, en laissant la bataille éclater derrière eux.

— Qu'en pensez-vous ? murmura Sher. Vous croyez qu'on va me servir le plat principal, ou bien que je devrai attendre jusqu'au dessert ?

Tante Adélie dardait sur elle un regard féroce et elle n'était pas la seule à avoir l'air furieuse. Même Lily, l'épouse de Michael, était rouge de contrariété d'avoir été placée près de Sheherazade.

— Je crois que vous allez subir le même sort que le chandelier au centre de la table. Vous êtes la cible de tous les regards.

— Naturellement, répliqua-t-elle d'un ton sec, qui cachait mal son émotion. Que la fête commence !

Comme si elle l'avait entendue, tante Adélie lança sa première flèche.

4

Sher trempa les lèvres dans son verre de vin, mais se garda d'en avaler une goutte. Elle cherchait juste à se donner une contenance. C'est alors que la mère de Kit passa à l'attaque. Elle avait l'air doucereux, un sourire artificiel était plaqué sur ses lèvres, mais une vive animosité irradiait de toute sa personne. Étrangement, elle commença par s'adresser à Brandon.

— Parle-nous de l'Inde, Brandon. Ce pays me paraît fascinant.

Brandon se rembrunit, intrigué. Cela faisait déjà un an et demi qu'il était revenu en Angleterre. Néanmoins, il obtempéra avec un simple haussement d'épaules.

— Ils ont des marchés de plein air. Le bruit est assourdissant, et les odeurs... avec la chaleur, elles peuvent devenir insoutenables.

— Mais ce pays t'a plu, n'est-ce pas ? Tu écrivais dans tes lettres que le voyage était passionnant.

Brandon ne fit aucun commentaire et ses traits se crispèrent. Sher n'aurait su dire si c'était à cause des questions de sa tante ou de la soupe tiède qu'on venait de poser devant elle. Elle en avala quelques cuillerées, mais il s'abstint de l'imiter.

— Le curry ! s'exclama-t-il en faisant signe au valet d'ôter l'assiette. Ils adorent le curry. Et le mélange des couleurs. Je n'avais jamais rien vu de tel.

— Mais tu as gagné beaucoup d'argent, n'est-ce pas ? Vous ne croyez pas que ce serait merveilleux, mademoiselle Martin, de porter de splendides vêtements, en Inde ?

Sher acquiesça poliment.

— C'est sans doute un pays fascinant.

— Il n'y a qu'à se baisser pour ramasser l'argent ! Je crois que quiconque a les moyens de s'y rendre devrait le faire au plus vite ! Avant que toutes ces opportunités aient disparu.

Sher battit des paupières. Cette femme s'imaginait-elle qu'elle allait faire ses bagages et filer en Inde ? Juste comme ça ?

À l'autre bout de la table, Kit repoussa son assiette.

— Aimeriez-vous vivre là-bas une fois que nous serons mariés, mademoiselle Martin ? Je crois que je n'aimerais pas croiser des animaux au milieu de la rue. Et il paraît que la chaleur est accablante. Mais s'il y a de l'argent à gagner, on peut y réfléchir.

— Ne sois pas ridicule ! lança sa mère. Tu détesterais ce pays.

Sher arqua les sourcils malgré elle. Le plan d'Adélie n'était tout de même pas aussi simple que ça ? Pensait-elle pouvoir se débarrasser d'elle en lui suggérant de partir faire fortune en Inde ?

— Je vous suivrai où vous voudrez, répondit-elle avec douceur en regardant son fiancé.

La grand-mère de Kit la considéra avec un sourire bienveillant.

— C'est une magnifique réponse, mademoiselle Martin. Une femme devrait toujours suivre les décisions de son mari.

La comtesse laissa fuser un petit rire de mépris.

— Quelle réponse insipide ! J'espérais mieux, connaissant votre famille…

La remarque ne fit pas rire Sher. Elle s'attendait à subir des attaques de toutes parts, mais elle était lasse de jouer les jeunes filles sages. Il était temps de passer à l'offensive. Elle se pencha en souriant.

— Ah, mais ce n'est pas à mes parents qu'on a posé la question ! Ma mère vous aurait répondu que les coutumes étranges sont source d'inspiration artistique. Quant à ce qu'aurait dit mon père, je vous laisse l'imaginer !

Elle ignorait complètement qui était son père.

Brandon eut un geste désabusé.

— Je me sens obligé de préciser que l'argent ne se trouve pas aussi facilement en Inde. On voit plus d'orphelins et d'infirmes dans les rues que de billets de banque.

— Tout de même, reprit Kit, pensif. S'il y a de l'argent à prendre, je veux bien faire le voyage. Je trouve l'atmosphère étouffante parfois, en Angleterre.

— De fait, je pense que les choses sont exactement telles que Brandon nous les a décrites autrefois, énonça le comte.

— Lorsque je n'étais qu'un imbécile ignorant, murmura Brandon.

Sher croyait que personne d'autre qu'elle n'avait entendu sa remarque.

Soudain, la grand-mère de Kit fit signe au valet de desservir.

— Encore cette vulgarité, dit-elle d'une voix lente. Mademoiselle Martin, je me sens obligée de vous dire qu'il est impoli de parler d'argent en société.

Sur le point de répliquer, Sher se ravisa. De fait, c'était la mère de Kit qui avait mis le sujet sur le tapis, mais elle n'était pas stupide au point de défier l'autorité de la vieille dame.

— Bien sûr, madame, dit-elle en baissant la tête. Je vous remercie de votre conseil.

Brandon la considéra avec surprise, tandis que Kit posait une main sur le bras de sa grand-mère.

— Grand-maman, ce n'est pas juste...

— Tut-tut, Kit, fit sa mère avec un rictus en guise de sourire. N'insiste pas. Elle s'est excusée et a appris quelque chose, par-dessus le marché.

L'espace d'un instant, Sher crut que Kit allait tenir tête à sa grand-mère. Mais un regard noir de sa mère suffit à le réduire au silence. Elle réprima un soupir. Kit ne s'y prenait pas bien. En quelques secondes, il venait de montrer qu'il savait que ces femmes se montraient injustes envers elle, mais qu'il n'était pas à la hauteur pour prendre sa défense. Ce n'était guère surprenant, cependant elle en éprouva de la déception. Ne pourrait-elle, juste une fois dans sa vie, avoir un homme pour défendre son honneur ? Un homme qui se batte à sa place ?

Ravalant ces amères pensées, elle jaugea ses alliés et ses adversaires. La mère et la comtesse étaient contre elle, ce à quoi elle s'attendait. Quant à la grand-mère de Kit, elle était difficile à cerner. Sher décida de se concentrer sur les hommes, et tout spécialement sur le comte. Il était devenu le chef de la famille lorsque ses parents avaient été emportés par une mauvaise fièvre, quelques années plus tôt. Par chance, il était assis à sa droite. Elle lui adressa un sourire chaleureux.

Un mauvais choix ! Son épouse Lily, assise en face d'elle, se raidit. L'expression de Sher se figea aussitôt. Il fallait qu'elle se montre amicale, mais pas trop. Comment au juste faisait-on la conversation avec un comte ? S'ils s'étaient trouvés au *Théâtre de la Taverne*, elle lui aurait simplement demandé si le spectacle lui plaisait. Comme ils étaient assis dans la salle à manger de sa grand-mère, elle devait trouver autre chose.

— J'ai appris que vous vouliez introduire une loi contre l'esclavage à la Chambre des lords. Vous êtes un admirateur de M. Wilberforce ?

Lord Thornedale s'occupait de politique, et quel homme n'aimait pas discuter de son travail ? Mais le comte la considéra avec stupeur. Tout le reste de l'assistance en fit autant. Kit lui-même demeura interdit.

— C'est moi qui soutiens M. Wilberforce, lui souffla discrètement Brandon. Mon frère est en faveur d'une politique moins réformatrice.

— Ah oui ?

Avait-elle confondu les deux frères ? Elle n'en avait pas l'impression, mais elle enchaîna dans ce sens.

— C'est merveilleux que deux frères puissent avoir des opinions différentes, et s'aimer tout de même ! Discutez-vous souvent de vos idées, ou bien avez-vous décidé de ne pas aborder ce sujet ?

Brandon se pencha en avant, une lueur d'amusement dans les yeux.

— C'est le problème. Avec Michael, je ne sais jamais où j'en suis. Parfois il parle du bétail, et d'autres fois de l'esclavage.

— Je trouve ennuyeux de toujours se concentrer sur le même sujet, répondit Michael d'un ton plat.

— Quand un pays traite son bétail mieux que les hommes, il y a là un problème fondamental.

— Je vois, murmura-t-elle. Dans ce cas, c'est merveilleux, car la politique a besoin de vous deux.

Les deux hommes se tournèrent vers elle, à la fois surpris et soulagés qu'elle leur ait évité une nouvelle querelle. S'ils s'étaient trouvés dans le foyer du théâtre, ils auraient souri en s'inclinant devant sa sagesse. Mais elle n'était pas leur hôtesse ce soir. Leur grand-mère fit entendre un ricanement.

— Vous vous intéressez à la politique, mademoiselle Martin ? Je trouve cela détestable, chez une femme. Trop de familiarité avec les gens du commun !

Sher garda le silence quelques instants. Elle fit mine de réfléchir aux paroles de la vieille dame, mais en réalité elle attendait de voir la réaction de Kit. Appréciait-il son esprit autant qu'il le disait ?

Naturellement, il ne dit rien. Elle eut l'impression qu'il attendait de voir les réactions des autres pour décider de l'attitude à adopter. Elle prépara donc mentalement une réponse respectueuse, mais Brandon intervint avant qu'elle ait pu parler.

— Vous ne voyez pas, grand-mère, qu'un gouvernement qui ne comprend pas le peuple est condamné d'avance ?

— Qu'y a-t-il à comprendre ? énonça d'une voix claire la comtesse de Thornedale. Les gens veulent du pain, un toit, et la possibilité d'exercer un métier.

— Est-ce cela que vous constatez chez vos domestiques ? répliqua Brandon d'un ton crispé. N'y a-t-il pas chez eux de petites rivalités, des querelles, des tensions ? Jamais ?

— Il y a toujours des chamailleries stupides chez ces gens. J'essaye de ne pas m'en mêler, mais parfois cela devient nécessaire.

— Imaginez ce genre de disputes à une plus grande échelle. À la mesure d'un pays. Que se passerait-il si vous en étiez le gouverneur et que vous ne compreniez pas ces querelles ? Imaginez qu'un de ces domestiques soit un voleur ou un assassin ? Que feriez-vous ?

La colère perçait dans la voix de Brandon.

— Vous voyez ce que vous avez fait, mademoiselle Martin ? lança la mère de Kit d'un ton hautain. Vous poussez les gens au meurtre !

— Ne soyez pas ridicule, Adélie, répliqua sèchement le comte. Mlle Martin a encouragé Brandon à exprimer ses idées politiques, et ce n'est jamais une bonne chose.

Sher ne dit rien. Elle pressa sa main sur la jambe de Brandon, sous la table. Celui-ci était vibrant de fureur et elle craignait qu'il n'ait une réaction inconvenante. Ce serait désastreux pour elle, car quoi qu'il fasse ce serait elle qui serait tenue responsable de sa conduite.

— Oui, la politique est un sujet qui déchaîne les passions, finit-elle par dire. Il vaut mieux le laisser aux hommes. Je ne serai jamais une femme politique, ma naissance ne me le permet pas. Mais une personne fortunée peut accomplir beaucoup de choses. Elle peut soutenir les ambitions politiques de quelqu'un, ou bien s'embarquer pour de grandes aventures dans d'autres pays.

Elle sourit à Kit, mais n'osa pas regarder Brandon.

— Nous en discuterons plus tard, Kit. Vous me direz où et comment vous aimeriez investir ma fortune ?

— Bien sûr, ma chère. Je suis flatté que vous teniez compte de mes conseils.

— Possédez-vous vraiment une vaste fortune ? s'enquit la mère de Kit. Quelques centaines de livres vous paraissent peut-être importantes, mais dans notre cercle...

— Vous ne comprenez pas, madame. Je dépense chaque jour quelques centaines de livres afin d'entretenir le théâtre créé par ma mère. Mais dernièrement, Kit m'a laissé entrevoir d'autres possibilités.

— Est-ce vrai ? murmura la grand-mère de Kit en contemplant son petit-fils. Aurais-tu trouvé une héritière ?

— Impossible ! s'exclama sa mère.

— Oh, mais bien sûr, protesta Brandon en pressant la main de Sher sous la table. Vous prenez Kit pour un idiot ?

— Non, mais il est un peu naïf, riposta sèchement tante Adélie. Il se laisse tourner la tête par...

— Ne prononcez pas un mot de plus, ma tante ! s'exclama Brandon sur le ton de l'avertissement.

Décontenancée, la mère de Kit demeura bouche bée. Brandon la fusilla du regard.

— Elle est belle, riche, intelligente, mais ne descend pas d'une noble lignée. Acceptez-la, et peut-être un jour daignera-t-elle vous prêter de l'argent.

Le comte se figea, offusqué.

— Nous n'avons pas besoin de l'argent des gens de sa classe !

— Toi non, rétorqua Brandon en contrôlant sa voix. Mais elle ?

Il désigna d'un coup d'œil la mère de Kit, dont le visage s'empourpra. Brandon se détendit imperceptiblement, et tout en parlant il caressa le poignet de Sher, sous la nappe.

— Regardez votre fils, tante Adélie. Pouvez-vous envisager de lui refuser ce bonheur ?

L'espace d'un instant, Sher crut que sa tactique allait fonctionner. Adélie leva le menton et considéra Kit longuement. Puis elle parcourut l'assistance du regard et s'arrêta sur Brandon.

— C'est pour lui que je le fais, déclara-t-elle d'un ton sec.

— Alors, vous êtes stupide !

Ayant prononcé ces mots, il pressa les doigts de Sher dans les siens. Kit se raidit, et tous les regards se tournèrent vers lui. Allait-il prendre à son tour la défense de Sher ? Mais avant qu'il ait pu prononcer un mot, grand-mère reposa bruyamment sa cuillère.

— Brandon, c'est une honte ! Quelle mouche t'a piqué ?

Les jambes de Brandon s'agitèrent, mais il parvint à dissimuler sa nervosité. Kit jeta sa serviette sur la table d'un geste théâtral, puis franchit d'un pas lourd la distance qui le séparait de Sher.

— Venez, mademoiselle Martin, dit-il avec raideur. J'ai l'impression que mon cousin est sous l'emprise de la boisson.

Sher le dévisagea avec stupeur. Brandon ne buvait pas. Sous la table, ce dernier lui agrippa l'autre main. Prise entre deux feux, elle ne savait plus que dire.

La mère de Kit cependant, ne comptait pas en rester là.

— Michael ! s'écria-t-elle avec un faux sanglot. Tu es le chef de cette famille. Mets un terme à cette comédie.

Tous les yeux se posèrent sur le comte, qui visiblement n'avait pas la solution au problème. Il fusilla le trio du regard, s'attardant sur Sher.

— Ceci n'est pas convenable.

Brandon ricana, moqueur.

— Il se passe beaucoup de choses dans le monde, qui ne sont pas convenables.

La patience de Sher était à bout. Ces prises de bec ne menaient nulle part. Malgré Brandon qui lui tenait toujours la main, elle se leva.

— Laissez-moi, Brandon ! lança-t-elle d'une voix sifflante.

— Vous avez d'autres choix, Sher. Ces fiançailles ne tiendront pas.

D'autres choix ? Cette idée était risible. Toute sa vie, elle s'était trouvée confrontée à un seul choix : devenir ou non une prostituée. Kit était le premier homme à vouloir lui offrir autre chose. Elle redressa les épaules et tordit son poignet pour échapper à la poigne de Brandon. Toute la famille la contemplait d'un air horrifié, comme si elle était la seule responsable de cette scène épouvantable. C'est alors qu'elle prit une décision. Elle avait essayé la douceur, les paroles modérées. Elle s'était même vêtue comme une nonne, pour être acceptée. Rien n'y avait fait. Elle allait donc leur dire sa façon de penser.

— Kit et moi avons pris une décision, déclara-t-elle avec fermeté. Nous espérions gagner votre approbation. Mais maintenant je me rends compte que nous ferions aussi bien de nous rendre à Gretna Green.

— En Écosse ? s'écria la mère de Kit, alarmée.

— Ce ne sera pas nécessaire, grommela Michael.

Son épouse, la comtesse de Thornedale, s'essuya lentement les lèvres avec sa serviette avant de déclarer d'une voix posée :

— Kit a un rang à tenir. Une fuite en Écosse serait catastrophique.

La grand-mère de Kit prit alors la parole, avec une autorité qui surprit tout le monde.

— Mon petit-fils ne s'enfuira pas ! Je veux assister à ton mariage, Kit. Tu ne me refuseras pas cela.

Il y eut un moment de stupeur. Tous les yeux étaient braqués sur la vieille dame, dont le visage s'était enflammé. Kit brisa le silence.

— Vous serez assise au premier rang à l'église, grand-maman. N'ayez crainte, Sher, tout se passera bien. Un mariage en bonne et due forme mettra un terme aux ragots.

— Très bien, acquiesça la jeune femme en inclinant la tête.

Kit sourit, lui donna le bras, et l'entraîna vers la porte en annonçant :

— Je vais faire publier les bans sur-le-champ.

— Vous m'en voyez enchantée !

Trois semaines... Allait-elle pouvoir endurer ce cauchemar aussi longtemps ? Et Kit ?

Ils avaient presque atteint la porte, quand Brandon reprit la parole. De toute évidence, il n'avait pas renoncé à la conquérir et il voulait avoir le dernier mot.

— Je suis votre ami, Sher.

Espérait-il qu'elle se tournerait vers lui si un désastre se produisait et que Kit renonçait à l'épouser ? Kit se raidit, s'apprêtant à répliquer, mais Sher le retint d'une simple pression de ses doigts.

— Ne faites pas attention, mon cher, dit-elle assez fort pour être entendue de tous. Les disputes de votre famille ne nous concernent pas.

Un silence accueillit cette déclaration. Plus personne ne dirait mot jusqu'à ce qu'ils aient quitté la maison. À condition qu'ils sortent assez vite. Au fond de son cœur, elle savait que Brandon n'était pas seulement un lord dévoyé, dépité à l'idée de perdre une maîtresse. Quelque chose d'autre, de plus profond, s'était emparé de son âme et le torturait.

Mais Sher n'avait aucun avenir avec lui, et elle ne voulait pas s'intéresser à un homme qui n'était pas son fiancé. Aussi reporta-t-elle son attention sur Kit. Mais à l'instant où la porte se referma derrière eux, elle sut qu'elle avait fait fausse route. Le visage du jeune homme était crispé de colère.

— Bon sang ! Je n'avais pas pris de voiture ! Je suis venu à cheval.

Elle battit des paupières, déconcertée par cette réaction démesurée.

— Ce n'est pas grave, Kit. Je rentrerai seule...

— Vous ne comprenez pas ! s'exclama-t-il en se passant la main dans les cheveux. Je veux vous parler en privé, Sheherazade. Mais je n'ai pas de voiture, et de toute façon, ça ne serait pas convenable...

Sher hocha la tête. À chaque parole de son fiancé, son cœur sombrait un peu plus. Comme elle le craignait depuis le début, il avait donc changé d'avis. La pression exercée par sa famille était trop forte, et à en juger par son expression, il la rendait responsable de ce désastre. Tout en ravalant ses larmes, elle s'efforça de trouver un moyen de sauver la situation.

— Il ne faut pas vous inquiéter pour votre famille, Kit. Nous savions qu'ils ne seraient pas d'accord. J'ai trouvé que vous aviez très fière allure, quand vous avez annoncé que vous alliez faire publier les bans.

— Oh ! Bon sang, Sheherazade, il faut absolument que nous discutions. Mais sans chaperon, ce n'est pas possible.

Elle ne savait plus si elle devait être touchée qu'il songe à sa respectabilité, ou attristée qu'il ait décidé de rompre leurs fiançailles.

— Nous pourrions marcher côte à côte ? suggéra-t-elle avec douceur.

— Vous voulez rentrer à pied ? Le théâtre est loin.

— Cela ne me gêne pas. J'aime faire de l'exercice.

— Très bien, concéda-t-il en soupirant.

Il se mit en route d'un pas si rapide qu'elle eut du mal à se maintenir à sa hauteur.

— Kit ! Si nous voulons discuter, il vaudrait mieux que je ne sois pas hors d'haleine !

Il ralentit le pas en marmonnant des excuses. Cependant, au lieu de parler, il considérait les pavés d'un air furieux.

De toute évidence, l'idée de renoncer à ce mariage le minait. Néanmoins, Sher se sentit blessée. Très vite, sa peine se transforma en colère.

— Kit...

— Vous l'avez appelé Brandon, s'exclama-t-il de but en blanc. Vous n'étiez pas censée connaître mon cousin, et cependant vous l'appelez Brandon !

Elle trébucha, essayant vainement de cacher son trouble. Quand Kit la regarda, elle vit qu'il était profondément peiné.

— Je vous ai prévenue que je ne voulais pas être un mari cocu !

La jeune femme arqua les sourcils.

— Vous avez donc si peu confiance en moi ? Je vous ai promis que je ne vous tromperais jamais.

— Vous l'avez appelé Brandon, ce qui prouve que vous êtes en termes familiers avec lui.

— Et vous en concluez que je couche avec lui ?

— Est-ce le cas ?

— Non.

— Mais vous le connaissez bien.

Sher soupira. Inutile de nier, tôt ou tard la vérité se saurait. Elle avait espéré que Kit ne l'apprendrait pas tout de suite.

— Je le connais, admit-elle. Cela fait presque un mois qu'il me courtise.

— Un mois !

— Il n'est pas arrivé à ses fins. Tous les hommes veulent me séduire depuis que j'ai dix ans. Vous le savez.

— J'ignorais que mon cousin essayait aussi !

Elle ralentit encore, l'obligeant à s'arrêter. Mais quand il se tourna vers elle, elle découvrit tant de fureur dans son regard qu'elle fut abasourdie.

— Mon Dieu, Kit, qu'y a-t-il ? Pourquoi est-ce que Brandon... je veux dire lord Blackstone vous exaspère autant ?

— Ce n'est pas cela. Il...

— Kit ! Nous allons nous marier, il faut que vous me parliez en toute franchise.

Avec un soupir, son fiancé se passa une fois de plus la main dans les cheveux. De toute évidence, il livrait une bataille intérieure. Elle décida de lui venir en aide et lui prit le bras. Ils se remirent à marcher lentement.

— Avant tout, il faut que je vous explique quelque chose. J'ai toujours désiré être une personne respectable. Quand j'ai compris à quel point une actrice était vulnérable, j'ai voulu me marier. Je voulais pouvoir protéger ma famille. Je ne veux pas avoir à me défendre contre des hommes qui tirent sur ma jupe, ou bien contre des ivrognes et des brigands. Je ne veux pas craindre de connaître la faim, ni être exposée quotidiennement à la lie de l'humanité.

Elle prit une profonde inspiration pour se calmer. C'était la première fois qu'elle confessait ce secret.

— Je veux me marier. Avoir une maison et des enfants qui ne souffriront pas comme j'ai souffert.

Elle le tira légèrement par le bras pour le regarder dans les yeux.

— Avec vous, je peux avoir tout cela, et je ne prendrai jamais le risque de tout perdre. Ni pour votre cousin ni pour une montagne, Kit. Pour rien au monde.

Il scruta son visage, puis hocha la tête, rasséréné.

— Brandon a cinq ans de plus que moi, mais nos situations sont similaires. Nous sommes les plus jeunes fils d'une lignée respectable.

Il sourit à un couple qu'ils croisèrent, et murmura :

— Mais il est tellement mieux que moi !

— Quoi ?

— Il est plus brillant. Plus beau. Meilleur cavalier. Et maintenant qu'il a un titre et de l'argent, toutes les femmes lui tournent autour.

— Vous craignez que je me jette à son cou ? Vraiment, Kit, avez-vous une si piètre opinion de vous-même ? Ou bien me croyez-vous capable d'une telle inconstance ?

— Les deux... Je ne sais pas, avoua-t-il en haussant les épaules.

Il avait peur, purement et simplement. Et c'était quelque chose qu'elle comprenait très bien.

— Kit...

— Il y a un domaine dans lequel je suis meilleur que Brandon, Sheherazade.

— Oui ? Lequel ?

— L'amour.

— Mais vous dites que les femmes se jettent dans ses bras. J'ai moi-même entendu parler de ses nombreuses conquêtes...

— Mais ce n'est pas de l'amour, ça, expliqua-t-il en lui prenant le bras. Il lui est arrivé quelque chose en Inde. Je ne sais pas ce que c'est mais quand il est revenu, il avait changé.

— C'est à prévoir après...

— Non. Il a vraiment changé. Vous ne voyez pas ce côté sombre de sa personnalité ?

— Oui, en effet, murmura-t-elle.

— Je... je ne sais pas s'il est encore capable d'amour. Je crois que ce qu'il a vécu en Inde a tué ce sentiment.

— Oh, mais ça ne peut pas être aussi grave que vous le dites...

Kit haussa les épaules, plus à l'aise maintenant qu'il était question des défauts de son cousin.

— Je ne suis sûr de rien, et il y a toujours de l'espoir. Mais un jour je l'ai vu se mettre dans une rage violente. C'était effrayant. Ne vous laissez pas endormir par son charme. À l'intérieur, il est vide.

Sher sourit en lui caressant la joue.

— Vous mettez encore en doute ma loyauté. Pourquoi avez-vous si peu confiance en moi ?

— Parce que vous ne m'aimez pas. Ou du moins, pas encore. Et tant que vous n'éprouverez pas de l'amour pour moi, je ne serai pas tranquille.

Ces mots lui coupèrent le souffle, et elle chancela. Elle ne le croyait pas aussi perspicace.

— Kit..., balbutia-t-elle.

— Vous finirez par m'aimer, j'en suis sûr. Mais il faut que vous me laissiez un peu de temps.

— Alors, épousez-moi vite. Ensuite, nous aurons tout le temps qu'il faudra.

— Je vais faire publier les bans immédiatement, répondit-il en souriant. À moins que vous ne teniez à vous rendre à Gretna Green.

— Pourquoi pas ? Je le pensais vraiment.

Il réfléchit un instant, mais secoua la tête.

— Je veux vous épouser de façon respectable. Pas à la va-vite. En plus, j'ai promis à grand-mère qu'elle assisterait au mariage, ajouta-t-il avec un sourire malicieux.

Le cœur de Sher se gonfla de bonheur. Si sa grand-mère cessait de les soutenir, ils seraient perdus !

— Je serai la plus heureuse des femmes.

Kit sourit, en calant plus étroitement son bras sous le sien.

— Et moi, le plus heureux des jeunes mariés.

Ils continuèrent de marcher du même pas quelques minutes. Sher se détendit, profitant de l'air et du soleil. Soudain, il resserra ses doigts sur son bras.

— Êtes-vous très fortunée, Sheherazade ?

Elle soupira. Elle avait espéré pouvoir repousser cette discussion, mais c'était elle qui avait abordé le sujet. Elle ne pouvait lui reprocher d'y revenir, à présent.

— Si le théâtre continue de bien marcher, nous ne manquerons jamais de rien.

Kit ne répondit pas. Il réfléchissait, mais elle ne savait quelle direction avaient prise ses pensées.

— Voulez-vous voir les documents ? Connaître tous les détails ?

— Je pense que ce serait préférable, n'est-ce pas ?

Non, elle ne voulait pas qu'il sache. Une fois qu'il aurait les renseignements, d'autres les auraient aussi. Alors, tout changerait. L'argent changeait toujours tout. Mais s'il devenait son mari, il serait responsable de sa fortune. Il était donc juste qu'il soit mis au courant avant le mariage.

— Bien sûr, Kit. Mais je vous supplie d'être discret.

— Naturellement, répondit-il d'un ton léger. Cela restera un secret entre nous !

Sher acquiesça en hochant la tête, mais au fond elle savait que c'était impossible.

Kit était incapable de garder un secret.

5

— Est-ce vrai, Brandon ? s'écria tante Adélie d'une voix perçante. Cette femme a vraiment de la fortune ?

Brandon songea à s'emparer du flacon de cognac, mais non, il ne permettrait pas à Adélie de le pousser à nouveau dans ce vice. Il reposa donc son verre vide.

— Tu as dit qu'elle possédait une fortune plus importante que la tienne !

Il soupira.

— Il est difficile d'évaluer une situation financière.

— Tu avais dit que tu t'en chargerais, fit observer Michael d'un ton accusateur.

— De toute évidence, ses dons de séducteur sont surestimés, ajouta tante Adélie avec aigreur.

— Tiens ta langue, Adélie, répliqua grand-mère, agacée. Tu as été détestable pendant le dîner. Et quelle est donc cette histoire ? Quelqu'un voudrait séduire la fiancée de Kit ?

Brandon se tourna vers son frère en haussant les sourcils. Ce détail était censé rester entre eux. Apparemment, toute la famille était au courant. Mais il était le seul à trouver son action déplorable.

— J'ai demandé à Brandon de se renseigner sur elle, grand-mère, avoua Michael en soupirant.

C'était un mensonge, mais Michael n'en démordrait plus jusqu'à son lit de mort !

— Kit m'a parlé il y a des semaines d'une femme qu'il envisageait d'épouser. Je n'ai fait que mon devoir en voulant le protéger.

Adélie haussa les épaules avec agacement.

— Kit est mon fils, marmonna-t-elle. Il faut que je sache ce qui se passe. Surtout s'il désire épouser une catin !

Tout le monde ignora sa remarque, et Brandon repoussa son assiette en faisant la grimace. Il savait mieux que personne qu'il était inutile de chercher à défendre lady Sher dans ces conditions.

— Ce qu'il nous faut, ce sont les détails, poursuivit Michael. De combien dispose cette fille et...

— Et de quelle façon pourrais-tu utiliser son argent ? ajouta Brandon. Nous pourrions peut-être la kidnapper pour lui prendre son magot. Ou mieux encore, trouver un valet pour l'épouser. Un homme que nous tiendrions sous notre coupe, et qui lui volerait son argent pour nous le donner.

— Oui, oui, répliqua sèchement Michael en sirotant son vin. Nous connaissons tous tes penchants démocratiques. Mais le fait est que cette femme est actrice !

— Et par conséquent, elle ne convient pas pour mon fils ! lança tante Adélie.

Lily intervint, d'une voix douce mais claire :

— Je vous en prie, je vous en prie. Cette discussion ne nous aide en rien. Est-ce qu'une fortune considérable rendrait cette femme acceptable ? demanda-t-elle en s'adressant à grand-mère.

— Non ! s'exclama aussitôt Adélie.

Mais la vieille dame sembla réfléchir, l'air soucieux.

— L'argent gomme les différences sociales, finit-elle par suggérer en fixant Adélie. Je pense qu'il faut poser la question au comte. Michael ? Nos coffres ont-ils besoin d'être remplis ?

Le frère de Brandon rougit violemment.

— Non, déclara-t-il d'une voix ferme.

— Cela règle la question ! déclara vivement tante Adélie.

— Cependant, l'argent frais est toujours le bienvenu. Je vois une bonne douzaine de projets qui pourraient en tirer profit.

Brandon joua distraitement avec son couteau.

— Ce n'est pas notre argent, cependant. C'est le sien. Vous y avez pensé ?

— Cet argent appartient à son mari, fit observer grand-mère.

— Dans ce cas, ce sera l'argent de Kit, pas celui de Michael, rétorqua-t-il du tac au tac.

Sa grand-mère eut un reniflement hautain.

— Kit a toujours été bon pour moi.

— Pour moi aussi ! renchérit Adélie. Néanmoins, si quelqu'un de la famille a droit à cet argent, c'est le frère aîné de Kit. Le comte n'en a nulle utilité, alors que le baronnet pourrait en tirer de considérables avantages.

— Cependant, remarqua Lily d'une voix toujours aussi douce, vous avez dit que sa fortune, de quelque importance qu'elle soit, ne la rendrait pas plus acceptable ?

Michael apporta de l'eau à son moulin :

— Si Kit était influençable, nous ne serions pas dans cette situation. Il aurait déjà épousé une jeune fille choisie par vous.

— Et si Brandon avait tenu sa promesse, riposta Adélie, nous n'aurions pas été obligés d'endurer cette horrible soirée !

Brandon garda le silence. La maudite femme avait raison. Il avait cru qu'il serait assez facile de séduire une actrice. Cela aurait rendu service à la famille, aurait empêché son cousin de commettre une grave erreur, et l'aurait distrait pendant quelque temps.

— Parfois, dit-il à voix basse, la dame n'est pas celle que l'on croit.

Les réactions ne se firent pas attendre. Il y eut des haussements d'épaules et des expressions méprisantes. Par chance, Lily était plus raffinée.

— Je suis sûre que Brandon a fait de son mieux. Mais peut-être devrions-nous considérer le problème sous un autre angle. Pourquoi ne pas trouver une autre fiancée à Kit ?

Tante Adélie frappa la table du plat de la main.

— Comme si je n'avais pas essayé ! J'ai traîné Kit dans toutes les réceptions imaginables. On lui a présenté toutes les jeunes filles à marier. Il est toujours très poli, bien sûr, mais dès qu'il le peut il s'échappe pour aller retrouver cette catin !

— Adélie ! gronda grand-mère.

— Ce n'est que la vérité, maugréa Adélie.

— Si c'était une catin, j'aurais accompli ma mission depuis longtemps.

Plusieurs secondes s'écoulèrent sans que quiconque ne prononce une parole. Tout le monde avait les yeux rivés sur Brandon et sur le couteau qu'il tenait dans son poing. Ce fut finalement Lily qui brisa le silence.

— Comme je le disais, Brandon fait tout son possible. Mais je pourrais peut-être organiser un thé avec quelques jeunes filles qui seraient parfaites pour Kit.

— J'ai déjà fait cela, commença Adélie.

Lily ne la laissa pas continuer.

— Nous ne fréquentons pas les mêmes cercles, Adélie. Vous ne connaissez pas les mêmes dames que moi.

Grand-mère se pencha en avant, les yeux brillants.

— Excellente idée, Lily ! Je vais sur-le-champ préparer une liste de mes relations !

Lily acquiesça, mais ses yeux luisaient de fureur.

— Merci. J'apprécierai naturellement vos suggestions, et je les retiendrai sans doute pour un bal, plus tard. Mais pour le thé, je m'en tiendrai à un cercle très restreint. Et trié sur le volet.

En d'autres termes, grand-mère n'avait pas à se mêler de cela.

— Bravo, Lily, dit Brandon d'une voix douce.

Elle arqua imperceptiblement les sourcils, mais avant qu'elle ait pu lui répondre, tante Adélie répandit de nouveau son venin.

— Aie la bonté de garder ton opinion pour toi, Brandon. Nous te tenons encore pour responsable de cette catastrophe.

Brandon sentit une intense froideur se répandre dans son corps, et il eut l'impression de sortir de lui-même. À cet instant, sa famille cessa d'exister pour lui.

— Vous avez raison, s'entendit-il déclarer. Je ne peux vous être utile. La prochaine fois que vous voudrez compromettre une innocente, je vous prie de ne pas faire appel à moi.

— Elle n'est pas innocente ! protesta Adélie.

Mais personne ne lui prêta attention.

— Cessez donc de faire des drames ! soupira grand-mère.

Elle était de nouveau très pâle. Visiblement, ses forces la trahissaient.

— Personne ne t'a demandé de la débaucher, ajouta Adélie, ne comprenant pas que c'était exactement ce que Michael avait exigé de Brandon. Mais j'apprécierais que tu te renseignes sur sa situation financière. Imaginez le ridicule, si après toutes ces histoires, Kit se retrouvait marié à une actrice sans le sou ! Et si cela dépasse tes possibilités, tu devrais cesser d'agir de façon si *démocratique !* cracha-t-elle avec virulence.

Brandon entendit son frère et Lily soupirer. Ils n'appréciaient pas la vulgarité de tante Adélie. La réaction de Brandon fut différente. Il sourit, bien qu'il n'éprouvât aucune envie de se réjouir.

— Non, je ne suis pas à la hauteur, déclara-t-il en se levant. Je ne le serai jamais.

Sur ces mots, il jeta sa serviette sur la table et se dirigea vers la porte à longues enjambées. Néanmoins il ne fut pas assez rapide, car il entendit les paroles que prononça sa grand-mère.

— Tu as réussi ! Il est vexé, à présent.

Il ne saisit pas ce que répondit sa tante, et franchit la porte avec soulagement. Tout ce qu'il avait dit, tout ce qu'il avait essayé d'expliquer, avait été interprété comme une blessure d'orgueil. Personne dans la famille ne verrait jamais lady Sher autrement que comme une femme riche ou une prostituée intrigante.

Bon sang, il détestait l'Angleterre ! Ou plutôt, il détestait les Anglais. De toute façon, la coupe était pleine. Il allait prendre le prochain bateau en partance pour... pour où ? Retourner en Inde ? Jamais ! De toute façon, il se ferait tirer dessus dès qu'il aurait posé un pied à terre. L'Écosse ? C'était rempli d'Anglais avec un accent bizarre. L'Australie, alors ? Pour côtoyer les criminels déportés ? Il n'était pas suicidaire à ce point. Mais peut-être pouvait-il essayer les colonies. Il craignait cependant que ça ne ressemble beaucoup à l'Angleterre, avec un accent légèrement différent.

Ce qui le ramenait à son point de départ. Londres et les Anglais. Y avait-il quelqu'un dans ce merveilleux pays qui considère les gens comme des êtres humains, et non comme des ressources à exploiter ? Quelques rares personnes, sans doute. William Wilberforce faisait partie de ces réformateurs, et il comptait beaucoup d'admirateurs. Brandon prit donc le chemin de son club, dans l'espoir d'y trouver quelqu'un qui comprendrait la difficulté d'expliquer la démocratie à ceux qui ne voulaient rien entendre.

De plus, il allait devoir attendre des heures avant de pouvoir entrer au *Théâtre de la Taverne* et voir lady Sher.

Brandon se tint sur le qui-vive en entendant les pas dans l'escalier. Il arpentait le corridor, devant la chambre de Sheherazade, depuis le début de la représentation. C'était la meilleure façon de ne pas la rater, et de toute façon, le spectacle ne l'intéressait pas. Les pièces données à la *Taverne* étaient drôles, mais grossières. Et on ne gagnait rien à les voir plusieurs fois.

Aussi avait-il préféré grimper l'escalier en cachette et attendre le retour de la jeune femme, comme un pauvre chien perdu. Sa patience allait être récompensée. Cependant, le pas qu'il entendait dans l'escalier semblait lourd. Et avant qu'il ait pu esquisser un geste, il se trouva face à Seth. Par bonheur, Sher apparut dans son sillage, mais cela n'empêcha pas le massif garde du corps de serrer les poings en voyant Brandon. Il avait l'air d'un taureau sur le point de charger.

— Bonjour, monsieur le vicomte, dit gentiment Sher.

Sa voix était rauque et elle semblait fatiguée, mais il la trouva belle tout de même. Il n'aurait même pas su dire pourquoi cette pensée lui avait traversé l'esprit. Il avait vu des femmes plus ravissantes, mais cela ne changeait rien au désir qu'il éprouvait pour elle. Sher était différente.

— Bonjour, lady Sher. J'espérais pouvoir échanger quelques mots avec vous.

Sher sourit et son regard feignit la tristesse.

— Je suis désolée. Mais je suis fiancée, et ce ne serait pas convenable.

— Je ne vous veux aucun mal, affirma-t-il, sans quitter du regard les poings de Seth.

Il parviendrait sans doute à avoir le dessus dans un combat avec cet homme, mais seulement à condition que Sher soit de son côté.

Celle-ci arqua les sourcils, mais ne dit mot. Appréciant sa réserve, il lui tendit un coffret.

— Ceci est pour vous. C'est pour me faire pardonner mon abominable comportement.

Seth fit un pas sur le côté afin de permettre à sa maîtresse de prendre le coffret, mais elle n'esquissa pas un geste.

— Je vous le répète, monsieur, je suis fiancée. Il serait contraire à la bienséance...

— Ce que nous avons fait était contraire à la bienséance, mais nous l'avons fait tout de même, dans ce corridor, répliqua-t-il d'un ton cassant.

— Monsieur... Brandon... Vous devez partir, à présent.

Il secoua la tête et voulut faire un pas en avant, mais Seth s'interposa entre eux.

— Il faut que nous parlions, Sher.

Elle ne répondit pas, ce qui ne voulait pas dire qu'elle était d'accord. Au lieu de discuter inutilement, elle prit sa clé et alla à la porte. Il lui barrait le chemin, mais elle se contenta de darder sur lui un regard dur. Le visage enflammé, il s'écarta.

Le sang lui battait aux tempes et il respirait avec difficulté. Sher voulait éviter tout contact avec lui, lui échapper totalement. Ce n'était pas envisageable.

— Je ne suis pas un homme patient, dit-il, tandis qu'elle introduisait la clé dans la serrure.

Elle le regarda en haussant les sourcils, visiblement surprise par cette déclaration. Il était lui-même un peu déstabilisé. D'ordinaire, il ne parlait pas de lui. Mais avec elle, il laissait toujours échapper des propos étranges.

— Je ne suis pas patient, répéta-t-il, cependant je vous ai attendue dans ce couloir, comme un chien.

— Dans ce cas, vous devriez être heureux d'être débarrassé de moi.

Il voulut lui prendre le bras, mais Seth leva aussitôt le poing, et il la relâcha. Il ne voulait pas lui faire de mal, simplement retenir son attention. Mais le machiniste faisait du zèle.

— Vous ne voulez pas de mes cadeaux et vous refusez de me parler. Comment puis-je me faire pardonner ? Comment pourrions-nous discuter de... de votre avenir ?

La porte de la chambre était ouverte, mais au lieu d'entrer, elle le regarda en secouant la tête.

— Vous ne faites pas partie de mon avenir. Ne pouvez-vous vous trouver une femme ? Pourquoi persistez-vous à harceler la fiancée de votre cousin ?

Il grimaça, mais ce qu'elle disait était vrai. Kit l'avait conquise et Brandon aurait dû la laisser tranquille. N'était-ce pas, d'ailleurs, ce qu'il avait dit à sa famille ? Et pourtant, il ne pouvait se résoudre à partir.

— Vous êtes triste et je suis votre ami, murmura-t-il.

Seth décocha à la jeune femme un regard acéré.

— La journée a été longue. Je suis fatiguée.

— Non. Quelque chose... ne va pas, rétorqua-t-il avec un geste de la main.

Cette fois, à sa grande satisfaction, Seth ne broncha pas. Mais Sher haussa un sourcil.

— Vous devriez vous soucier de votre propre vie, et non de la mienne. Bonne nuit, lord Blackstone.

Elle pénétra dans sa chambre et referma la porte. Brandon aurait aimé la suivre, mais Seth lui fit barrage. Il n'aurait gagné que des plaies et des bosses à se battre contre lui. Aussi fit-il une des choses les plus ridicules qu'il eût faites dans sa vie : il demeura sur place, et lui parla à travers le battant.

— Je vous en prie, Sher... Je suis venu pour vous aider.

Seul le silence lui répondit.

— Je voudrais vous emmener faire une promenade à Hyde Park.

Toujours le silence.

— À l'heure où il y a le plus de monde. C'est parfaitement convenable. Je viendrai en phaéton, et nous pourrons parler tout à notre aise.

Comme elle ne répondait toujours pas, quelques gouttes de sueur se mirent à couler sous son col de chemise et il se sentit très mal à l'aise.

— Plus vous serez vue en public, plus vous paraîtrez acceptable aux membres de ma famille.

Il coula un regard en coin vers Seth. L'homme avait croisé les bras, mais son expression en disait long. Il était furieux, mais tolérait la présence de Brandon. Ce dernier lui tendit le coffret. Seth le prit, sans toutefois promettre de le remettre à Sher. Alors, Brandon tira une liasse de billets de sa poche.

— Je donne de l'argent à Seth, annonça-t-il à haute voix. Afin que vous puissiez vous acheter une nouvelle robe. Choisissez quelque chose d'élégant, pas une tenue de nonne. Cela ne trompe personne, et ne sert qu'à mettre en évidence le fait que vous n'êtes pas respectable.

Seth émit un ricanement de mépris, mais Brandon ne se laissa pas impressionner.

— Le vert vous va bien, ajouta-t-il. Cela met vos yeux en valeur.

N'obtenant toujours pas de réponse, il soupira et fit une dernière tentative.

— J'ai pris votre défense contre toute ma famille. Après votre départ, j'ai parlé en votre faveur. Je veux seulement vous aider, Sher. Ce mariage ne se fera pas, sans cela. Vous avez besoin de moi.

Il pressa la main contre la porte.

— Je reviendrai dans deux jours. D'ici là, la robe sera prête, je pense.

Avec un dernier soupir, il tourna les talons et redescendit.

6

— Il m'a donné de l'argent pour m'acheter une robe, Kit. Il veut m'emmener en promenade à Hyde Park demain.

Kit se renfonça dans son fauteuil et étendit les jambes devant lui. De toute évidence, il manquait de sommeil. Ses yeux étaient injectés de sang, et il bâillait sans cesse. Mais il avait immédiatement répondu au message de Sher, et s'était présenté au théâtre avant midi. C'était déjà bien, même si celle-ci était agacée par son manque de concentration. Elle s'était couchée aussi tard que lui, et s'était levée à l'aube.

— Kit, je crois que je devrais y aller.

Son fiancé se passa une main sur le visage et fronça les sourcils.

— Il dit qu'il veut nous aider ?

Sheherazade jeta un coup d'œil inquiet à sa jupe brune et songea à la remarque de Brandon. La trouvait-il mal fagotée ?

— Je pense qu'il a de bonnes intentions, finit-elle par confesser.

Pour le coup, Kit ouvrit les yeux. Son expression était amère.

— Il ne peut pas vous arriver grand-chose à Hyde Park, en pleine journée. Le seul danger, c'est que vous vous ennuyiez à mourir.

— Non, Kit, rétorqua-t-elle les dents serrées. Le vrai danger, c'est qu'il ruinera toutes mes chances dans la bonne société. Ma réputation sera détruite.

Kit garda le silence un moment. Puis il déclara avec une douceur détachée :

— Elle l'est déjà, Sher. Je ne vois pas comment cela pourrait être pire.

Elle se mordit les lèvres, blessée par sa remarque.

— J'ai toujours fait mon possible pour être une femme honorable, Kit.

— Oui, naturellement. Mais ainsi va le monde, n'est-ce pas ? Le sort de toutes les actrices est joué d'avance.

Elle baissa les yeux sur sa jupe pour ne pas lui laisser voir ses larmes. Mais il lui prit la main et la porta à ses lèvres.

— Il faut se faire une raison. Vous ne serez pas une femme respectable tant que nous ne serons pas mariés.

Elle aurait préféré qu'il soit moins direct. Qu'il fasse semblant de croire qu'elle était aussi précieuse que les jeunes filles de l'aristocratie qui paradaient chaque jour dans Hyde Park. Mais cela n'aurait pas été logique, aussi ravala-t-elle son amertume.

— Il faut que j'achète une robe verte, comme il me l'a suggéré. Je n'ai rien d'autre qui convienne.

— Mmm ? Oh, je suis d'accord. Le vert vous va à ravir.

— Kit ! Vous savez bien que ce n'est pas cela que je voulais dire !

Kit sourit d'un air espiègle. De toute évidence il avait envie de la taquiner, mais elle ne trouvait pas cela drôle. Néanmoins, il était difficile de rester fâchée alors qu'il lui chatouillait le menton et déposait un baiser sur ses lèvres.

— Il est riche. S'il veut vous offrir une robe verte, je n'y vois aucune objection.

— Mais c'est contraire aux convenances, Kit.

— Vous n'êtes pas une femme convenable. Pas encore. Aussi, acceptez cette robe, Sher. Prenez-en même deux, si c'est possible. Si cela peut vous aider, je vous promets de faire aussi une apparition au parc, ajouta-t-il en se levant. Je passerai par là à pied, et nous ferons comme si nous nous rencontrions par hasard.

Sher se leva également et lui prit le bras, pour essayer de lui faire comprendre son inquiétude.

— Vous n'êtes donc pas fâché qu'un autre homme emmène votre fiancée en promenade ?

— Ce n'est pas un autre homme, Sheherazade. C'est mon cousin.

Kit fourra les mains dans ses poches, mais ne fit pas mine de sortir. La tête penchée de côté, il l'observa.

— Il a pris notre défense contre la famille. Après notre départ, il a prononcé des paroles aimables à votre sujet. Je le tiens de ma mère, bien qu'elle ne l'ait pas exprimé exactement en ces termes.

Sher haussa les épaules. De toute évidence, la mère de Kit avait dû maudire Brandon, et elle avec.

— C'est bon signe, non ?

— C'est un excellent signe ! s'exclama Kit avec un large sourire. Mon cousin s'est rendu compte que vous étiez une femme merveilleuse. Vous verrez. Ce sera pareil avec les autres. Avec le temps, tout s'arrangera.

Sur ces mots, il tourna les talons et sortit. Elle l'entendit s'éloigner en sifflotant et quitter le bâtiment par la porte de derrière.

Le lendemain, Sher était de nouveau assise dans le foyer, mais cette fois vêtue d'une robe verte toute neuve. Et elle n'attendait pas Kit, mais Brandon. Les autres membres de la troupe inventaient toutes sortes de prétextes pour entrer dans le foyer, mais elle les en chassait chaque fois rapidement. Cette promenade au parc la rendait déjà assez nerveuse, sans qu'elle doive en plus affronter les regards curieux et les commentaires. Mais il suffisait qu'une personne sorte d'un côté, pour qu'une autre entre par la porte opposée. Elle finit par céder en soupirant, et renonça à les chasser.

Son attention venait d'être captée par un pli dans la dentelle de sa robe lorsqu'il apparut enfin. Il était presque à l'heure, remarqua-t-elle avec surprise, alors qu'elle avait eu l'impression d'attendre une éternité.

Elle redressa les épaules en le voyant entrer, accompagné d'un Seth renfrogné. Brandon était magnifique, comme toujours, avec sa veste vert bouteille dont les tons s'accordaient parfaitement à sa robe. Ils allaient avoir l'air d'un vrai couple, songea-t-elle, consternée.

— Vous semblez fâchée, dit-il en s'immobilisant devant elle.

— Pas du tout. Je pensais à une chose sans importance. Votre présence va illuminer ma journée, affirma-t-elle en souriant.

— Mmh... Si vous tenez à jouer les niaises, l'après-midi promet d'être fort ennuyeux.

Sher se leva posément pour prendre son réticule. Elle n'aurait pas dû être étonnée de sa franchise, néanmoins celle-ci était un peu déstabilisante.

— Je pensais que nous allions passer l'après-midi comme des personnes respectables, et donc je m'efforçais d'être convenable.

— C'est bien ce que je disais, l'après-midi va être sinistre ! répliqua-t-il en levant les yeux au ciel.

— Ah... Vous comptiez donc sur moi pour vous distraire ? Je pensais que vous vouliez seulement nous aider. Puisqu'il en est ainsi, je devrais sans doute rester chez moi.

Il ne répondit pas tout de suite. Imperturbable, il laissa son regard glisser sur tous les occupants de la pièce. Onze personnes, qui le dévisageaient sans même chercher à dissimuler leur curiosité, ou à invoquer un prétexte justifiant leur présence.

— Cette journée va être difficile pour vous, lady Sher. Vous n'êtes pas assez insensible pour encaisser sans broncher les affronts de la bonne société. Ce sera dur.

— Vous cherchez à vous désengager ? Vous ne voulez plus m'emmener, c'est cela ?

— J'essaye simplement de vous préparer. Et de vous faire comprendre que si nous partons fâchés, ce sera encore pire.

Sher détourna les yeux, mal à l'aise. Bien entendu, il avait raison. S'il agissait avec honnêteté, il pouvait leur apporter une aide considérable. Il n'aurait pas été raisonnable de s'opposer à lui en ce moment.

— Je vous demande pardon, monsieur. Je n'ai pas l'intention de me battre contre vous.

— Moi non plus. En revanche, j'ai une question à vous poser.

— Oui ? dit-elle, l'estomac noué.

— Pourquoi est-il si important pour vous d'être respectable ? La vie que vous menez en ce moment vous laisse une grande liberté. Assurez-vous, avant de vous marier, que vous souhaitez réellement entrer dans la prison de la bienséance. L'expérience que vous allez vivre aujourd'hui vous donnera une idée précise de ce qui se passera toute votre vie, indépendamment de la durée de votre mariage ou de l'importance de votre fortune. Donc, il faut que vous soyez sûre que c'est bien ce que vous souhaitez.

Sher esquissa une moue désabusée.

— Il faut être aristocrate et fortuné pour me donner un tel conseil. Bien sûr, cela vaut largement…

— Sher ! Je vous ai juste demandé de réfléchir à la question, précisa-t-il en l'interrompant d'un geste de la main. C'est tout. Pensez-y.

Elle leva le menton, l'air dédaigneux.

— Vous me parlez comme si je n'avais jamais été snobée. Comme si je n'avais pas été critiquée et humiliée par la propre famille de mon fiancé pendant le dîner !

Elle s'attendait à ce qu'il soit gêné, ou à ce qu'il reconnaisse ce qui s'était passé. Ce ne fut pas le cas. L'expression de Brandon se fit encore plus douce.

— Aujourd'hui, ce sera encore pire, Sher. Mais je vous promets de faire tout ce qui est en mon pouvoir pour vous soutenir.

Ses paroles la touchèrent. Pourtant, elle n'avait pas entièrement confiance en lui. Elle craignait encore que ce ne soit qu'une manœuvre pour la séduire. Cependant, il paraissait sincère. Si bien que lorsqu'il lui offrit le bras elle le prit sans hésitation, posant sa main gantée sur la manche de son élégant costume.

— Vous avez très fière allure, dit-elle.

— Mais vous, vous êtes divine.

Il contourna Seth et les autres pour la guider vers son phaéton. La superbe voiture avait été fraîchement repeinte. Elle ne portait pas d'armoiries, mais un jeune valet s'avança en tirant les deux chevaux alezans par les rênes. Il était vêtu d'une livrée vert et or flambant neuve, et s'inclina avec une parfaite correction devant Sher. Lorsque celle-ci lui sourit, ses joues se creusèrent de fossettes et il s'exclama :

— Mademoiselle…

Brandon le coupa aussitôt.

— Silence, Hanks. Les domestiques doivent garder le silence.

Le jeune garçon rougit violemment et baissa la tête. Brandon garda un instant les yeux fixés sur l'enfant, puis tendit la main à Sheherazade.

— Je suis désolé, je viens juste de l'engager, murmura-t-il. Il est très jeune.

Elle regarda par-dessus son épaule le jeune valet, qui chassa quelques grains de poussière de son uniforme.

— Où l'avez-vous trouvé ?

— Mmm ? Oh, c'était un pickpocket pas trop doué pour le métier.

— Vous avez engagé un gamin qui vous faisait les poches ?

— Pas à moi, non. Il faisait les poches d'un ivrogne, mais il était si maladroit que j'ai tout de suite vu que ce n'était pas un professionnel.

— Vous avez engagé un gamin des rues, répéta-t-elle posément, stupéfaite de découvrir autant de bonté chez cet homme.

Il eut un rire léger.

— Eh bien, j'avais besoin d'un valet, n'est-ce pas ? Ce ne serait pas convenable de vous emmener à Hyde Park sans un domestique pour jouer les chaperons.

Il l'aida à monter sur le siège. Ses mains étaient larges et solides, et elle prit appui sur son bras. Il n'y avait rien de sensuel dans la façon dont il la toucha, cependant elle fut parcourue d'un frisson. Consciente qu'il avait une vue plongeante sur sa chute de reins, elle s'assit sur les coussins souples et confortables.

Brandon sauta à côté d'elle, agrippant la poignée, tandis qu'elle observait le véhicule avec attention.

— Ce phaéton est neuf ?

— Nouvelle acquisition, comme mon valet, répliqua-t-il avec un sourire. Je ne pouvais pas vous emmener promener dans un vieux tacot.

— Essayez-vous de m'impressionner ? s'enquit-elle en inclinant la tête de côté.

L'expression de Brandon se fit plus grave.

— Je veux vous montrer que je vous respecte.

— En achetant une nouvelle voiture ?

— Et en vous emmenant à Hyde Park, oui.

Sher ne répondit pas. En dépit de toute logique, elle était impressionnée. Et assez contente. Elle se cala dans les coussins et renversa la tête en arrière, offrant son visage à la caresse du soleil. Son chapeau était neuf, comme sa robe, mais elle ne l'aimait pas beaucoup. Les rubans lui chatouillaient l'oreille et elle avait trop chaud, mais la bienséance exigeait qu'elle le garde.

— Vos joues sont maquillées ? demanda-t-il à mi-voix, tandis que le valet se perchait derrière eux.

— Oui, avoua-t-elle dans un murmure.

Sa peau était d'un brun doré très léger, et elle avait même quelques taches de rousseur. À l'intérieur du théâtre personne ne pouvait s'en apercevoir, mais en plein jour, elle craignait que cela ne se remarque. Aussi avait-elle eu recours à un fond de teint.

— Une chance que votre crème ne sente pas aussi mauvais que celle de ma grand-mère, dit-il sèchement.

— Les catins maîtrisent l'art du maquillage. Il faut qu'elles soient belles, mais elles ne doivent pas sentir mauvais pour les clients.

Il partit d'un grand éclat de rire qui la déconcerta. Elle se redressa sur son siège et ses joues s'empourprèrent.

— Mon Dieu, je suis désolée d'avoir dit une chose pareille. Je ne sais pas comment…

— Non, non ! Je craignais au contraire que Kit n'ait anéanti votre esprit.

— Kit ? Pas du tout. C'est un compagnon charmant.

— Mais un amoureux indifférent ?

Sher se raidit.

— Vous allez trop loin, déclara-t-elle, bien qu'elle ait elle-même donné un tour scandaleux à la conversation.

Brandon s'inclina, reconnaissant par ce geste qu'il avait tort.

— Revenons à des sujets plus conformes à l'étiquette. Voulez-vous que nous parlions du temps ? Ou bien, je pourrais vous abreuver de toutes sortes de renseignements sur mes chevaux, ou sur ce charmant phaéton.

— Je ne pensais pas qu'il ferait aussi beau aujourd'hui, répliqua-t-elle avec raideur, tout en regrettant de ne pouvoir ôter ses gants pour toucher le velours des coussins.

— C'est à la pluie de la nuit dernière que nous devons ce bel après-midi ensoleillé, répondit-il distraitement.

Ils approchaient de l'entrée de Hyde Park et l'attention de Sher se fixa sur les nombreuses voitures qui se pressaient devant les grilles.

— Quand vous voudrez repartir, dites-le-moi, murmura-t-il. Je ferai faire demi-tour aux chevaux.

Elle scruta les groupes de cavaliers et de piétons qui entouraient les carrosses.

— Pour l'instant il y a trop de monde, ce serait impossible. Est-ce toujours ainsi ?

Il se tourna vers elle pour étudier son profil. Bien que consciente du mouvement, elle ne lui rendit pas son regard.

— Vous n'étiez encore jamais venue ? Même pas par curiosité ?

— À cette heure de la journée ? Jamais.

— Pourquoi ? Visiblement, cela vous plaît, il y a longtemps que vous aviez envie de voir cela.

Elle lui décocha un coup d'œil, désarçonnée par tant de perspicacité.

— Comment le savez-vous ?

— Ce n'est pas un secret, Sher. Vous voulez faire partie de cette société, dit-il en désignant d'un geste les gens élégants qui les entouraient. Vous êtes sans doute déjà venue pour les regarder ? Quand vous étiez plus jeune, peut-être ? Je parie que vous n'aviez pas plus d'une dizaine d'années.

— Neuf ans, avoua-t-elle. La première fois que je suis venue, c'était le jour de mon neuvième anniversaire. Pappy m'a emmenée. C'était un acteur de la troupe. Nous avions mis nos plus beaux vêtements. Il m'a acheté une glace chez Gunter, puis nous avons traversé le parc en faisant comme si nous appartenions à la famille royale allemande. Nous parlions l'anglais avec un accent déplorable.

Elle rit à ce souvenir, et ajouta :

— Je n'ai jamais eu de plus bel anniversaire !

— Vous n'êtes jamais revenue ?

— Si, chaque année, jusqu'à la mort de Pappy.

— Faisiez-vous toujours partie de la famille royale allemande, ou bien changiez-vous de personnages ?

— C'était toujours différent. Une année nous étions des universitaires, une autre des réformateurs religieux.

— Et aujourd'hui, vous êtes vous-même. Il faudra que vous me disiez ce que vous préférez.

À peine eut-il prononcé ces mots qu'ils croisèrent leur premier pair du royaume.

— Bonjour, Marcus ! s'exclama Brandon, faussement enjoué. Je ne m'attendais pas à vous rencontrer ici.

L'homme sourit, débonnaire, et le regard si vague que Sheherazade se demanda comment il parvenait à tenir les rênes. Par chance pour lui, ses chevaux avançaient d'un pas lourd et régulier.

— Je suis toujours là, Brandon ! Je ne manquerais une journée au parc pour rien au monde.

— Puis-je vous présenter Mlle Martin ? La fiancée de mon cousin Kit.

— Enchantée de faire votre connaissance, dit Sheherazade. Votre fils Jeremy a le même sourire que vous. Il est très beau.

L'aristocrate haussa les sourcils et l'observa plus attentivement.

— Vous connaissez Jeremy ? J'ignorais qu'il fréquentait les cercles de la bonne société.

Sheherazade se tut, déroutée. Il avait raison bien sûr, ce n'était pas dans un salon convenable qu'elle avait rencontré Jeremy. Brandon lui vint en aide.

— Ah, mais il me semble que Jeremy est un bon ami de Kit...

— Oui, Kit Frazier. Gentil garçon, vraiment. Vous dites qu'il s'est fiancé ? Félicitations, mademoiselle Martin. Je suppose qu'il n'y a aucune chance que vous échangiez Kit contre Jeremy, n'est-ce pas ? J'aimerais bien voir mon petit gars avec une jolie jeune fille à son bras.

On le comprenait aisément. Le pauvre Jeremy était affligé d'une peau atroce, dévorée par l'acné.

— Vous me flattez, lord Barstaff.

— Eh bien, c'est normal, on aime flatter les jolies filles, n'est-ce pas ?

Sheherazade laissa fuser un rire joyeux, et se détendit. Finalement, ce n'était pas si difficile. Elle avait appris dès l'âge de quatre ans à échanger des plaisanteries avec les gentlemen.

— Monsieur le vicomte de Blackstone ! Bonté divine, c'est donc bien vous ! J'étais en train de dire à Béa que ça ne pouvait pas être vous, mais si ! Et dans une belle voiture neuve !

— Mademoiselle Smithson, lady Béa... Bonjour, Ashbury.

Personne d'autre que Sher n'aurait pu s'apercevoir que Brandon s'était brusquement tendu. Elle perçut une froideur dans sa voix.

— Bonjour Blackstone, répondit d'un ton maussade le compagnon des deux femmes.

Il conduisait l'attelage et semblait d'assez mauvaise humeur. Toutefois, quand il vit Sheherazade, ses yeux s'élargirent et il se redressa. Il parut sur le point de dire quelque chose, mais Brandon fit les présentations sans lui laisser le temps d'ouvrir la bouche.

— Puis-je vous présenter Mlle Martin ? Elle est la fiancée de mon cousin Kit.

Sher sourit aimablement au trio d'une exquise élégance. Elle avait déjà entendu parler d'eux. Lady Béa et Ashbury étaient frère et sœur et les seuls enfants d'un comte. Mlle Smithson était une jeune femme fortunée qui cherchait un mari.

— Vraiment ! s'exclama-t-elle. M. Frazier est fiancé ? C'est merveilleux !

Lady Béa se pencha en souriant et tendit la main.

— Je suis enchantée de faire votre...

— Désolé, nous devons partir, déclara son frère sans préambule, en lui tapotant le bras.

Lady Béa et Sheherazade étouffèrent une exclamation choquée. Mais l'homme darda sur Brandon un regard noir.

— Quelle effronterie ! On voit bien que vous êtes de noblesse récente. Je n'oublierai jamais que vous avez voulu présenter ma sœur à une tenancière !

D'un claquement de la langue, il fit repartir ses chevaux. Mais leur attelage ne put parcourir qu'une très courte distance dans l'allée encombrée. Les dames dévisagèrent Sher, bouche bée.

— Je ne suis pas une tenancière ! répliqua Sher d'une voix ferme malgré l'humiliation.

Néanmoins, son visage s'était empourpré. C'était ridicule, mais elle ne s'attendait pas à être insultée aussi ouvertement, à voix si haute que tous les occupants des autres voitures avaient entendu. Elle ne pensait même pas que les gens respectables prononçaient ce genre de mots à haute voix.

— Je suis offensé que vous puissiez parler ainsi de la fiancée de mon cousin ! répliqua Brandon, hautain.

— Vous pouvez dire ce que vous voulez, mais je connais lady Sher.

À l'entendre, on aurait pu croire qu'il avait couché avec elle. Sher se demanda s'il était déjà venu au théâtre. C'était probable. Presque tous les jeunes dandys leur rendaient visite. Mais il n'avait pas dû venir souvent.

— Je suis désolée, lord Ashbury, mais votre visage ne me dit rien. Pouvez-vous me rappeler dans quelles circonstances nous nous sommes rencontrés ?

La repartie était habile. Cela signifiait soit que les prouesses sexuelles de Ashbury n'avaient rien d'inoubliable, ce qu'aucun jeune homme n'avait envie de laisser croire, soit qu'il se trompait sur l'identité de la jeune femme. S'ils s'étaient trouvés dans le foyer, la remarque de Sher aurait été accueillie par de grands éclats de rire. Mais ici, dans la foule des aristocrates, Sher ne s'attira que des regards choqués.

Ashbury haussa les sourcils, prit une demi-couronne dans sa poche et la jeta aux pieds de Sheherazade.

— Cela vous rafraîchira peut-être la mémoire, lança-t-il avant de leur tourner le dos.

Sher posa les yeux sur la pièce qui avait roulé sous sa jupe. Quand elle releva la tête, elle vit les deux autres femmes lui tourner ostensiblement le dos.

— Faites attention à vos chevaux, Ashbury ! s'écria Brandon. Vous ne devriez pas conduire quand vous avez bu. Vous confondez la fiancée de mon cousin avec... avec quelqu'un de votre espèce !

Excellente réponse, songea Sheherazade, effondrée. Mais cela ne marcherait pas. Il était évident que lord Ashbury n'avait pas bu une goutte d'alcool. Néanmoins,

Brandon était gentil de la défendre. Elle ne s'y était pas très bien prise elle-même.

En moins d'une minute, le vide se fit autour d'eux. Quand les yeux de Sheherazade se posèrent sur la voiture de lord Barstaff, celui-ci la dévisagea d'un air troublé, et se détourna à son tour.

Sher scruta la foule. Tout le monde l'observait en chuchotant. Les têtes se penchaient les unes vers les autres, on échangeait des remarques.

Deux cavaliers se dirigèrent vers eux. Ils n'avançaient pas vite, bien entendu, mais ils avaient clairement l'intention de les rejoindre. Sheherazade poussa un soupir de soulagement. Il s'agissait de deux jeunes hommes qu'elle connaissait bien, deux gentlemen aux moyens modestes et qui n'étaient pas pourvus de titres. Ils fréquentaient le théâtre et étaient des amis de Kit.

Elle leur sourit avec chaleur. Ces deux-là au moins se montreraient aimables.

— Que faites-vous là ? lança M. Dempsey en arrivant à la hauteur de Brandon.

— Monsieur Dempsey, monsieur Tully, je vous souhaite un bon après-midi. Permettez-moi de vous présenter la fiancée de mon cousin Kit, Mlle Martin.

— Je suis enchantée de faire votre connaissance, déclara aussitôt Sheherazade, comme si elle les voyait pour la première fois.

Mais les deux hommes s'empourprèrent.

— Lady Sher, cela ne se fait pas, lança M. Tully d'une voix sifflante. Vous…

Il fut interrompu par Brandon.

— C'est la première promenade à Hyde Park de Mlle Martin. Elle m'a confié qu'elle trouvait cela très agréable.

— C'est surtout perturbant, grommela M. Dempsey, visiblement ennuyé. La fiancée de Kit, dites-vous ?

Il soupira avant de se détourner, non sans lancer une nouvelle flèche :

— Je ne vous aurais jamais crue aussi cupide, lady Sher. Il est regrettable que vous l'aidiez, Brandon. Venez, Tully, il vaut mieux ne pas nous attarder…

— Il a dit que j'étais cupide, murmura Sher, consternée.

— Vous saviez que les gens diraient cela. Et d'autres choses bien pires encore.

— Mais pas mes amis ! Je les connais depuis leurs premières sorties en ville. Ils sont gentils.

— Il est facile d'être gentil quand tout est en ordre dans le monde. Mais vous êtes en train de bousculer cet ordre.

Elle s'obligea à sourire à une femme qui pinça les lèvres d'un air dédaigneux et prit un malin plaisir à lui battre froid.

— Je désire simplement me marier, je ne veux pas déranger l'ordre du monde.

Brandon la considéra avec compassion.

— Parfois le monde est cruel.

Elle ne sut que répondre. Ils savaient tous deux que c'était la vérité. Sher eut l'impression que son propre univers était ébranlé. Et son cœur, aussi. Brusquement, elle se sentit plus proche de Brandon qu'elle ne l'avait jamais été de Kit. Ils étaient unis, dans cette situation difficile, et elle avait l'impression qu'il la soutiendrait quoi qu'il arrive. Ce sentiment était si puissant qu'elle en fut bouleversée.

Il dut sentir sa réaction, car soudain, son regard exprima une profonde gratitude. Elle n'aurait su dire comment elle le savait, mais il était évident pour elle qu'il était reconnaissant de sa présence à ses côtés. Alors qu'en réalité, c'était elle qui avait besoin de lui.

— Sher…, murmura-t-il.

Une vague d'émotions tumultueuses la submergea. Elle sut qu'elle devait détourner le regard, afin de recouvrer ses esprits. Sans quoi, l'émotion allait tout balayer ! Mais il l'attirait irrésistiblement. Ses yeux, son contact, sa présence, représentaient une tentation plus puissante que tout ce qu'elle avait connu jusqu'ici. Sans même s'en rendre compte, elle se pencha vers lui.

Il arrêta son geste, et d'un coup d'œil lui désigna tout ce qu'elle avait oublié. L'endroit où ils se trouvaient, les gens qui les entouraient. Seigneur, elle avait été sur le point de l'embrasser au beau milieu de Hyde Park !

Sher se ressaisit, horrifiée. Elle pressa une main sur son cœur, comme pour en contenir les battements, et parcourut la foule des yeux.

— Vous cherchez Kit ? s'enquit Brandon, d'un ton neutre. Il est là-bas.

Elle hocha la tête et continua de chercher son fiancé dans la foule compacte. Celui-ci se promenait dans une allée, encadré par deux jeunes filles. Sa démarche était raide, mais son rire clair résonna. Visiblement, une des deux jeunes personnes avait dit quelque chose de drôle.

— Oh, oui, je le vois, dit Sher d'une voix éteinte.

Puis elle plaqua un sourire sur ses lèvres, et attendit que son fiancé vienne vers elle.

Elle attendit longtemps.

Il ne vint pas.

7

Elle avait voulu l'embrasser, Brandon en était certain. Elle allait l'embrasser là, dans Hyde Park, et il l'en avait empêchée. Quel idiot ! S'il l'avait laissée s'abandonner entre ses bras, tout aurait été fini. Plus de fiançailles avec Kit. Plus de mariage respectable. En moins d'une semaine, elle serait devenue sa maîtresse.

Mais il ne pouvait pas faire cela. Il ne voulait pas être celui qui anéantirait ses rêves. À présent, elle était assise à côté de lui, si raide qu'il se demandait si elle respirait encore. Il avait renoncé à compter les affronts que Sher avait subis. Tout le monde ne la snobait pas ouvertement, bien entendu, mais la plupart des gens préféraient éviter d'être vus en conversation avec elle.

— Je suis désolé, dit-il sans trop savoir pourquoi il s'excusait.

Pour ne pas avoir détruit sa réputation par un baiser ? Ou bien pour être demeuré assis sans réaction, pendant que l'aristocratie anglaise déversait sa haine sur elle ?

— Je suppose que j'ai surestimé mon influence. Je croyais que ma présence serait…

— Vous m'aviez prévenue. Je n'ai pas voulu vous écouter.

Sa voix était blanche, ne dévoilant rien de ses pensées. Après le moment de profonde communion qu'ils avaient vécu, cette froideur le blessa.

— Nous devrions peut-être nous dégourdir les jambes et aller retrouver Kit à pied.

Il était dépité de la confier ainsi à son cousin, mais elle avait assez souffert pour aujourd'hui et il ne voulait pas que cela continue. Elle le considéra d'un air affolé.

— Vous croyez que c'est mieux ?

Elle avait le regard d'un animal traqué, et se tournait vers lui pour obtenir des conseils. Brandon faillit laisser échapper un rire. Il était la dernière personne à qui elle aurait dû s'adresser, mais il se garda bien de le lui dire. Il se tourna simplement pour faire un signe au valet.

— Tiens les chevaux à la longe, Hank, jusqu'à mon retour. Fais-leur faire le tour du parc. Nous viendrons te retrouver plus tard.

— Très bien, monsieur ! lança le gamin en sautant sur le sol.

Il trébucha. Son bel uniforme se déchira et une tache de boue s'étala sur la jambe, mais il n'y prit pas garde. Il fit une cabriole, se releva, et alla saisir les rênes.

Brandon étouffa un soupir agacé, mais Sheherazade laissa fuser un rire léger.

— Comme je le disais, il est très jeune, marmonna Brandon.

— Dans un instant, il va s'apercevoir de ce qui s'est passé. Il sera désolé et se demandera comment il a pu se salir alors qu'il faisait très attention.

— Vous comprenez bien les jeunes garçons.

— Seth s'occupe des petits machinistes à présent, mais autrefois je m'en chargeais moi-même.

— Ils avaient de la chance de vous avoir.

Comme elle arquait un sourcil étonné, il s'expliqua.

— Je voulais dire que c'était une chance pour eux de travailler sous vos instructions. Vous êtes ferme, mais juste. Je suis sûr qu'ils n'avaient jamais rencontré quelqu'un comme vous, dans toute leur vie.

— Est-ce de la flatterie, monsieur ? demanda-t-elle avec un demi-sourire.

Elle regarda autour d'elle, et vit une autre aristocrate détourner le regard.

— Ce n'est pas de la flatterie, c'est la vérité. Éloignons-nous avant que cette pauvre lady Rayburn attrape un torticolis en faisant mine de ne pas nous voir.

Le sourire de Sher s'élargit et elle se détendit un peu.

— Laquelle de ces femmes est lady Rayburn ?

— Derrière nous, à droite. Elle soupire depuis dix minutes dans l'espoir d'attirer votre attention et de pouvoir vous montrer son mépris.

— Ah ! La pauvre... Malheureusement pour elle, je n'ai pas l'intention de la regarder.

Le visage de Brandon s'illumina. Sher reprenait du poil de la bête. Ses yeux n'exprimaient plus de chagrin, toutefois elle n'était pas très à son aise. Quand il sauta à bas du phaéton, elle s'appuya à son bras et il lui entoura la taille pour l'aider à descendre.

Elle atterrit en douceur sur le sol. Il savait d'expérience que peu d'aristocrates avaient autant de grâce. Lily était l'une des rares qu'il connaissait, et elle était comtesse. Sher aurait pu avoir une allure aussi noble qu'elle, en dépit de sa naissance.

— Vous me regardez ! lui souffla-t-elle.

Brandon tressaillit et recula. Il avait les yeux fixés sur la rondeur délicieuse de sa joue. Ses yeux étaient d'un vert magnifique. Son nez était un peu trop long et son teint moins crémeux qu'il ne l'aurait dû, mais il la trouvait d'une beauté époustouflante.

— Je suis désolé, murmura-t-il en lui offrant le bras.

— À quoi pensiez-vous ?

Elle se mit à marcher à côté de lui. L'étiquette voulait qu'ils se tiennent à une certaine distance l'un de l'autre. Mais un nouveau groupe d'aristocrates se mit à la dévisager avec arrogance, et elle resserra instinctivement l'étreinte de ses doigts sur son bras. Il l'attira vers lui en souriant.

— Si je vous disais quelque chose, cela vous ferait rire, chuchota-t-il.

— J'aimerais pouvoir rire en ce moment, répliqua-t-elle, la mâchoire serrée.

Elle tenait la tête droite, et il admira sa force et son allure altière. À sa place, il aurait perdu contenance.

— Je me disais que vous étiez très belle.

Elle eut un rire un peu forcé et il hocha la tête d'un air approbateur.

— C'est vrai, ajouta-t-il avec sincérité.

— Maintenant, je sais pourquoi je ne suis jamais montée sur scène.

Brandon se rembrunit.

— Je ne vous suis pas.

— Je déteste être le centre de l'attention. Bonté divine, c'est à croire que je suis pestiférée !

— Vous savez, je crois que je vous emmènerai avec moi chaque fois que je viendrai à Hyde Park. Je n'avais jamais pu me promener aussi tranquillement sur la pelouse.

— Tout le monde s'écarte devant moi, comme la mer Rouge devant Moïse...

— Eh bien, ma chère, je crois que nous sommes arrivés à destination.

Dans l'allée, juste devant eux, se trouvait Kit, une jeune femme à chaque bras. Même à cette distance, il était évident pour Brandon que son cousin se livrait une lutte intérieure. Malgré le sourire qu'il affichait, ses gestes étaient brusques. En fait, il n'avait jamais vu Kit aussi mal à l'aise. Même pas pendant ce désastreux dîner, deux jours auparavant.

Brandon pressa doucement le bras de Sher pour la rassurer et allongea le pas pour rejoindre Kit.

— Ah, le jeune couple est enfin réuni ! Kit, ta fiancée est adorable. Je t'envie.

Kit leva les yeux, mais sans se départir de son allure rigide.

— Merci, Brandon. Comment allez-vous, ma chère ? Cette chaleur est surprenante, n'est-ce pas ?

— En fait, je trouve l'atmosphère assez fraîche.

— Je pense que ma compagnie est un peu difficile à supporter, ajouta Brandon avec un sourire malicieux.

Elle sourit, comprenant à l'évidence qu'il faisait allusion aux aristocrates qui continuaient de faire de grands détours pour montrer qu'ils voulaient l'éviter.

Kit s'écarta avec tact de ses compagnes, pour offrir son bras à Sher.

— Mon cousin a-t-il été encore désagréable ?

— Au contraire, il s'est montré fort aimable.

Sher observa une longue pause, puis se tourna vers les jeunes femmes.

— Je n'ai pas été présentée à vos amies, Kit. Devrais-je être jalouse que vous passiez du temps avec ces charmantes jeunes femmes plutôt qu'avec moi ?

— Êtes-vous jalouse, ma chère ? répondit-il, négligeant de faire les présentations.

Brandon était sur le point de s'en charger lui-même, lorsque l'aînée des deux jeunes beautés esquissa un petit sourire.

— Je suis désolée, mais ma grand-mère me fait signe de la rejoindre, annonça-t-elle en prenant la main de son amie. Viens, Becky. Tu sais comment elle est, lorsque ses jambes la font souffrir. Enchantée de vous avoir revu, monsieur Frazier. Lord Blackstone…

Elles pivotèrent avec un parfait ensemble et s'éloignèrent d'un pas vif.

— Ce n'est pas bien, grommela Brandon en détaillant leurs silhouettes.

— En effet. Elles ont essayé de me dissuader de me marier.

— Je parlais de toi. Tu aurais dû leur présenter Sher.

— Comme tu peux le constater, elles ne m'auraient pas laissé faire. J'espérais qu'un début de conversation leur permettrait de voir que vous étiez une femme d'honneur, Sheherazade. Mais vous m'avez forcé la main, et... elles sont parties, à présent.

— Elles vont se faire tirer l'oreille par leur grand-mère, je présume. Je suis désolée, Kit, j'aurais dû me douter que vous aviez un plan pour me faire accepter.

Brandon ne put réprimer un ricanement narquois.

— Un plan ? Sher, vous aurez beau discuter avec elles, elles ne vous verront jamais différemment.

— Ce n'est pas vrai ! protesta Kit avec véhémence. Les personnes plus jeunes, et celles qui m'aiment, accepteront Sheherazade.

— Comme ces deux-là, par exemple ? Tu vois bien que ça n'a pas marché.

— Parce que tu ne m'as pas laissé le temps d'agir comme je l'avais prévu !

— Messieurs, je vous en prie, chuchota Sher. Vous quereller en public n'arrangera rien, au contraire.

Brandon voulut dire quelque chose, mais elle le fit taire d'un regard impérieux.

— Oui je sais, vous pensez que cela ne pourrait pas être pire. Mais la dernière chose dont j'ai besoin, c'est bien de voir mes deux seuls soutiens se battre entre eux !

Brandon baissa la tête pour s'excuser, le cœur serré. Pensait-elle vraiment que ça ne pouvait pas être pire ?

— Il est sans doute temps de quitter le parc, suggéra Kit en l'entraînant dans l'allée.

— Oui, merci, répondit-elle à voix basse.

Brandon fut surpris lui-même par la vive déception qu'il éprouva. Kit ne voyait-il pas le mal qu'il faisait à la jeune femme ? S'ils persistaient dans cette ridicule idée de mariage, Sher subirait toute sa vie les mêmes vexations qu'aujourd'hui. Ne se rendait-il pas compte qu'il ne lui faisait pas une faveur en l'épousant ?

Kit regarda Brandon par-dessus son épaule.

— Tu ne vois pas d'inconvénient à ce que je raccompagne Sheherazade, mon vieux ? Nous irons plus vite qu'avec ton phaéton, précisa-t-il en désignant d'un geste du menton la voiture de Brandon, coincée au milieu des autres véhicules.

— Naturellement, répondit-il d'un ton placide, malgré son envie d'écraser son poing sur le nez de son cousin.

Kit et Sher s'éclipseraient plus vite à pied, alors qu'il allait devoir endurer ce cauchemar une bonne demiheure, avant de pouvoir dégager son phaéton.

Sher regarda autour d'elle. C'est à peine s'il la vit tressaillir lorsqu'un groupe de très jeunes filles se mit à la dévisager avec des mines outragées.

— Comment allons-nous faire ? dit-elle.

— Nous allons marcher, ma chère, répondit Kit d'un ton rassurant. La maison de grand-mère n'est pas très loin. De là, nous pourrons…

— Non, je ne veux pas aller là-bas, Kit. Pas maintenant, je ne le supporterais pas.

C'était la première fois que Sher admettait qu'elle était à bout de forces. Brandon sentit la fureur s'emparer de lui. Il détestait la voir souffrir.

— Passez par là, conseilla-t-il en faisant un geste de la main. Allez lentement. Je vais sortir mon phaéton de là, et je vous prendrai au passage.

— Mais...

— Ensuite, Kit pourra emprunter la voiture pour vous ramener chez vous, ajouta-t-il à contrecœur.

Le visage de Kit s'éclaira.

— Tu acceptes de me confier tes chevaux ? Ils sont magnifiques, je voulais te le dire depuis tout à l'heure.

— Le phaéton est neuf. Tâche de ne pas l'accrocher.

— Jamais de la vie !

Brandon préféra ne rien dire. Les yeux fixés sur Sher, il se demanda si elle était consciente de la jeunesse de Kit. Seigneur, ce gamin était fou de joie à l'idée de conduire ses chevaux, alors qu'il aurait dû n'avoir d'attention que pour sa fiancée ! Comme Sher demeurait impassible, il en conclut que c'était sans doute lui qui était trop vieux, et non son cousin qui était trop jeune.

Comme il lui était impossible de poser la question à Sher, il s'inclina poliment.

— Je vous retrouve dès que possible.

Il s'éloigna sans se presser, de crainte que les gens pensent qu'il s'échappait. Cependant, il voulait aussi éviter les curieux qui se dirigeaient vers lui pour lui parler, maintenant qu'il n'escortait plus Sheherazade.

La meilleure chose à faire, c'était de fourrer les mains dans ses poches et de se mettre à siffloter. Certains tentèrent de l'arrêter au passage, mais il continua son chemin en faisant un petit signe de main. De toute évidence, ils espéraient lui soutirer de quoi alimenter les ragots.

Cette affaire ne marcherait pas. Ni Kit ni Sher ne savaient ce que c'était que de vivre au ban de la société. Si ce mariage était célébré, Kit pourrait dire adieu à sa position sociale. Quant à lady Sher, elle vivrait dans un désert : trop convenable pour fréquenter des acteurs, et cependant détestée par l'élite. Elle perdrait tout et ne gagnerait rien. Certes, elle était forte, mais l'ostracisme finissait par user votre résistance. Brandon en avait souffert pendant des mois en Inde, et cela l'avait brisé. Deux ans auparavant, il avait décidé de donner un exemple parfait de la coopération entre Anglais et Indiens. Il avait lamentablement échoué. Sher subirait le même sort que lui. Elle finirait brisée, amère, et sombrerait. Ce serait encore pire pour elle, car elle ne pourrait pas s'échapper comme il l'avait fait en rentrant à Londres doté d'un titre et d'une fortune considérable.

Cette idée lui était insupportable. Il n'aurait su dire pourquoi. Néanmoins, il décida que ces fiançailles ridicules entre Kit et Sher devaient être rompues au plus vite. Le temps d'atteindre son phaéton, il avait déjà échafaudé un plan. Il le mettrait à exécution dès ce soir. Dans la chambre de lady Sher.

Kit eut du mal à encaisser le premier affront. Le choc le cloua sur place. Cela ne dura qu'un instant, puis il s'obligea à avancer, mais ses yeux restèrent fixés sur la femme qui venait de leur tourner le dos.

Sher ignorait son nom et elle n'osa pas poser la question. D'ordinaire, Kit la faisait rire et l'aidait à se détendre, aussi ne sut-elle pas quoi faire pour l'aider à surmonter sa déconvenue. Elle continua de marcher d'un pas égal, avec un sourire figé.

La deuxième fois, Kit laissa simplement échapper un soupir. Elle le sentit s'affaisser un peu contre elle.

— Kit..., commença-t-elle.

Mais il l'interrompit en secouant la tête.

— Pas maintenant, Sheherazade. Laissez-moi juste...

— Oui, bien sûr.

Les lèvres serrées, elle offrit son visage au soleil. En fermant les yeux, elle pouvait encore apprécier la beauté de cette journée. Mais les exclamations de mépris et les petits cris outrés qu'elle perçut sur son passage lui gâchèrent son plaisir. Elle avait toujours su qu'elle était une paria. Pourquoi ces gens éprouvaient-ils le besoin de la snober aussi délibérément ?

Des larmes lui piquèrent les yeux. Il y avait si longtemps qu'elle rêvait de cette promenade ! Depuis qu'elle connaissait l'existence de Hyde Park, elle avait envie de déambuler parmi les aristocrates, comme si elle appartenait à leur caste.

Certes, elle côtoyait des nobles chaque jour mais ce qu'elle voulait, c'était avoir sa place parmi les femmes de l'aristocratie. Bavarder avec un groupe de jeunes filles, tenir compagnie à une comtesse, échanger un sourire poli avec une duchesse. Elle se doutait bien que cela n'arriverait pas aujourd'hui, mais elle avait cru que ce serait possible un jour. Après le mariage, peut-être...

À présent, elle constatait qu'elle avait encore un long chemin à accomplir. Toutes celles qui lui battaient froid aujourd'hui ne seraient pas disposées à changer d'avis plus tard. Bref, il était probable que cela ne se produirait jamais, et que son espoir de devenir une femme respectable en se mariant n'était qu'une illusion.

Son pied butta contre une racine et elle trébucha. Kit la retint, mais la douleur lui arracha un petit cri. Ce n'était pas tant son orteil qui la faisait souffrir, mais elle saisit ce prétexte pour exprimer son chagrin. Toute sa vie était remise en question. On lui avait toujours dit que les femmes respectables, les femmes mariées, étaient bien traitées. Leurs enfants étaient soignés, leur mari avait un statut social, et si elles avaient suffisamment d'argent, elles pouvaient s'offrir ce qu'elles voulaient. Sa propre mère était morte parce que le médecin était arrivé trop tard à la *Taverne*. Sa sœur n'avait pas obtenu le médicament dont elle avait besoin. Et Pappy avait connu une mort prématurée parce qu'il s'était mal nourri et avait bu de la bière frelatée toute sa vie. Tout cela ne serait pas arrivé s'ils avaient été des gens respectables. Mais à présent, elle comprenait son erreur. Elle savait que mariée ou non, la respectabilité demeurait hors de sa portée. Cette idée lui fit monter les larmes aux yeux.

— Ce n'est rien, ce n'était qu'un caillou, lui murmura Kit.

Elle ignorait s'il avait compris la vraie raison de son angoisse. Mais elle se força à hocher bravement la tête, et se ressaisit.

— Venez, ma chérie, ajouta-t-il en continuant d'avancer.

Elle le suivit en s'appuyant à son bras, et finit par surmonter son émotion. Celle-ci était encore à fleur de peau, mais par un effort de volonté, elle parvint à la contenir.

— Où diable est passé Brandon ? grommela Kit, lorsqu'ils eurent enfin dépassé les groupes de promeneurs.

— A-t-il eu le temps de dégager son phaéton ?

— Sans doute pas, admit Kit, dont les épaules s'affaissèrent encore davantage.

Elle fut alors sur le point de prononcer des paroles définitives, et de le libérer de son engagement. Mais les mots ne purent franchir ses lèvres. Elle voulait toujours se marier. Elle voulait encore croire que c'était possible. Sans un mot, elle lui prit la main et garda les yeux baissés. Par chance, ils n'attendirent pas longtemps. Une ou deux minutes seulement s'écoulèrent avant que le phaéton n'apparaisse dans l'allée. Brandon sauta aussitôt à terre et la considéra avec sollicitude.

— Comment vous sentez-vous ? s'enquit-il d'une voix douce.

S'était-il rendu compte qu'elle était au bord des larmes ? Sans doute, car rien ne lui échappait.

— Je me sens très bien.

Il n'eut pas l'air de la croire, mais hocha la tête tout de même. Kit contemplait le phaéton d'un air admiratif.

— Merci de votre bonté, lord Blackstone, dit-elle.

— Je suis très honoré que vous ayez accepté ma compagnie.

Il s'inclina légèrement, mais elle vit dans ses yeux la même intensité qu'auparavant. Comme elle repensait à l'instant où elle avait été sur le point de l'embrasser, son visage s'enflamma et elle se détourna, confuse.

— Cet après-midi a été très chaotique, fit-elle remarquer.

— Laissez-moi vous raccompagner chez vous tout de suite, afin que vous puissiez vous remettre de vos émotions.

Tout en prononçant ces mots, Kit la saisit par la taille pour la déposer dans la voiture. Puis il sauta sur le siège à côté d'elle et prit les rênes avec l'enthousiasme d'un jeune garçon.

Sher reporta son attention sur Brandon, qui les observait depuis le trottoir. Elle avait la certitude qu'il était troublé, bien qu'il n'en laissât rien paraître. Sher aurait aimé pouvoir lui parler librement et le remercier encore une fois. Elle aurait surtout voulu lui dire qu'elle savait que la demi-couronne qu'Ashbury lui avait grossièrement lancée avait disparu.

C'était Brandon qui l'avait ramassée, elle en était sûre. Non qu'il eût besoin de cet argent, mais il voulait lui éviter de repenser à cet incident. Elle sourit, regrettant de ne pouvoir lui communiquer ses pensées. Brandon écarquilla les yeux, surpris, mais n'ajouta pas un mot.

Kit fit claquer les rênes, l'attelage s'ébranla, et ils le laissèrent derrière eux.

8

— J'aimerais entrer pour parler avec vous, dit Kit en s'arrêtant devant le théâtre. En privé. Dans votre chambre.

Sher sourit, mais son cœur sombra. Voulait-il rompre leurs fiançailles ? Devait-elle le faire elle-même ?

— La journée a été difficile, Kit. Et je dois penser à la représentation de ce soir.

— Juste quelques minutes, dit-il gentiment en lui prenant la main.

Sher acquiesça. Pendant que le petit valet sautait à terre pour s'occuper des chevaux, elle chercha un moyen de gagner du temps. Des visages se pressaient derrière les fenêtres du théâtre.

— Ils vont vouloir que je leur raconte comment s'est passée la promenade, dit-elle, incapable de contenir une note de désespoir.

Elle n'avait pas envie de revivre son humiliation. Elle voulait oublier cet après-midi. Kit se rembrunit.

— Ç'en est trop ! déclara-t-il avec hauteur. Je ne veux pas que vous subissiez leurs questions. Je vais les renvoyer !

Sher déglutit, n'osant laisser l'espoir renaître dans son cœur.

— Il est très difficile d'imposer le silence à des acteurs, vous savez. Ils adorent les scènes !

Kit fit la moue.

— Ils aiment les commérages, comme les gens de la bonne société. Ne vous en faites pas. J'ai bien observé Brandon, il a le don de réduire tout le monde au silence. Je me suis entraîné à l'imiter.

— Vous vous êtes entraîné ? répéta-t-elle, interloquée.

Kit se redressa, rejeta les épaules en arrière et prit un air dur, en tentant de hausser un sourcil. Il n'y parvint pas, et ses deux sourcils se soulevèrent. Il pencha la tête de côté, ce qui lui donna l'air d'un carlin étonné.

Sher éclata de rire. Elle essaya aussitôt de se ressaisir, mais en vain. Finalement, elle lui prit le visage à deux mains et déposa un baiser sur ses lèvres.

Son geste n'était pas aussi impulsif qu'elle voulait le laisser croire. En vérité, elle ne savait que faire au sujet des fiançailles. Elle voulait se marier, mais leur union tiendrait-elle ? Formeraient-ils un couple heureux ? Ce baiser était une sorte de test, aussi l'embrassa-t-elle en pleine rue, sous les yeux des acteurs groupés derrière la fenêtre, du valet qui retenait les chevaux et de tous les gamins des rues qui les guettaient. Elle fut soulagée lorsqu'elle sentit les lèvres de Kit s'entrouvrir sous les siennes.

Elle n'avait pas prévu cependant que ce baiser se prolongerait. Ce ne devait être qu'un rapide effleurement des lèvres, une promesse d'amour et de bonheur. Mais Kit lui agrippa les épaules et se pressa contre elle. La position n'était pas confortable, mais elle demeura ainsi, étonnée par l'enthousiasme et la douceur de son fiancé. Il la désirait, c'était évident.

Un long moment s'écoula avant qu'elle ne prît conscience des cris de joie, à l'intérieur du théâtre. Kit dut les entendre avant elle, car il s'écarta, écarlate.

— Hum…

Elle rit. Seigneur, qui aurait cru qu'elle puisse encore rire après une journée pareille ?

— Voulez-vous m'accompagner à l'intérieur, monsieur Frazier ? demanda-t-elle gracieusement.

— Volontiers, mademoiselle Martin.

Il l'escorta vers le théâtre, sans la quitter des yeux une seconde. Les portes s'ouvrirent comme par magie et ils se dirigèrent vers l'escalier, sous les yeux d'une quinzaine d'acteurs. Ils gravirent deux étages avant que Kit ose enfin la prendre dans ses bras et la plaquer contre le mur. Ils ne se trouvaient qu'à quelques mètres de sa chambre, mais il semblait trop impatient pour attendre. Elle sentit son sexe durci contre son ventre. Puis sa bouche descendit dans son cou.

Elle s'abandonna, le cœur battant à tout rompre. Quand son chapeau heurta le mur derrière elle, les épingles lui tirèrent les cheveux et elle ne put réprimer un petit cri de douleur. Il en profita pour envahir sa bouche, avec une fougue qui la désarçonna.

Ses lèvres étaient brûlantes, tantôt douces et délicates, tantôt pressantes. Ses mains glissèrent brusquement sur les seins de la jeune femme, et il les caressa avec maladresse. Sher tenta de lui échapper avec un gémissement, et il s'écarta mais sans cesser de la toucher.

— Vous avez des seins superbes. Je passerais des heures à les caresser.

Elle ne sut que répondre. Ses seins commençaient à souffrir de tant d'attentions. Elle ouvrit la bouche pour parler, mais il l'embrassa de nouveau, posant les mains sur le mur, de chaque côté de sa tête. Il l'étouffait presque, mais il ne cessa pas de l'embrasser pour autant, la plaquant de nouveau contre la cloison.

— Kit ! Kit, Kit ! cria-t-elle en riant et en le repoussant des deux mains.

Il s'interrompit et fit mine de bouder.

— Ce n'est pas très agréable de voir sa fiancée se mettre à rire quand on l'embrasse !

— C'est justement la raison pour laquelle je vous adore. Avec vous, tout devient joyeux.

— Vous aussi ?

— Bien sûr ! Surtout moi.

Il sourit et recula, lui permettant de respirer.

— Savez-vous qu'on m'a dit toute ma vie que j'étais adorable ? Toutes les femmes, depuis ma mère jusqu'à la moindre fille de cuisine, me considèrent comme un gentil petit chien.

— Ce n'est pas vrai ! protesta Sher, bien qu'elle ne fût pas étonnée par sa remarque.

— Je veux faire l'amour avec vous, Sheherazade, murmura-t-il en recouvrant soudain tout son sérieux. J'en ai tellement envie que je voudrais vous déshabiller et vous posséder ici même.

Sher parcourut le corridor des yeux. Ils étaient seuls, mais n'importe qui pouvait surgir sans prévenir dans l'escalier. C'était peu probable, car toute la troupe savait qu'il se trouvait là, avec elle. Cependant, l'idée de faire l'amour dans le couloir, à quelques pas de sa chambre, lui semblait humiliante.

— Kit…

— J'en ai envie, mais je ne le ferai pas. Je peux attendre notre nuit de noces.

Sher sentit son visage s'enflammer. Le sang lui battait aux tempes.

— Je ne sais que penser, murmura-t-elle.

Il lui prit le menton et lui caressa la joue du pouce.

— J'ai demandé la licence. Nous pourrons nous marier dans trois semaines.

Elle sentit ses yeux s'embuer et cligna les paupières, mais quelques larmes roulèrent tout de même sur ses joues.

— Petite sotte ! murmura-t-il. Pensiez-vous que j'allais rompre ?

— Je l'aurais compris, répondit-elle d'une voix saccadée. C'est tellement plus dur que je ne le prévoyais. Et je ne suis pas sûre que nous pourrons aller jusqu'au bout. La journée a été si...

— Si horrible, n'est-ce pas ? Mais les choses s'arrangeront, n'ayez crainte.

Elle espérait qu'il avait raison. Elle se redressa et essuya ses larmes, tandis que Kit fourrait les mains dans ses poches.

— Je vais partir maintenant, Sheherazade. Avant de vous déshonorer.

Sher laissa fuser un petit rire. Elle n'était pas une femme honorable, mais ce n'était pas la peine de le faire remarquer à Kit, dont les sentiments étaient purs et sincères.

— Je voulais passer la soirée avec vous, mais grand-mère insiste pour que je l'accompagne au Théâtre Royal. Elle prétend que je dois voir de bons acteurs, et elle n'admettra pas de refus. Je crois qu'elle était sur le point de vous inviter, mais mère s'y est opposée en disant qu'elle ferait une scène si vous veniez.

— Ne donnerait-elle pas une mauvaise impression en faisant cela ?

— Si fait. Mais grand-mère se fait vieille, et elle veut avoir la paix. N'ayez crainte, elle prendra votre défense. Cela demandera juste un peu plus de temps que prévu.

Sher hocha la tête en espérant qu'il ne se trompait pas. Elle craignait fort que la lutte entre la mère de Kit et sa grand-mère ne se solde par un échec pour elle. Mais il était trop tôt pour baisser les bras. La famille finirait peut-être par céder et accepter le mariage. Pour l'instant, Sher devait à tout prix éviter de s'interposer entre Kit et sa mère. C'était le meilleur moyen de passer pour une mégère et de ruiner toutes ses chances.

— Faites pour le mieux, dit-elle avec douceur.

— Je viendrai demain après-midi, et nous parlerons du mariage.

Il l'embrassa, puis enfonça les mains dans ses poches et s'éloigna en sifflotant.

Sher le regarda gagner l'escalier d'un pas alerte. Elle demeura immobile, retenant son souffle, tout en écoutant son pas. Quand elle n'entendit plus rien, elle soupira et se laissa aller contre le mur.

Elle allait se marier ! Malgré tous les obstacles, elle allait épouser le fils d'un pair du royaume. Ses fils auraient des professions respectables et ses filles ne seraient pas courtisanes. Et quand elle appellerait le médecin, il se déplacerait.

Les genoux tremblants, elle se laissa glisser sur le sol et se mit à sangloter. Rien ne se passait comme elle l'avait cru. Elle allait enfin obtenir ce dont elle avait rêvé toute sa vie, mais elle ne cessait de penser à la promenade au parc avec Brandon. Elle avait beau repousser ce souvenir, essayer de se concentrer sur Kit, son esprit la ramenait sans relâche au moment où elle avait failli embrasser Brandon.

Pourtant, rien n'avait changé. C'était Kit qui lui proposait le mariage, et non Brandon. C'était donc Kit qui méritait toute sa loyauté.

Alors pourquoi était-elle aussi troublée ?

Ce soir-là, la représentation fut terrible. Non pas à cause des acteurs. Ces derniers étaient pleins d'énergie, ce qui plaisait toujours au public. Non, ce que Sher trouva terrible, ce furent les commentaires, les regards insistants, les sous-entendus, et les insultes à peine déguisées. Avant même que Delilah eût achevé sa première chanson, Sher fut assaillie par une violente migraine. Quand le moment arriva d'entrer dans le foyer, Seth lui imposa sa présence comme garde du corps.

Sher ne pensait pas que ce soit nécessaire. Seth croyait-il vraiment que les gentlemen allaient s'en prendre à elle et l'agresser ?

De fait, à peine eut-elle franchi la porte que le premier scandale éclata. Quelqu'un la traita de catin et de bâtarde. Un autre homme, qu'elle ne connaissait même pas, prit sa défense. Il fallut que Seth se fasse aider de trois des garçons de salle pour mettre les bagarreurs à la porte. Sher prit ce prétexte pour s'éclipser et remonter dans sa chambre, en espérant que personne n'aurait l'idée de la suivre.

Son espoir fut déçu. Un jeune homme lui emboîta le pas. Il s'agissait de M. Tully.

— Lady Sher ! Un mot, je vous prie ! cria-t-il d'une voix stridente qui la fit grimacer.

Encore un cri comme celui-ci et tout le monde se ruerait à l'étage. Elle fit donc volte-face, plaquant un sourire artificiel sur ses lèvres.

— Je suis désolée, monsieur Tully, mais j'ai très mal à la tête. Il faut que je me retire pour la nuit.

— Un instant, s'il vous plaît, lady Sher...

Elle fit mine de s'éloigner, mais il lui agrippa le bras. Elle se dégagea prestement, mais il fut plus rapide qu'elle ne s'y attendait et parvint à saisir sa manche. Elle sentit le tissu se déchirer.

— Monsieur Tully !

— Il faut que vous m'écoutiez.

Ils étaient presque arrivés au sommet de l'escalier. Elle n'avait que cinq pas à faire pour atteindre sa porte. Le sang battait dans ses tempes. Avec un soupir, elle appuya la tête contre le mur et ferma les yeux. Elle aurait donné cher pour une compresse à la lavande sur son front.

— Je possède un petit cottage au nord de Londres. Ce n'est pas grand-chose, mais il est entouré d'arbres et à l'abri des regards. J'ai fait installer un banc à l'arrière, dans le jardin. En automne, je pourrais y rester assis des heures, à regarder les feuilles dorées tomber sur le sol. Ce doit être le plus bel endroit du monde.

Ses doigts étaient passés de la manche à son poignet. Il lui pressa la main, mais elle n'ouvrit pas les yeux. De fait, elle ne réagit que lorsqu'il porta sa main à ses lèvres pour l'embrasser.

— Monsieur Tully ? Où voulez-vous en venir ?

— Ce mariage avec Kit ne se fera jamais. Ce qui s'est passé aujourd'hui n'était qu'un début. Vous allez devenir un symbole politique.

— C'est faux !

— Je sais, ce n'est pas ce que vous souhaitez. Je comprends. Mais c'est pourtant ce qui se passe.

— Je vous prie de lâcher ma main, monsieur Tully.

— Pas encore, lady Sher... Sheherazade. Je voudrais vous demander si vous voulez...

Il devint soudain écarlate, ce qu'elle aurait trouvé attendrissant si elle n'avait pas eu si mal à la tête.

— Je voudrais vous offrir mon cottage, si vous acceptez de... de devenir ma...

— Votre maîtresse ?

— Oui ! s'exclama-t-il, soulagé qu'elle ait elle-même prononcé le mot. Je vous admire depuis longtemps, vous vous en êtes sûrement rendu compte. Je suis un homme bon, et respectueux. Posez la question à Annette, si vous ne me croyez pas. Elle me l'a dit elle-même...

— Monsieur Tully, je suis fiancée !

Il la regarda tristement. Son attitude aurait sans doute paru comique à Sher, s'il n'y avait eu autant de compassion dans ses yeux.

— Pas pour longtemps. Je suis désolé, mais je connais bien Kit. Il s'est fait exclure de son club aujourd'hui ! Vous ne comprenez pas ce que cela signifie, pour un homme comme lui ?

Sher arqua les sourcils, faisant appel à tous ses talents de comédienne pour paraître aussi digne qu'une reine.

— Vous m'insultez, monsieur ! C'est déjà bien assez malheureux, mais votre attitude envers Kit est inqualifiable ! Vous êtes son ami.

— Oh, non, bredouilla Tully, mais je suis le vôtre. Vous ne voyez pas ? Je vous offre une opportunité de sortir de ce pétrin.

Lui tournant le dos, Sher commença à monter les marches. Comme il ne la lâchait pas, elle se retourna et lui lança un regard glacial. Au bout de quelques secondes, il finit par desserrer les doigts et la libérer. Mais il n'en avait pas encore fini. Il lui emboîta le pas.

— Mon offre tient toujours, lady Sher. Vous constaterez bientôt qu'il faudra vous échapper de Londres. Quand Kit aura rompu vos fiançailles, quand les rumeurs menaceront de faire fermer le théâtre, vous n'aurez qu'à vous tourner vers moi. Je serai votre admirateur le plus dévoué. Je ne...

— Vous ne me suivrez plus.

Elle était parvenue devant la porte de sa chambre, mais elle ne la déverrouillerait pas tant que cet homme serait dans le couloir avec elle. Où donc était passé Seth ? Que n'aurait-elle donné pour qu'il soit à ses côtés en ce moment ! Lui, ou Brandon. Si quelqu'un pouvait décourager un goujat, c'était bien le vicomte de Blackstone.

M. Tully lui posa une main sur l'épaule.

— N'oubliez pas mon offre.

— Savez-vous que j'en reçois de semblables au moins une fois par mois, monsieur Tully ? répliqua-t-elle froidement. Si j'avais voulu devenir la maîtresse de quelqu'un, je l'aurais fait depuis longtemps.

— Mais vous n'en aurez plus l'occasion, à présent. Pas après ce qui s'est passé.

— Au contraire. Si je suis au centre des conversations, j'aurai bientôt des douzaines de propositions. Celui qui obtiendra mes faveurs sera sûr d'être célèbre pendant quelque temps !

Tully se redressa et retira enfin sa main.

— Mais je suis le seul qui vous aime vraiment.

Elle ne sut que répondre à cela, et un goût amer envahit sa bouche. Comment pouvait-il croire qu'entretenir une femme était une preuve de respect et d'affection ? Et comment pouvait-il prétendre la connaître, juste parce qu'il la voyait chaque soir dans le foyer ?

— Laissez-moi, je vous prie, monsieur Tully. Je n'ai pas la force de parler en ce moment.

Elle perçut son hésitation. Du coin de l'œil, elle le vit se pencher vers elle. Elle se raidit et se prépara à lui décocher un coup de coude s'il osait approcher. Mais il n'en fit rien. Le bon sens avait dû reprendre le dessus chez lui, car il se contenta de lui glisser sa carte.

— Je suis un amant doux et respectueux, répéta-t-il en reculant.

Elle eut envie de froisser la carte et de la lui lancer au visage. Mais pour couper court à la scène, elle sourit et glissa le bristol dans sa manche.

Tully sourit et se retira avec un petit signe de la main. Lorsqu'elle entendit ses pas à l'étage au-dessous, elle se décida à glisser la clé dans la serrure et se rendit compte que la porte n'était pas verrouillée. Cela n'avait pas d'importance. Plus vite elle serait dans sa chambre, mieux cela vaudrait.

Aussi poussa-t-elle le battant tout en écrasant la carte de M. Tully au creux de sa main. Elle fit tourner la clé, et, dans un soudain accès de colère, lança la boule de papier dans le coin où se trouvait le pot de chambre.

Une ombre surgit et attrapa la carte au vol.

— Ne criez pas, dit une voix d'homme.

Elle reconnut Brandon.

— Et pourquoi ne devrais-je pas crier ?

Il alla à la table de chevet et alluma la bougie. La flamme éclaira ses traits durs et mystérieux. Son expression n'avait rien d'amical.

Sher se laissa tomber dans un fauteuil avec un soupir agacé.

— J'ai trop mal à la tête pour crier. Je vais juste vous poignarder, ajouta-t-elle en tirant une longue lame cachée sous un livre, sur l'appui de la fenêtre.

Il arqua un sourcil, et défroissa posément la carte de visite avant de l'orienter vers la lumière.

— M. Samuel Tully. Quel impertinent !

— Vous auriez pu venir à mon aide, non ?

— Je me tenais derrière la porte, prêt à intervenir si le besoin se faisait sentir, expliqua-t-il avant de froisser de nouveau la carte et de la jeter dans le pot. Mais il n'était pas dangereux, seulement insolent.

Sher ferma les yeux, réconfortée de savoir qu'il s'était tenu prêt à voler à son secours. C'était un peu ridicule, bien sûr. Elle n'avait pas besoin de lui pour la protéger. Et elle ne voulait surtout pas le voir rôder dans sa chambre. Néanmoins, cette idée avait quelque chose de rassurant.

— Je vous en prie, sortez, monsieur le vicomte. J'ai déjà reçu toutes les propositions possibles aujourd'hui. Mais vous pouvez jeter votre dévolu sur Delilah, ou n'importe quelle autre fille de la troupe.

Soudain, une épingle glissa de ses cheveux. Puis une autre... Elle tressaillit, choquée qu'il ait pu traverser la chambre et mettre les mains dans ses cheveux avant qu'elle ait eu le temps de comprendre ce qu'il se passait.

Elle leva le poignard, mais il lui bloqua le bras sans le moindre effort. Tout en lui maintenant solidement le poignet, il continua de retirer les épingles de son chignon. Sa chevelure se répandit sur ses épaules, et son mal de tête se dissipa en partie.

Puis il lui relâcha le poignet pour enfouir les deux mains dans ses boucles. Ses doigts décrivirent de petits cercles sur son cuir chevelu. Puis ils glissèrent sur ses tempes et descendirent vers ses épaules. Elle ferma les yeux avec soulagement. La sensation était délicieuse.

Toute son agressivité s'évanouit et elle poussa un soupir d'aise. Ses paupières se baissèrent tandis que les doigts virils lui massaient le crâne, puis la nuque.

Elle ne s'était pas rendu compte que ses muscles étaient tendus à ce point. Les caresses de Brandon l'aidèrent à se décontracter. Il ne prononça pas un mot. Elle ne percevait même pas le bruit de sa respiration. Seul le lointain brouhaha du foyer lui parvenait. De toute évidence, la foule s'attardait. Son nouveau statut social, qui provoquait tant de remous dans les salons et dans la classe politique, attirait aussi une foule de nouveaux spectateurs au théâtre.

Pour la première fois depuis le matin, elle respira profondément. C'était merveilleux !

Brandon prit ses lèvres. Sa bouche était entrouverte, offerte. Elle savait depuis le début qu'il lui demanderait quelque chose en échange de ce plaisir. Elle savait qu'il allait l'embrasser. Ce n'était qu'une simple caresse de ses lèvres, leurs souffles mêlés.

Elle ne répondit pas à son baiser, en proie à une foule de sensations merveilleuses, comme si seules sa bouche et sa nuque existaient. Au moment où il fit mine d'approfondir le baiser, elle souleva le poignard.

C'est à peine si elle contracta son poignet, mais Brandon se figea.

— Je pourrais vous désarmer en une seconde, vous savez.

— Nous sommes donc redevenus des ennemis ? répliqua-t-elle sans même ouvrir les yeux.

Il soupira et lui renversa doucement la tête en arrière, l'appuyant contre la cloison. Elle ouvrit les yeux, regrettant déjà ses caresses. Son mal de tête la faisait moins souffrir.

Brandon se tenait devant elle, sa haute silhouette se découpant dans la lumière de la bougie. Même dans l'obscurité, elle aurait reconnu ses traits virils, ses épaules larges.

— Dites-moi que vous ne me désirez pas, Sher. Moi, je sais que le contraire est vrai.

Il la dévorait des yeux. Voyait-il ses seins tendus, ses mamelons durcis ? Savait-il qu'une douce chaleur s'était répandue dans son ventre ? Qu'à chaque respiration, une sensation délicieuse l'envahissait ?

Elle ne l'avait jamais autorisé à la toucher intimement. Ils avaient échangé d'innombrables baisers. Il lui avait caressé les seins à travers sa robe, la faisant haleter de désir. Elle se rappelait que ses mains étaient larges et puissantes.

Comment était-elle parvenue à résister jusqu'ici ? Un soir, avant que Kit ne la demande en mariage, Brandon et elle s'étaient embrassés dans le couloir. Ses baisers étaient enivrants. Il lui avait défait sa robe, écartant le tissu sur ses épaules. Puis Delilah et Seth, qui montaient l'escalier, les avaient interrompus, et elle avait repoussé Brandon. Elle avait tant insisté qu'il était parti, à regret, après lui avoir chuchoté :

— Demain soir, Sher. Rien ne pourra m'arrêter...

Mais le soir suivant, Kit avait fait sa demande en mariage, et tout avait changé.

— Maudit soit Kit ! murmura-t-il entre ses dents serrées.

— Et maudit soyez-vous, d'entrer aussi librement dans ma chambre ! Êtes-vous donc arrogant au point de croire que je vais tomber dans vos bras parce que vous êtes un bon amant ?

Il s'écarta et elle ouvrit les yeux. La flamme éclairait maintenant son visage et elle vit la confusion se peindre sur ses traits. L'avait-elle choqué ?

— Vous croyez que je ne le sais pas ? demanda-t-elle, incrédule. Je sais que vous pourriez m'emmener au septième ciel. Une seule de vos caresses suffit à m'embraser comme une torche. Oh, Brandon, j'ai passé des nuits seule dans ce lit à penser à ce que nous pourrions faire ensemble !

Elle agita le poignard, mais elle était à deux doigts de le jeter sur le sol et de permettre à Brandon de la posséder. Elle n'avait eu qu'un seul amant, dans toute sa vie. Un rustre, qui lui avait pris sa virginité. Quel mal y aurait-il à s'en accorder un autre, juste pour une nuit ?

— Vous m'avez attirée dès le premier instant, avoua-t-elle. À cause de vous, je pourrais remettre en cause tout ce que j'ai toujours désiré. Même le mariage.

Il vacilla, l'enveloppant d'un regard ardent.

— Sher, ma chérie, posez ce poignard.

Elle souleva l'arme davantage.

— Est-ce qu'aucune femme ne vous a encore repoussé, lord Blackstone ? Aucune n'a voulu conserver sa vertu, malgré le désir qu'elle éprouvait pour vous ?

— Des dizaines de femmes m'ont tourné le dos, Sher. Mais aucune ne m'a avoué son désir. Aucune ne prétendait savoir...

— Quoi donc ? Que vos talents d'amant sont légendaires ?

— Oui. Il existe des textes en Inde, consacrés aux jeux érotiques, poursuivit-il d'une voix étouffée. Je les ai étudiés. J'en ai même parlé avec un maître, pour en apprendre davantage.

Elle haussa les sourcils, intéressée malgré elle.

— Un maître de jeux érotiques ?

— Une maîtresse, en réalité.

— Naturellement, rétorqua-t-elle avec un sourire entendu.

Il vint s'agenouiller devant elle, posant les bras sur les accoudoirs du fauteuil, son visage tout près du sien. Il était si proche qu'elle sentait son souffle parfumé. Un seul mouvement du poignet et elle aurait pu lui transpercer la joue.

— Vous ne voyez pas ? Cela ne pourra jamais marcher, entre Kit et vous. Ce n'est qu'un gamin, Sher. Un brave gosse, bien sûr. Mais c'est un homme qu'il vous faut.

Il glissa une main sous sa jupe, et ajouta :

— Songez à ce que je pourrais vous donner.

Elle sentit ses doigts lui emprisonner la cheville, remonter le long de sa jambe pour lui caresser le mollet.

— Avez-vous appris cela en Inde ?

— Oui. J'ai appris aussi que certains points sur les jambes des femmes sont très sensibles.

De son autre main, il défit les rubans de ses mules. En un instant, ses pieds furent nus et il commença à lui masser les orteils.

Ses pieds étaient sensibles et elle était chatouilleuse. Mais les gestes de Brandon étaient fermes.

— Il y a un point, là, expliqua-t-il en pressant le pouce contre sa voûte plantaire.

Elle éprouva une vive douleur et poussa un petit cri. Puis la douleur diminua et se mua en plaisir, tandis qu'il continuait d'appuyer.

— Les pieds et les seins sont reliés. Je n'ai pas besoin de caresser vos tétons pour les faire durcir de plaisir.

Elle entrouvrit la bouche, déconcertée, et s'aperçut qu'il avait raison. Elle n'avait jamais été aussi excitée de sa vie, et cependant il ne touchait que ses pieds.

— Il y a plus intéressant encore, dit-il en remontant vers ses chevilles. Les Indiens savent faire crier une femme de plaisir, sans les toucher plus que ça. Juste les pieds et les chevilles.

Si quelqu'un d'autre lui avait dit une chose pareille, elle aurait ri. Mais ses caresses la faisaient vibrer.

— Laissez-moi vous toucher, Sher. Personne ne le saura et vous en retirerez un immense plaisir. Vous le méritez bien, surtout aujourd'hui.

Elle prit une profonde inspiration, et décida de s'autoriser cette fantaisie. Son corps était brûlant de désir, ses cuisses s'entrouvraient malgré elle. Encore une caresse, un moment de bonheur. Cela aurait été si facile...

— Faites remonter votre main d'un centimètre, monsieur, et je vous transperce le front à l'aide de mon poignard.

Il recula la tête, mais ses mains continuèrent ses caresses étourdissantes sur ses mollets.

— Lâchez-moi, monsieur.

— Vous êtes sûre ?

Elle fit un geste du poignet et le prit visiblement par surprise car la lame transperça la manche de sa chemise. Elle posa les yeux sur la pointe ensanglantée du poignard. Il n'y avait qu'une goutte de sang, mais c'était suffisant pour qu'il comprenne.

Brandon recula en lâchant un juron, tandis qu'une tache écarlate se répandait sur le tissu fin et léger. Sher attendit un instant, hésitante. Était-elle allée trop loin ? La blessure allait-elle saigner ? Brandon allait-il riposter ?

Figés dans un silence tendu, ils gardèrent tous deux les yeux fixés sur la blessure. Mais le sang ne coula pas davantage. Quand Brandon posa enfin le regard sur elle, elle n'y lut que de la surprise mêlée de respect.

— Je n'avais jamais connu de femme comme vous, dit-il doucement.

S'agissait-il d'un compliment, ou d'un reproche ?

— Ne revenez plus jamais dans ma chambre, lord Blackstone.

Il lui prit la main qui tenait le poignard et pressa le pouce sur l'intérieur de son poignet. Ses doigts étaient larges et forts. Elle sentit sa force l'abandonner et l'arme tomba au sol. Elle voulut lui donner des coups de pied, mais il lui bloqua les jambes, en la maintenant dans le fauteuil.

— À présent je vais vous séduire, lady Sher. Je vais vous écarter les jambes et poser les lèvres sur vous. Je vais vous donner tant de plaisir que vous hurlerez mon nom.

9

Brandon fit glisser ses mains sur les jambes soyeuses de Sher. Elle était douce en apparence, mais il suffisait de vouloir la contraindre pour que sa force, à la fois physique et morale, se révèle. Enfin, songea-t-il en faisant remonter sa jupe, il allait pouvoir la toucher comme il le voulait.

— Est-ce votre maîtresse indienne qui vous a enseigné cela ? demanda-t-elle avec une froideur qui le surprit.

— J'ai appris en Inde, oui.

— Elle vous a conseillé de forcer les femmes ? Elle vous a dit qu'elles aimaient être dominées ?

Se penchant en avant, elle lui agrippa les poignets et l'immobilisa. Il leva les yeux, déconcerté. Il ne s'attendait pas à ce qu'elle se montre aussi péremptoire. De toute évidence, il lui fallait avancer avec plus de prudence.

Il recula, fronçant les sourcils.

— En Inde, j'ai appris à écouter. À prêter attention non seulement aux mots, mais à tout le reste : au corps, aux vêtements, et même au décor. Tout est révélateur.

Il tenta de se dégager mais elle le maintenait solidement et il ne voulait pas la brusquer. Il se pencha donc en soupirant.

— J'ai aussi appris à reconnaître l'odeur d'une femme en proie au désir.

— Et parce que j'éprouve du désir, vous pensez que je vais naturellement succomber ? Vous croyez que je suis soumise à mes pulsions ?

— Bien sûr que non ! répliqua-t-il en riant. Mais je sais ce que vous voulez.

Comme elle lui tenait toujours les poignets, il resserra les doigts sur elle.

— Je sais écouter le corps d'une femme, Sheherazade. Je sais ce qu'elle veut avant qu'elle le sache elle-même.

— Je crierai si vous me touchez. Je hurlerai et me débattrai.

Il se figea, déconcerté.

— Pourtant vous désirez cela, Sher. Autant que moi.

— Non, Brandon.

Il lui enserra les chevilles. Il aurait pu lui écarter les jambes par force, et la prendre.

— Oui, Sheherazade, certaines femmes aiment être forcées. Cela ajoute du piment au jeu.

Elle lui relâcha brusquement le poignet gauche et lui prit le menton. Depuis qu'il n'était plus petit garçon, aucune femme n'avait eu ce geste avec lui. Réprimant son désir, il scruta son visage. Son expression était implacable.

— Non, Brandon. Non. Si vous avez du respect pour moi, lâchez-moi sur-le-champ.

Il l'observa longuement. Elle ne jouait pas la comédie et pourtant, elle le désirait. Il en était certain. D'ailleurs, elle l'avait laissé entrer dans sa chambre.

Non. Il avait forcé la serrure et s'était introduit chez elle en cachette.

Mais elle lui avait permis de la toucher !

Non. Elle avait fermé les yeux, et il en avait profité pour la surprendre. Mais elle ne l'avait pas repoussé.

Maintenant, elle tenait ses genoux bien serrés, et l'empêchait de la caresser.

— Laissez-moi vous montrer le plaisir que nous pourrions avoir ensemble.

Elle eut un mouvement d'impatience.

— C'est donc cela que vous avez appris en Inde ? Les Indiennes disent des choses qu'elles ne pensent pas ?

— Je... je n'ai pas couché avec des Indiennes. Je me suis contenté de distraire les épouses anglaises qui s'ennuyaient à mourir.

Il laissa mollement retomber ses mains sur les chevilles de la jeune femme.

— Je ne m'ennuie pas, dit Sher. Et nous ne sommes pas en Inde. Vous comprenez, Brandon ? Je ne veux pas coucher avec vous.

Mais elle éprouvait du désir. Cette idée tourbillonnait dans la tête de Brandon. Oui, elle éprouvait du désir pour lui, et il savait comment lui donner du plaisir.

Elle ne lui tenait plus le menton. Elle l'avait relâché lorsqu'il avait laissé ses mains glisser sur ses chevilles. Il aurait pu tourner la tête pour ne plus voir son regard, mais cela aurait été lâche. Elle ne voulait pas qu'il la séduise.

Une vague de désespoir le submergea soudain. La douleur, très vive, se forma au creux de son ventre et se répandit dans son corps. Il avait éprouvé cette douleur particulière pour la première fois lorsque le feu avait détruit tout ce qu'il avait construit. Alors, il avait cru son cœur sur le point de lâcher. Et la sensation avait été pire encore quand il avait compris qu'il n'y avait pas eu que l'incendie. Il y avait eu aussi le vol, les meurtres... Hélas, il ne pouvait pas faire punir les meurtriers. Il s'était senti si oppressé à cette idée qu'il avait cru ne plus jamais pouvoir respirer normalement. À présent, il savait qu'il pouvait continuer de vivre, mais qu'il porterait toujours en lui ce sentiment de perte irrémédiable.

C'était ce qu'il avait ressenti, à l'époque. Et ce qu'il ressentait maintenant. Grâce à Sher, il avait réussi à tenir ce sentiment à distance quelque temps. Le jeu de la séduction lui avait donné un but merveilleux à envisager et à atteindre. Mais sans elle, plus rien ne venait s'interposer entre le désespoir et lui.

— Je n'ai rien d'autre à vous offrir, dit-il. Vous avez déjà de l'argent. Vous ne voulez pas de tendresse. Vous...

— Je veux du respect, Brandon.

— Mais je vous respecte ! s'écria-t-il en se levant.

Pas question de rester agenouillé devant elle. Pourtant, après avoir tourné deux fois sur lui-même, il se laissa glisser contre le mur.

— Je veux que vous soyez ma maîtresse, Sher.

Sa voix était douce et basse, comme il convenait quand on s'adressait à une dame. Mais il espéra qu'elle percevrait son insistance.

— Je vous donnerai de l'argent, des bijoux, une maison, et je ferai éduquer nos enfants.

— Est-ce le mariage que vous me proposez, dans ce cas ? demanda-t-elle doucement, un peu intriguée.

— Je... je...

Il vit l'expression de la jeune femme se durcir, mais il ne pouvait pas lui mentir.

— Je ne peux pas, articula-t-il avec peine.

Impossible de lui expliquer. Personne ne connaissait l'ampleur du problème qu'il avait rapporté de son voyage en Inde mais depuis son retour, il lui était tout simplement impossible de prendre une épouse.

— Alors, vous avez raison, répondit-elle avec froideur. Vous n'avez rien à m'offrir.

Curieusement, elle paraissait déçue. Son expression s'était adoucie, ses yeux exprimaient le regret. Elle se pencha, non pour le toucher, mais pour mieux le voir. De toute évidence, elle ne comprenait pas.

— Vous dites que vous me respectez, et pourtant vous me traitez comme une traînée. Vous m'attendez dans ma chambre, vous tentez de me séduire avec vos baisers et vos belles paroles, et quand je dis non, vous insistez. Brandon, vous n'êtes pourtant pas stupide ! Où avez-vous la tête ? Quels démons vous poussent à agir ainsi ?

Il n'eut pas la force de soutenir son regard.

— Vous étiez censée me fournir une distraction, expliqua-t-il, les yeux baissés. Une façon agréable de passer le temps entre deux discours, et une discussion au Parlement sur la politique de colonisation de l'Angleterre. Michael m'a suggéré de vous séduire afin de dissuader Kit de vous épouser. Vous étiez assez attirante pour que j'accepte de faire cet effort.

Elle recula avec une exclamation de mépris. Mais il ne put s'empêcher de poursuivre :

— Et puis, il s'est passé quelque chose...

Il marqua une pause, et elle demanda :

— Quoi donc ?

— Je ne sais pas, mais c'était la même chose qu'en Inde.

Il contempla son visage à la lueur de la bougie. Ses yeux verts, ses boucles rousses, son expression grave. Cette femme dirigeait une troupe d'acteurs et un théâtre, elle savait remettre les gentlemen à leur place d'un simple haussement de sourcils. Elle avait du caractère.

— Vous m'avez inspiré. Quand je suis arrivé en Inde, expliqua-t-il, je savais déjà tout sur les femmes et le plaisir. Je m'ennuyais. Ce qui m'a inspiré alors, c'est le travail. Je voulais me battre pour un idéal, qui rapporterait beaucoup d'argent aux Anglais et aux Indiens.

Sher le considéra, la tête penchée de côté.

— Mais c'était bien, non ?

— Non. Je n'ai trouvé que mensonges, meurtres. Et la mort...

— L'incendie de l'usine, murmura-t-elle, comprenant enfin où il voulait en venir. Tout ce pour quoi vous aviez travaillé a brûlé.

— Oui. Le feu n'était pas accidentel, vous savez. Ces gens ont été tués volontairement.

Comme il se laissait tomber devant elle et posait la tête sur ses genoux, elle lui passa les doigts dans les cheveux. La sensation était exquise. Ce n'était ni sexuel ni maternel, juste un contact humain. Il sentit les larmes lui monter aux yeux.

— Mais qu'est-ce que tout cela a à voir avec moi ? murmura-t-elle. Comment cette tragédie vous a-t-elle poussé vers moi ?

Elle ne comprenait donc pas ? Non, bien sûr que non ! Comment aurait-elle pu deviner, alors que lui-même se débattait dans l'obscurité ? Relevant la tête, il lui prit la main et l'embrassa. Elle le laissa faire, mais il savait qu'il ne l'avait pas encore conquise.

— Vous m'inspirez, répéta-t-il.

Elle se figea, et il comprit qu'elle méditait ses paroles.

— Je ne saurais expliquer pour quelle raison. Tout ce que je peux dire, c'est que chaque fois que je vous vois, je sens mon cœur s'embraser. Cela ne m'était plus arrivé depuis...

— Depuis l'inde ?

— Depuis que tout a mal tourné.

Elle lui effleura la joue et les lèvres. Il voulut l'embrasser, mais elle retira sa main, dardant sur lui un regard perçant.

— Vous êtes désenchanté. Je vois bien que vous avez perdu toutes vos illusions. C'est pour cela que nous nous comprenons si bien. Le monde de Kit n'a jamais été détruit. Les gens de son entourage ne savent pas ce que c'est de donner son cœur, et d'être...

— Brûlé...

— Trahi.

Brandon acquiesça d'un hochement de tête. Oui, il avait été trahi. Très peu de gens savaient que l'incendie avait été allumé par des Anglais et non par des Indiens. Sher ignorait que c'était le supérieur hiérarchique de Brandon, à la Compagnie des Indes, qui avait accompli cet acte horrible. Le Prince Régent lui-même était complice de ces mensonges.

— Donc, nous nous comprenons, reprit-il. Nous avons le sentiment d'être...

— Liés. C'est comme une résonance, ajouta-t-elle en secouant la tête. Le souvenir d'une douleur. Mais on ne peut bâtir une vie sur un sentiment, Brandon.

Il la considéra d'un air suppliant.

— Sher, regardez-moi dans les yeux et ressentez ce que je ressens.

— Brandon...

— Faites-le !

Elle obéit. Elle soutint son regard et il vit une lueur passer dans ses prunelles.

— Sher, je veux que vous viviez avec moi, que vous portiez mes enfants, que vous m'inspiriez encore toute ma vie.

— Épousez-moi, répondit-elle. Je ferai tout ce que vous voudrez, à condition d'avoir la bague au doigt.

— Je ne peux pas !

— Alors, moi non plus...

Il scruta ses traits, cherchant désespérément une étincelle. Mais il ne vit rien. Un voile s'était abattu sur son visage, ses lèvres étaient scellées.

— Sher...

— Je ne veux pas renoncer à ce rêve, Brandon. C'est ce que je désire le plus, depuis toujours. Vous ne comprenez donc pas ? Vous m'avez demandé pourquoi il était si important pour moi d'être respectable. Très bien, je vais vous le dire. J'avais une sœur autrefois, vous le savez ? Elle s'appelait Cléopâtre, et elle avait toutes les qualités qui me manquent. Elle était belle, vibrante de passion, et elle chantait à merveille. Tout le monde l'aimait.

— Vous êtes belle aussi, Sher, et...

Elle l'interrompit d'un geste de la main.

— Tout le monde adorait Cléo, et moi aussi. Un jour, elle est tombée malade et a eu une forte fièvre. Nous avons appelé le médecin, mais celui-ci n'est venu que le lendemain. Nous avons alors dépensé toutes nos économies pour acheter des remèdes et sauver ma sœur, mais l'homme était un charlatan. Il nous a vendu de l'eau colorée, et Cléo est morte.

Les doigts de Brandon se crispèrent. Il aurait voulu étrangler ce criminel de ses mains.

— Nous étions anéantis de chagrin. Mais nous n'étions que des acteurs, et des femmes de mauvaise vie. Aucun magistrat ne se souciait de ce que cet homme avait fait. Une semaine plus tard, une actrice de la troupe était morte en couches et nous n'avions rien pu faire pour elle. Pour la société elle n'était qu'une catin, et nous avions dépensé tout notre argent pour Cléo. Voulez-vous que je vous raconte aussi la mort de ma mère ? Ou celle de Pappy ? Ou de douzaines d'autres personnes chères à mon cœur ?

Brandon secoua la tête. Il aurait pu lui mentir, lui dire que ceux qu'elle aimait seraient morts, même s'ils avaient été respectables. Mais il était vrai que les classes sociales inférieures étaient moins bien soignées que les personnes de son rang. C'était ainsi en Angleterre, en Inde, dans le monde entier.

— Savez-vous pourquoi je travaille autant ? reprit Sher. Pourquoi je surveille la caisse et le vin comme le lait sur le feu ? C'est pour avoir de l'argent afin de payer le médecin, quand nous aurons besoin de lui. Ou pour faire venir la sage-femme. Mais l'argent n'est pas suffisant, Brandon. Nous passons après toutes les femmes convenables, qui ont la bague au doigt. Les familles respectables seront toujours soignées avant nous.

Il comprit alors son désir de sécurité. Son besoin de s'assurer que ceux qu'elle aimait seraient bien traités.

— Vous savez, naturellement, qu'une alliance ne vous mettra pas à l'abri de la maladie. Les gens meurent aussi dans les familles respectables.

— Je le sais. Mais un médecin réfléchit à deux fois avant de tromper une famille riche et honorable. Et les magistrats prêtent une oreille attentive à une épouse, ce qu'ils ne font pas avec une actrice.

C'était la vérité, il ne pouvait le nier. D'autre part, qui était-il, lui, pour lui déconseiller de se marier comme une jeune femme normale ? Elle était belle et intelligente. N'importe quel homme aurait été flatté de l'épouser, lui le premier. Mais depuis l'Inde, une telle démarche lui était interdite, et quoi qu'il fasse il ne pourrait rien y changer.

— Je ne peux vous offrir le mariage, avoua-t-il. Tout ce que je peux vous offrir, c'est ma personne. J'ai besoin de vous, ajouta-t-il en pressant les lèvres contre le tissu de sa robe.

Sher soupira et lui passa de nouveau les mains dans les cheveux.

— Non, Brandon. Je veux être une épouse honorable.

Le ton était résolu. Les mots résonnèrent à ses oreilles comme un coup de pistolet. Elle était sûre d'elle et rien de ce qu'il pourrait dire ou faire ne la ferait céder. Rien, excepté ce qu'il ne pouvait lui donner.

Il se redressa lentement. Ses membres étaient comme engourdis.

— Kit est quelqu'un de bien. Il sera un bon mari. Mais il ne pourra jamais résister à la pression de la haute société londonienne. Partez vous installer aussi loin que possible.

Sher se leva à son tour.

— Quitter Londres ? Mais... tout ce que je possède se trouve ici.

— Vous devez aller vous installer quelque part, très loin de l'aristocratie britannique.

— Mais ce ne serait pas respectable. Cela voudrait dire que nous sommes exclus, exilés... comme des brigands !

Il haussa les épaules. Un grand froid l'avait envahi, malgré son lourd manteau de laine.

— C'est tout ce que vous pouvez avoir.

Il ouvrit la porte et passa dans le corridor. Un des gamins de Seth, qui montait la garde, le dévisagea d'un œil soupçonneux. Brandon lui jeta distraitement une pièce.

— Tu diras à Seth que je n'ai fait que parler avec elle. Je ne l'ai pas touchée, ne lui ai pas fait de mal. J'ai seulement...

Échoué, ajouta-t-il en lui-même. Il avait échoué.

— Lord Blackstone ! appela Sher depuis le seuil. Brandon...

Il se retourna. Elle semblait profondément troublée, mais cela le laissa indifférent. Il avait très froid.

— Qu'avez-vous l'intention de faire ?

Brandon haussa les sourcils. Qu'allait-il faire ? Et soudain, un sourire narquois effleura ses lèvres.

— Vous croyez que Delilah est libre ?

— Elle est déjà avec un type, répondit le gamin, devançant Sher.

— Mmm... je vais peut-être aller au bordel, au bout de la rue, dans ce cas. Bonne nuit, lady Sher, fit-il en s'inclinant.

Elle chercha une réponse et, n'en trouvant pas, finit par hocher la tête.

— Bonne nuit, lord Blackstone.

Il partit rapidement. Ses pas le menèrent dans un quartier de Londres qu'il valait mieux ne pas fréquenter, surtout la nuit. Plusieurs heures s'écoulèrent, avant que les coups ne pleuvent enfin. Les voleurs étaient deux, peut-être trois. Ils se jetèrent sur lui avec des poignards aussi effilés que celui de Sher.

Mais contrairement à elle, ils savaient se servir de ces armes redoutables.

Le premier coup fut porté dans le dos.

Le second dans sa poitrine. La lame s'enfonça sous les côtes.

Sa dernière pensée fut que la vie le quittait, avec le sang chaud qui s'écoulait sur les pavés.

10

— Avez-vous vu Brandon ? demanda Kit à Sheherazade, six jours plus tard.

Ils se trouvaient dans le foyer, et Sher était à cran. Leurs fiançailles étaient devenues un sujet de discussion, un fait de société. Les commentaires allaient bon train. Le *Théâtre de la Taverne* faisait salle comble tous les soirs, mais les bagarres étaient quotidiennes. Seth avait dû engager des hommes pour maintenir l'ordre et empêcher la casse. Par chance, les actrices avaient une activité débordante après les représentations, ce qui compensait largement les désordres occasionnés par certains clients querelleurs.

Les fiançailles de Sher étaient excellentes pour les affaires, mais désastreuses pour sa réputation. Sa présence dans le foyer était réclamée à cor et à cri, et son succès surpassait celui de sa mère à sa meilleure époque. On l'applaudissait et on la maudissait en même temps pour sa prétendue immoralité. La pire soirée de toutes avait été celle qu'elle avait voulu passer tranquillement cachée dans sa chambre. Une douzaine de chaises et des dizaines de verres avaient été brisés par un groupe tapageur, qui exigeait qu'elle vienne entendre leurs encouragements aux classes populaires.

C'était ridicule, mais ils avaient fait tant de dégâts qu'elle n'avait plus osé rester enfermée chez elle. Elle prenait soin aussi de ne jamais paraître en public sans la présence protectrice de Seth. Dès le deuxième soir, elle avait insisté pour que Kit demeure lui aussi à ses côtés. Il avait un don pour dissiper la tension et savait calmer le jeu d'une remarque ou d'un rire débonnaire. Il était difficile de ne pas aimer Kit, même lorsqu'on le tenait responsable du déclin de la civilisation britannique. Malheureusement, la lassitude commençait de se faire sentir chez lui aussi.

C'est pourquoi sa question au sujet de Brandon prit Sher par surprise. Au moins trois douzaines de personnes se pressaient dans le foyer, ce soir-là. L'excitation causée par leurs fiançailles ne retombait pas. Mais comme Delilah venait d'apparaître dans une robe au décolleté audacieux, Kit et Sher bénéficièrent d'un moment de répit.

— Je trouve que le vin a un goût bizarre, dit Sher, évitant de répondre à la question de Kit.

— C'est parce que j'ai demandé à Seth de commander des crus de meilleure qualité. Puisque je dois passer toutes mes soirées ici, j'aime autant boire quelque chose de correct.

Sher haussa les sourcils. Kit ne s'était encore jamais plaint de la qualité des boissons. Mais il est vrai qu'à présent il vivait pratiquement au théâtre.

— Ne vous inquiétez pas, ajouta-t-il en vidant son verre. Ce sont juste quelques bouteilles qui nous sont réservées, à vous et à moi.

Et aux clients auxquels il voudrait offrir un verre. Sans parler des membres de la troupe qui s'arrangeraient pour boire en cachette ! Kit s'apercevrait bientôt que sa réserve de vin n'avait pas duré longtemps.

— Quelle bonne idée ! dit-elle néanmoins.

À son avis, c'était une erreur. Mais depuis qu'elle avait autorisé Kit à mettre son nez dans les comptes du théâtre, il se mêlait de tout. Une bouteille de vin par ici, de nouveaux coussins par là, une suggestion étrange pour la nouvelle pièce – et même pour la nourriture du chien.

Kit mettait son grain de sel partout, ce qui agaçait prodigieusement Sher. Il lui avait fallu des années pour faire tourner cette affaire sans problème, et voilà que Kit menaçait déjà cet équilibre obtenu à force de travail et de réflexion.

Hélas, une fois qu'ils seraient mariés, son affaire et le bâtiment qui abritait le théâtre deviendraient la propriété de Kit. C'est-à-dire qu'il posséderait tout ce qui était à elle, et qu'il pourrait s'en occuper autant qu'il le voudrait. Elle n'aurait plus son mot à dire.

— Kit, je pense qu'il vaudrait mieux que ce vin reste dans ma chambre et qu'il soit comptabilisé à part.

— Cela fait des jours que plus personne ne l'a vu, dit-il, ignorant totalement sa remarque. Je suis passé chez lui, on m'a dit qu'il n'avait pas reparu depuis presque une semaine.

— Quoi ? Qui ? dit-elle, faisant mine de ne pas comprendre.

— Je parle de Brandon ! Vous ne l'avez pas vu ?

— Pourquoi l'aurais-je vu ? La dernière fois que je lui ai parlé, il se rendait dans un bordel.

— Sher ! s'exclama Kit d'un ton faussement choqué. Vous n'êtes pas censée savoir cela.

— Il a pourtant été très explicite.

— Cela ne se fait pas.

Sheherazade leva les yeux au ciel.

— Lord Blackstone se moque bien de ce qui se fait !

Kit soupira assez fort pour qu'elle l'entende, malgré le brouhaha qui régnait dans le foyer.

— Une dame ne fait pas ce genre de critique, Sher.

C'était une nouvelle manie de Kit, ces derniers temps. Ses phrases commençaient souvent par : « Une dame ne doit pas... » Sher prit son verre, plutôt que de risquer une nouvelle sortie peu digne d'une dame.

— Je n'ai pas la moindre idée de l'endroit où se trouve lord Blackstone, finit-elle par déclarer du bout des lèvres. Et je ne veux pas le savoir.

— Ce n'est pas juste ! Brandon est mon cousin, et il vous a emmenée à Hyde Park !

— Je sais qui est lord Blackstone.

— Oui, et avez-vous oublié qu'il est parfois de très bon conseil ? Très calé en politique, bien qu'un peu cynique.

— Extrêmement cynique, marmonna-t-elle.

— Et il est le seul à avoir encouragé nos fiançailles. Il a pris seul l'initiative de vous emmener en promenade au parc.

— Afin de nous démontrer à tous les deux que ce mariage était une idée lamentable !

Elle prit soudain conscience que le brouhaha s'était tu. Un silence relatif régnait dans la pièce, et tous les yeux étaient braqués sur Kit et elle.

— Les fiancées ont parfois la langue bien pendue, vous ne trouvez pas ? lança-t-il avec un sourire contraint. Mais tout ira mieux après la nuit de noces, ma chérie...

Des rires gras saluèrent la remarque, ce qui agaça davantage encore Sher. C'était ainsi, au théâtre. Une réflexion grivoise suffisait à tout faire oublier.

— Souriez ! lui souffla Kit. On dirait que vous venez d'avaler un crapaud.

— C'est le vin, rétorqua-t-elle en lui tendant son verre à moitié plein.

Elle fit un geste en direction de la foule.

— J'ai mal à la tête. Les préparatifs de mariage sont épuisants !

En réalité, elle n'avait vu sa couturière qu'une seule fois et lui avait commandé une robe très simple pour la cérémonie. Elle doutait d'obtenir ce qu'elle voulait, car Mary adorait ajouter des fanfreluches à ses modèles.

— Je devrais sans doute vous escorter jusqu'à votre lit, suggéra Kit, avec un clin d'œil à la foule.

Sher posa la main à plat sur le torse de son fiancé, l'empêchant de bouger. Puis elle se hissa sur la pointe des pieds et déposa un baiser sur ses lèvres. Leurs bouches s'effleurèrent chastement, et elle recula avant qu'il ait pu approfondir le baiser.

Des cris et des commentaires égrillards fusèrent derrière eux. En temps normal, elle n'aurait jamais eu un tel geste. La moitié des clients présents allaient prendre ceci pour une preuve de son ambition. Dès demain soir, les langues iraient bon train. De folles rumeurs se répandraient dans tout Londres, prétendant qu'elle s'était déshabillée dans le foyer pour séduire Kit.

Elle s'écarta de son fiancé en souriant, et celui-ci tenta de la retenir. En vain.

— Non, non, mon chéri. Vous devrez attendre jusqu'à la nuit de noces. Je suis une dame convenable.

Des rires émaillés de paroles grivoises ponctuèrent cette remarque. Kit avait l'air dépité, mais ce qui faisait le plus rire les spectateurs, c'était l'allusion au fait qu'elle était une dame. De toute évidence, ces messieurs n'étaient pas de cet avis.

Le sourire de Sher se figea, et elle sentit la colère lui nouer la gorge. Comment osaient-ils la juger ? Elle était bien placée pour savoir que ces hommes n'avaient aucune moralité. Mais ce n'était pas la question. Ses nerfs étaient mis à rude épreuve, et il valait mieux qu'elle sorte avant de commettre un acte déplacé.

Elle s'esquiva donc, avec une brève révérence. Seth lui effleura le bras au passage, lui demandant silencieusement si elle avait besoin d'être escortée. Elle refusa d'un signe de tête. Elle n'aurait pas de visiteur inattendu ce soir. Si personne ne la suivait à l'étage, tout irait bien.

Il ne lui fallut pas plus d'une minute pour regagner sa chambre. Son intention était de s'allonger sur son lit, avec une compresse sur le front. Mais lorsqu'elle déverrouilla la porte, elle sut qu'elle ne le ferait pas et qu'elle allait filer à la hâte là où elle se rendait chaque soir depuis cinq jours.

Elle n'avait pas vraiment envie d'y aller. Elle ne voulait pas mentir à Kit, sortir en catimini du théâtre, se comporter comme une femme scandaleuse. Mais elle ne pouvait s'empêcher de le faire.

Elle ôta à la hâte ses vêtements, enfila un vieux pantalon avachi, une chemise, un pardessus usé, un chapeau. Elle avait fait faire ce costume des années auparavant et s'en servait lorsqu'elle devait sortir le soir, seule et incognito. Non seulement ces habits ternes et élimés n'attiraient pas l'attention, mais ils constituaient aussi un excellent déguisement.

Quelques minutes plus tard, elle s'échappa par une porte dérobée, et se coula dans les rues obscures.

« *Réveillez-vous, sahib. Il y a le feu.* »

— Brandon. Réveillez-vous, je vous en prie. Essayez de boire…

« *Sahib. Le feu.* »

Un liquide frais s'écoula dans sa gorge.

« *Le feu, sahib ! Le feu !* »

Brandon s'éveilla avec un cri étranglé. Ses poumons le brûlaient et sa vision était confuse. Il était aveuglé par les larmes, son corps tout entier le faisait souffrir. Le feu ! Oh, mon Dieu, le feu !

— Brandon ! Buvez cela. Buvez !

De nouveau, il sentit le liquide frais sur ses lèvres. Il fallait qu'il se lève, qu'il aille aider. Oh, mon Dieu. Le feu ! Mais les mots ne franchissaient pas ses lèvres, la tête lui tournait. L'eau était délicieuse. Comment cela était-il possible, alors que...

— Le feu, marmonna-t-il d'une voix rocailleuse.

— Il n'y a pas de feu, Brandon. Vous avez la fièvre. Buvez encore.

Mais il y avait bien un incendie, et il était trop tard pour l'arrêter. Oh, mon Dieu, trop tard !

Il avala instinctivement l'eau fraîche, mais il ne méritait pas ce réconfort. Tout était sa faute.

— C'est ma faute. Ma faute.

— Chut, Brandon. Reposez-vous.

— C'est ma faute.

Un linge frais fut plaqué sur son front. Il se détendit, malgré le vertige qui lui faisait tourner la tête.

— Tout était ma faute.

Un doigt se posa sur ses lèvres.

— Vous êtes pardonné, Brandon. Ne vous tourmentez plus, vous êtes pardonné.

Les mots pénétrèrent son esprit, et il respira plus profondément, mais la douleur se propagea de son ventre jusque sous son menton.

Il méritait cette torture. Avait-il enfin assez souffert pour payer ses péchés ? Non, pas encore.

— Ce n'est pas assez.

— Dormez, Brandon, détendez-vous.

— Le feu, parvint-il à murmurer, la bouche desséchée.

— Le feu est éteint. C'est fini. Vous pouvez vous reposer, à présent.

L'obscurité l'enveloppa, le sommeil l'engourdit, ses pensées se dissipèrent. Mais il fallait tout de même qu'il sache.

— Suis-je vraiment pardonné ?

— Bien sûr. Vous avez assez souffert comme ça. Dormez.

Il s'abandonna.

Malgré lui, Brandon ouvrit les yeux. Le sommeil l'emportait, et l'instant d'après les visions revenaient. Des images se succédaient alors dans son esprit et des mots se formaient dans sa tête, qui défilaient en une longue liste. Couverture déchirée, odeur d'urine, bout de chandelle… Il cligna les paupières et distingua des formes dans la pénombre. Une femme endormie dans un fauteuil. Elle portait des vêtements d'homme.

Sheherazade…

Sheherazade…

Sheherazade…

Le nom se fixa dans son esprit, résonna comme un écho. Il ne savait pas si ses pensées pouvaient se transporter ailleurs. Il n'essaya pas de se fixer sur autre chose. Il continua de la regarder, tandis que le nom tourbillonnait dans sa tête.

Sheherazade…

Sheherazade…

Elle n'était pas là. Sheherazade n'était pas là. Il n'avait pas besoin de tourner la tête pour le savoir. Si elle avait été dans la chambre, il l'aurait sentie. Elle portait un parfum à la lavande. S'il posait son visage contre sa peau, il sentirait la lavande et autre chose. Une odeur qui n'appartenait qu'à elle, mais qu'il ne percevait pas dans la chambre en ce moment. Ce qui signifiait qu'elle n'était pas là.

Et comme il ne percevait pas non plus l'odeur âcre des oignons, l'autre femme, la cuisinière, n'était pas là non plus. Cela, c'était une bénédiction. Il n'aimait pas cette mégère. Et il ne supportait pas non plus Hank, son petit valet. Ils s'agitaient autour de lui comme des mouches et le titillaient sans cesse, alors que tout ce qu'il voulait, c'était glisser dans une bienheureuse inconscience.

Poussant un soupir où se mêlaient le regret et le soulagement, il ferma les yeux. Avec un peu de chance, il ne se réveillerait plus jamais.

11

— Il vous a demandée. Il prononce votre nom sans arrêt. Quand vous n'êtes pas là, il se rendort.

— Alors, il peut parler ?

— Juste votre nom. Et c'est pas très clair.

Brandon s'agita en entendant du bruit dans la pièce voisine, mais il tenta aussitôt de replonger dans le sommeil et dans l'oubli. Puis le bruit se fit plus distinct et il reconnut des voix. Celle de Sher, et celle de l'autre femme. La présence de Sher fit resurgir une lueur d'intérêt. Il reprit vaguement conscience.

— Mais il parle ! Et il vous laisse l'aider ?

— À peine. Pour le strict nécessaire. Ma soupe lui plaît pas, mais il l'avale. Et puis il se rendort.

Les sens de Brandon s'éveillèrent. Maintenant, il percevait l'odeur de Sher. Bientôt il sentirait sa présence, comme un frisson qui lui parcourait le corps.

— Il n'a pas posé de questions ? Demandé quelque chose ?

— Il n'a pas la force de lutter. J'ai déjà vu ça, chez les grands blessés. Tout ce qui l'intéresse, c'est que vous soyez là.

Brandon ouvrit les yeux mais ne vit rien, à part de longues ombres projetées contre le plafond. Il aurait aimé s'asseoir dans le lit, mais il savait d'expérience qu'il valait mieux ne pas essayer. De toute façon, elle finirait par venir près de lui. Il fallait seulement un peu de patience.

— Vous êtes réveillé !

Sher entra dans son champ de vision, une bougie à la main. Elle portait un chapeau masculin dont les bords retombaient de façon un peu ridicule sur ses oreilles. Il allait parfaitement avec le costume bon marché qui flottait autour de sa frêle silhouette. Aucune personne sensée n'aurait pu la prendre pour un homme. Elle était trop belle, et ses traits fins étaient ceux d'un ange.

Elle posa la bougie et prit quelque chose des mains de Martha, l'autre femme. Celle-ci lui fit passer une tasse, qui contenait sans doute de l'eau saumâtre. Sher se pencha et lui glissa un bras sous les épaules. Il voulut se redresser, mais le mouvement lui arracha un cri de douleur.

Lorsque Sher l'eut enfin adossé aux coussins, la tête lui tournait. Il but docilement et serra les dents quand elle le rallongea. Martha avait ajouté un oreiller, et il pouvait regarder sa bienfaitrice sans se tordre le cou.

— Comment vous sentez-vous, ce soir ? lui demanda-t-elle.

Sa voix était toujours aussi douce, mais elle avait une nuance différente. Sher avait abandonné toute circonspection et semblait plus à l'aise.

Brandon ne savait que penser. Il préférait que Sher se sente un peu nerveuse en sa présence, et se plaisait à croire qu'il provoquait une légère excitation chez elle. Mais en ce moment, alors qu'il était allongé sur ce grabat, à quoi bon ?

— Vous n'avez pas envie de parler ? poursuivit-elle en prenant un petit pain dans sa poche.

L'estomac de Brandon se contracta. Il avait faim, mais jusqu'ici il n'avait avalé que du bouillon. D'autre part, il ne voulait pas lui prendre sa nourriture. Ce pain était probablement son seul repas de la journée. Son regard glissa vers la fenêtre. Il faisait nuit. Il devait donc être deux ou trois heures du matin, et Sher était venue après la représentation. Elle avait la mine fatiguée.

— Brandon, voulez-vous du pain ?

Elle en détacha un morceau et le lui tendit. Comme elle se tenait debout à côté du lit, les yeux de Brandon se trouvaient au niveau de sa poitrine. Mais elle portait cette ridicule chemise d'homme, et il ne distinguait que le coton grossier du vêtement.

Sher lui présenta le pain, mais il le refusa d'un signe de tête. Pas question de la priver de son dîner.

— Comme vous voudrez, dit-elle en se rasseyant. Je suis heureuse que vous ayez repris conscience. Le médecin repassera demain. Il a dit que vous aviez eu beaucoup de chance.

Oui, il avait entendu les paroles du médecin. L'homme n'avait cessé de parler, tout en examinant ses plaies. Brandon avait enduré en silence cette douloureuse exploration. Les gens s'obstinaient à dire qu'il avait de la chance, mais il n'était pas de cet avis.

Il détourna les yeux. Il avait besoin d'aller aux toilettes, mais il ne pouvait esquisser un geste. Impossible de faire quoi que ce soit seul, sinon rester à remuer de tristes pensées. Quelle déchéance !

— Vous êtes allongé là depuis assez longtemps. Avez-vous besoin du pot de chambre ?

Il la regarda, les yeux écarquillés d'horreur. Seigneur, quelle honte...

— Ne me faites pas ces yeux effarés ! Vous croyez que je n'ai jamais vu d'homme nu ? La dernière année, c'est moi qui ai soigné Pappy. Je vous assure que rien ne me rebute.

Brandon secoua la tête en faisant glisser son regard vers la porte. Allait-elle comprendre que c'était Martha qui devait l'aider, et non pas elle ?

— Martha est allée se coucher et Hank est exténué. Ils s'occupent de vous toute la journée, à présent c'est mon tour.

Ayant prononcé ces mots, elle se leva et saisit le bassin. Quand elle voulut s'approcher, il la repoussa avec irritation. Il pouvait se débrouiller seul !

Mais son corps protesta et des flèches enflammées lui transpercèrent la poitrine. Il ravala un cri en se laissant retomber lourdement contre l'oreiller, tandis que ses doigts agrippaient le bras de la jeune femme.

Elle le maintint des deux mains et déposa un baiser sur son front. Pour lui, ce fut la goutte d'eau qui fit déborder le vase. Il aurait voulu qu'elle le tienne dans ses bras, qu'elle l'embrasse, mais pas ainsi !

Il était furieux, il en voulait au monde entier. Les mains crispées sur elle, il fut soudain secoué de sanglots. D'où venait ce chagrin ? Il n'était pas causé par la souffrance physique. Il avait enduré bien pire que cela, autrefois. Non, sa douleur était morale.

Il était un homme, bon sang ! Et cependant, il était cloué dans ce lit, pleurant sur l'épaule de Sher comme un bébé. Chaque sanglot, chaque souffle, rouvrait ses plaies et provoquait une intense brûlure. Il avait été poignardé dans les côtes, il risquait encore une hémorragie. Ou bien les blessures pouvaient s'infecter. Pire encore, il pouvait attraper une mauvaise fièvre, dans ce taudis crasseux. Voulait-il donc mourir ?

Oui.

Le mot résonna clairement dans son esprit. Oui, il voulait mourir.

À cette pensée, ses sanglots s'apaisèrent.

Il voulait mourir.

Alors pourquoi n'avalait-il pas n'importe quel poison pour en finir ? Pourquoi faire tant d'efforts pour guérir, pourquoi supporter que Sher le soigne comme un enfant ? Pourquoi endurer cette humiliation ? Pourquoi ne pas se trancher simplement la gorge, tout de suite ?

— Chut, tout va bien, je vous tiens, lui murmura-t-elle, les lèvres dans ses cheveux. Je vous tiens dans mes bras.

Il parvint à relever la tête et pressa la joue contre la sienne. Puis il l'embrassa, en se tournant vers elle avec maladresse. Ses lèvres touchèrent les siennes. Il aurait pu aller plus loin… il aurait pu…

Il retomba en arrière, comme une poupée de chiffon.

Sher le soutint, l'accompagna, et le déposa sur le lit. Comme il avait besoin de respirer, elle s'écarta et laissa tomber une pluie de baisers sur ses lèvres, son nez, ses joues. Il avait juste assez de force pour serrer dans ses poings les pans de sa chemise informe. Ses doigts déchirèrent le tissu, mais il n'y prêta pas attention. Il ne voulait pas la lâcher.

Elle continua de lui embrasser les joues, les sourcils, et même les paupières, avant de retourner vers ses lèvres. Brandon ne la laissa plus s'échapper. Presque inconsciemment, il la retint et prit possession de sa bouche.

Le baiser se prolongea. L'envie d'aller plus loin ne lui manquait pas, il n'avait même jamais autant désiré quelque chose de sa vie. Mais il n'en avait pas la force.

Elle avait posé les mains sur ses épaules, plaqué ses seins contre son torse bandé. Il sentait battre son cœur, et quand elle bougea de nouveau, il vit une larme glisser sur ses lèvres. Il lui embrassa légèrement la joue.

— Pourquoi, Brandon ? murmura-t-elle d'une voix étouffée. Que faisiez-vous dans cet horrible endroit ? Et pourquoi ne vous êtes-vous pas défendu ?

Les mots flottaient autour de lui sans qu'il puisse en saisir le sens. Il n'entendait que l'angoisse dans sa voix, ne percevait que sa confusion.

— Joey et Hank vous suivaient, cette nuit-là. J'avais envoyé Joey sur vos traces, parce que… j'étais inquiète. Hank et lui m'ont dit qu'ils vous avaient vu tomber. Vous ne vous êtes pas défendu. Pourquoi ?

— Ils étaient deux, bredouilla-t-il d'une voix rocailleuse. J'ai été surpris…

Tu voulais mourir, ajouta sa conscience, comme si elle s'était détachée de son corps. *Tu cherchais la mort.*

Sher s'écarta, une lueur d'espoir dans les yeux.

— Mais… vous parlez ! s'exclama-t-elle. C'est la première fois depuis des jours.

— Je ne suis pas muet.

Les doigts de la jeune femme effleurèrent ses joues ombrées de barbe, ses cheveux.

— Vous rappelez-vous ce qu'il s'est passé ? Savez-vous où vous êtes ?

Il hocha la tête. L'autre femme lui avait expliqué.

— Martha m'a dit que Hank m'avait trouvé et qu'il avait appelé à l'aide pour me faire emmener jusqu'ici.

— Il ne vous a pas trouvé par hasard. Il vous avait suivi, de sa propre initiative. C'est lui qui a empêché ces gredins de vous tuer. Ensuite, nous vous avons transporté ici.

Horrifié, Brandon écarquilla les yeux.

— Vous êtes allée là-bas ?

L'idée qu'elle s'était aventurée dans ces quartiers le glaça d'effroi.

— Savez-vous où vous étiez ?

— Oui, marmonna-t-il. Vous n'auriez pas dû aller…

— Seth était là. Il fallait qu'il nous aide. Sans lui, nous n'aurions pas pu vous amener chez Martha.

Il ferma les yeux. Les garçons s'étaient battus pour lui, alors qu'il s'était rendu dans ce quartier dans l'espoir d'y trouver la mort. Sher avait elle-même pris des risques pour le retrouver. Et maintenant elle le soignait. Une vague de honte le submergea.

— Pourquoi avez-vous fait cela, Brandon ?

Il ne répondit pas. C'était une question qu'on lui avait déjà posée. Seul son frère Michael connaissait la réponse, et encore ne savait-il qu'une partie de la vérité.

Dis-lui. Dis-lui à quel point tu es inutile. Alors, elle te laissera mourir en paix. Elle t'aidera peut-être même à franchir le pas.

Sher recula, avec une expression de résignation.

— Vous êtes redevenu muet, Brandon ? Très bien ! Dans ce cas, je vais vous dire tout ce que j'ai enduré pendant ce temps.

Il leva la main pour l'interrompre, mais elle avait plus de force que lui et le repoussa sans peine, comme elle l'aurait fait d'un insecte.

— J'ai hurlé en vous voyant. Vous étiez allongé dans la boue. La puanteur était terrible, vous étiez couvert de sang. Je ne vous ai pas reconnu tout de suite. S'il n'y avait pas eu vos vêtements, et Hank qui tenait votre tête sur ses genoux, je n'aurais pas su que c'était vous.

Brandon ferma les yeux. La mort n'était jamais belle. Personne ne quittait cette terre dans la sérénité, comme un ange. Même si certains avaient la chance de connaître cette fin, ce ne serait pas son cas. Il tourna la tête pour ne plus entendre ce qu'il l'avait obligée à supporter. Mais elle lui prit le visage à deux mains, le ramenant vers elle.

— J'avais l'impression que mon corps était soudain engourdi. Cela m'arrive quand une souffrance est trop dure à supporter. Je pouvais encore donner des ordres, aussi je leur ai demandé de vous transporter ici. Nous pensions que vous ne survivriez pas, mais nous ne pouvions pas vous laisser dans la rue. Je savais que Martha accepterait de vous soigner en échange d'un peu d'argent. J'ai donc fait venir le médecin, et Joey a apporté de l'eau propre pour nettoyer vos blessures. Nous nous sommes occupés de vous toute la nuit, sans savoir si vous alliez mourir ou non.

Les larmes roulaient sur ses joues tandis qu'elle parlait, mais sa voix était claire.

— Hank ne cessait de me décrire ce qui s'était passé. Je pense que c'était une réaction au choc, il parlait sans s'arrêter. Il ne comprenait pas, et il avait peur. Il craignait que vous ne lui reprochiez de ne pas vous avoir protégé, de ne pas avoir vu venir l'attaque.

— Jamais de la vie, murmura-t-il, horrifié que le garçon ait pu avoir une telle crainte.

— C'est ce que je lui ai dit. Je lui ai promis qu'il serait au contraire récompensé pour ses efforts. Depuis, il dort tous les soirs devant votre porte et aide Martha quand je ne suis pas là. Demain matin, félicitez-le, Brandon. Maintenant que vous pouvez parler, je veux que vous le remerciiez pour ce qu'il a fait.

— Bien sûr.

Il songeait déjà à la façon dont il allait pouvoir récompenser le gamin. Faire preuve d'une telle loyauté, après seulement une semaine chez un maître, était remarquable. Le pauvre enfant était tombé sur un bien piètre patron.

Brusquement, Brandon agrippa le bras de la jeune femme.

— Et vous, Sher ? Êtes-vous venue toutes les nuits ?

— Oui, fit-elle à voix basse. Nous n'avons révélé votre nom à personne. Les gens savent que Martha est payée pour soigner un malade, rien de plus. Ses voisins croient que vous êtes boucher, et que Hank est votre fils. Si quelqu'un venait à apprendre la vérité...

— Tout le monde serait en danger. Je comprends.

Les kidnappings n'étaient pas rares, surtout dans cette partie de la ville. Si des brigands apprenaient qu'il n'était pas boucher, mais noble... qui sait ce qui pourrait arriver ? Certains détestaient l'aristocratie, et leur haine confinait à la folie.

— Martha sera bien payée, affirma-t-il.

— Bien.

— Mais vous ne m'avez pas parlé de vous.

— J'ai pleuré, Brandon. Tout en donnant mes ordres, et en nettoyant votre corps couvert de boue, je n'ai cessé de pleurer. J'ignorais que j'avais autant de larmes en moi. La nuit suivante, j'ai dû retourner au théâtre. Je me suis lavée, ai changé de robe et fait comme si rien ne s'était passé. Cela fait cinq jours que je joue cette comédie.

Brandon ne sut que répondre. Elle avait donc pleuré pour lui ? songea-t-il, abasourdi. Avant qu'il ait pu prononcer un mot, elle se leva. Il lui saisit le bras, affolé. Il ne voulait pas qu'elle s'en aille. Pas encore !

— Hank ! appela-t-elle à mi-voix, pour ne pas réveiller Martha.

Les yeux arrondis, les cheveux en bataille, le gamin passa la tête dans l'embrasure. Il avait l'air hagard, avec son teint blême et ses yeux injectés de sang. Brandon se demanda comment il avait pu ne pas remarquer son allure égarée.

— Entre, Hank. M. le vicomte a besoin d'aide. Aurais-tu la gentillesse de...

— Tout de suite, lady Sher. Je suis là.

Puis, posant un regard anxieux sur Brandon, il ajouta :

— Je ferai attention à vos blessures, monsieur. Ne craignez rien.

— Bien sûr, Hank, fit Sher, rassurante.

Cette humiliation n'en finirait donc jamais ? Mais puisque c'était lui qui s'était mis dans cette situation, il n'avait plus qu'à la supporter sans se plaindre.

Le regard de Hank passa nerveusement de l'un à l'autre.

— Tu t'es bien comporté, Hank. Je te remercie.

Le visage du gamin s'illumina.

— J'ai essayé, monsieur. J'ai fait de mon mieux...

— Je sais. J'admire ton courage.

Hank rougit jusqu'à la pointe des oreilles, et pencha la tête, sans parvenir toutefois à cacher son sourire.

— Merci, monsieur. Merci.

Vingt minutes plus tard, Brandon envoya le garçon se coucher. L'enfant continuait de sourire entre ses nombreux bâillements, et Brandon se promit de le récompenser comme il le méritait. Il se retrouva seul avec Sher.

— Merci, Sher. Merci pour tout.

La jeune femme hocha lentement la tête.

— Il y a beaucoup de gens qui dépendent de vous, Brandon.

Elle fit mine de se retirer, mais il la retint par la main. Elle se figea.

— Et vous ? Que puis-je faire pour vous remercier ?

— Je ne veux pas de remerciements.

— Alors, que...

— Je veux juste comprendre, Brandon, répliqua-t-elle en dardant sur lui un regard perçant. Pourquoi avez-vous fait cela ? Je me refuse à vous, et vous vous mettez aussitôt dans tous vos états ? Pourquoi ?

— Je ne sais pas, répliqua-t-il en évitant de croiser son regard.

— Ce n'est pas une réponse acceptable.

— Je ne sais pas !

Elle s'approcha et lui prit le menton pour l'obliger à la regarder.

— Vous voulez me remercier ? Eh bien, trouvez la réponse !

Elle avait raison. Il était grand temps qu'il renonce à suivre ce chemin destructeur.

— Je la trouverai. Je vous le promets.

12

Brandon était endormi. Sher pénétra silencieusement dans la chambre et fit un signe à Martha, qui gagna son lit avec soulagement. Hank dormait lui aussi, recroquevillé près du feu, avec une couverture et un oreiller. Les nuits étaient encore fraîches et les braises rougeoyantes réchauffaient agréablement l'atmosphère.

Elle remarqua du coin de l'œil le seau plein de charbon. Une odeur de viande grillée flottait dans la maison. La faim lui tordit l'estomac. Sortant un petit pain rassis de sa poche, elle en prit un morceau en s'approchant du lit. Les draps étaient propres, et le malade rasé de frais.

Sher sourit en prenant place dans un fauteuil à son chevet. Elle était étonnée qu'il soit encore chez Martha. Le riche et puissant lord Blackstone aurait pu réintégrer sa demeure, dans les quartiers chic. Pourquoi rester ici, alors qu'il aurait été bien plus confortablement installé chez lui ?

Il prit une longue inspiration et laissa échapper un soupir. Son haleine sentait la menthe.

— Vous êtes là, dit-il sans ouvrir les yeux.

— Vous aussi.

Il souleva les paupières et fronça les sourcils.

— Vous pensiez que je serais parti ?

— Je ne sais pas à quoi m'attendre, avec vous, répliqua-t-elle avec un haussement d'épaules. Vous seriez sans doute plus à l'aise chez vous.

— Viendriez-vous me rendre visite au milieu de la nuit, si je retournais là-bas ?

— Bien sûr que non. Ce serait contraire à l'étiquette, et quelqu'un s'en apercevrait sûrement.

— Dans ce cas, je préfère rester ici et continuer à prétendre que je suis boucher.

Elle inclina la tête de côté, contente malgré elle. Elle n'aurait pas dû éprouver tant de plaisir à venir retrouver en cachette un homme qui n'était pas son fiancé.

— Ne croyez pas que je vais continuer longtemps. Je tombe de fatigue.

Brandon leva la main et lui caressa la joue.

— Oui, dit-il avec douceur. Je le regrette.

— Je ne sais pas pourquoi je le fais, avoua-t-elle en frissonnant. Je finirai par être découverte, c'est sûr.

— Vous le faites pour obtenir la réponse que je vous ai promise.

Elle leva brusquement les yeux.

— Des réponses ? Vraiment ? Je brûle d'impatience et de curiosité !

— Ne le prenez pas sur ce ton, murmura-t-il. Je suis un homme d'honneur. Je vous ai fait une promesse, et je la tiendrai.

Elle s'immobilisa et le contempla en haussant les sourcils. Comme il gardait le silence, elle se renfonça dans le fauteuil et croisa les bras, bien décidée à ne plus prononcer un mot tant qu'il n'aurait pas parlé.

— Il n'est pas facile de livrer son âme, Sher. J'ai besoin de passer un moment en votre compagnie, d'abord. Racontez-moi ce que vous avez fait. Où en sont vos projets de… mariage ? demanda-t-il en butant légèrement sur le dernier mot.

Sher sourit.

— Savez-vous que tout Londres est en émoi ? Le théâtre a battu tous les records d'entrées depuis que mes fiançailles ont été annoncées. Tous les records de bagarres aussi, d'ailleurs. Je ne sais pas si nous ferons des bénéfices ce mois-ci, tant nous avons eu de vaisselle cassée !

— Des bagarres ? Mais pourquoi ?

— Certains disent que je représente la cause du peuple, d'autres me considèrent comme une mégère cupide.

— Et tout le monde veut donner son avis, conclut-il avec une grimace. Je suis désolé, Sher. Je ne pensais pas que ces fiançailles alimenteraient à ce point les ragots.

— Vraiment ? interrogea-t-elle, incrédule. Vous n'espériez pas justement ce genre de… spectacle ?

Il lui caressa la main.

— J'espère toujours m'être trompé, à ce sujet. Et je ne souhaiterai jamais vous faire de la peine.

— Mais vous ne vous trompez jamais, fit-elle remarquer.

Il avait prédit tout ce qui s'était passé ces jours-ci. La caricature de Sher apparaissait même sur des tracts politiques, et le journal d'aujourd'hui avait publié un article cinglant sur les femmes qui cherchaient à grimper dans l'échelle sociale.

— Ne me flattez pas. Mais en effet, il semble que je ne me trompe pas quand je prédis le pire.

Il lui sourit et elle sentit son cœur bondir.

— C'est une des choses que j'admire chez vous, Sher. Vous espérez, en dépit de tout. Vous croyez encore…

Il s'interrompit, mais elle devina aisément la suite.

— J'espère encore que je serai heureuse avec Kit.

— Vous pouvez l'être, concéda-t-il en lui lâchant la main. Mais pas à Londres, j'en ai peur.

Il le lui avait déjà dit. Il lui avait conseillé de partir loin, mais elle ne voulait pas quitter Londres. D'abord parce que Kit et elle ne pouvaient renoncer à l'argent que rapportait le théâtre. La fortune de Kit ne suffirait pas à les faire vivre. Et d'autre part, elle se disait que les choses ne tourneraient pas aussi mal que le croyait Brandon.

— Kit n'est pas inconstant, énonça-t-elle avec fermeté. Il m'épousera et... et les commérages disparaîtront d'eux-mêmes.

Il acquiesça, mais il était évident qu'il n'était pas de cet avis.

— Dites-moi ce qui s'est passé, reprit-il. Il y a peut-être un moyen pour détourner l'attention du couple que vous formez avec Kit.

Elle n'eut qu'une brève hésitation avant de se mettre à parler. Elle avait besoin de quelqu'un qui l'écoute, qui comprenne combien tout cela était difficile. Chaque fois qu'elle essayait de parler à Kit des insultes qu'elle recevait, il balayait son problème d'un geste de la main. Il ne voulait pas en savoir davantage. Il vivait la même situation qu'elle. Aussi lui avait-elle épargné la grossière caricature qui la représentait marchant vers l'autel, suivie par une foule de gentlemen qui lançaient des paris sur l'identité du père de son futur enfant. En revanche, elle conta cela à Brandon, et lui fit part de toutes les autres humiliations auxquelles elle était confrontée. C'était une bénédiction de pouvoir enfin se confier. Surtout à quelqu'un qui connaissait mieux qu'elle la bonne société britannique.

Chaque mot était comme un fardeau qu'elle déposait aux pieds de Brandon. Il l'écouta sans porter de jugement, et l'aida à poursuivre chaque fois qu'elle fut sur le point de cesser de parler. Si bien qu'elle eut l'impression qu'il comprenait. Quand elle se tut enfin, il lui donna un conseil très simple, mais malheureusement difficile à appliquer.

— Envoyez-les tous au diable !

— J'aimerais pouvoir le faire, confessa-t-elle en souriant.

— Mais vous pouvez ! Vous ne voyez pas ? Interdisez-leur de parler de mariage, ou de lutte de classes, ou même de bébés, en votre présence.

Il voulut se pencher en avant, mais la douleur lui arracha une grimace.

— Vous êtes lady Sher. Je vous ai vue fusiller un insolent du regard et le réduire au silence. J'ai vu d'innombrables gentlemen qui vous faisaient des avances être repoussés impitoyablement et, sur un simple geste de vous, être expulsés de l'établissement.

— Oui, bien sûr. Mais c'est différent.

— Pas tant que ça. Vous ne voyez pas ? Vous êtes lady Sher. À l'intérieur du théâtre, vous avez autant de pouvoir qu'une reine. La *Taverne* doit devenir votre sanctuaire.

Sher secoua la tête, étourdie. Était-ce possible ? Pouvait-elle imposer une telle règle ?

— Mais les entrées vont diminuer !

— Vous venez de me dire que vos bénéfices étaient amputés par la vaisselle cassée et les bagarres. Combien de personnes supplémentaires avez-vous engagées pour contrôler les clients ?

— Deux.

— Donc, il faut aussi tenir compte de leur salaire. Êtes-vous gagnante ?

Non. Mille fois non. Elle le considéra avec respect.

— Vous avez raison. Je vais tenter de faire de ma maison un lieu paisible et tranquille.

— Votre maison doit être votre refuge, Sher. Où qu'elle soit, vous devez vous assurer que vous pouvez y vivre en paix.

Il y avait une note de gravité dans ses paroles. Comme s'il avait désiré la même chose pour lui. Comme s'il avait cherché cette paix sans jamais la trouver. Un silence s'établit et elle vit Brandon regarder vers la porte. Cherchait-il un moyen de la distraire ? Allait-il appeler Hank ? Elle ne se laisserait pas écarter aussi facilement.

— Vous connaissez mon histoire, à présent, Brandon. Il est sans doute temps de payer votre dette.

Il déglutit, mais ne tenta pas de se dérober.

— Vous avez dit un jour qu'il existait un lien entre nous car nous avons tous deux été trahis.

Sher hocha la tête. Elle se rappelait chaque mot de cette conversation.

— J'ai été un traître, Sher. À cause de moi, des gens sont morts. Je ne peux pas effacer cela. Aussi... je voudrais mourir pour mettre fin à cette farce grotesque qu'est ma vie. C'est la raison pour laquelle je suis parti de chez vous et me suis aventuré dans les bas quartiers, jusqu'à ce que quelqu'un vienne m'attaquer. Je voulais juste... en finir avec tout ça.

Sher fut déconcertée. Elle ne s'attendait pas à ce qu'il énonce les faits avec tant de clarté et de fermeté. Sa propre vie n'avait été qu'une longue lutte. Sa mère n'avait jamais su gérer l'argent. C'était seulement lorsqu'elle avait pu prendre en charge à sa place le paiement des factures de toute la troupe, qu'elle avait enfin commencé à dormir la nuit. À présent, elle savait qu'elle avait assez d'économies pour payer son prochain repas, et même les suivants. Ce n'était pas le cas quand elle était enfant.

— Vous possédez tant de choses, murmura-t-elle. Comment pouvez-vous désirer mettre fin à vos jours ?

Ses prunelles brunes étaient comme deux puits sans fond. Elle fut stupéfiée par la souffrance qu'elle y décela.

— Vous possédez beaucoup aussi, dit-il d'une voix sourde. Est-ce que cela vous donne ce que vous désirez par-dessus tout ?

Sher haussa les épaules.

— J'ai de quoi manger. Une maison. Des gens qui m'aiment.

— Et cependant, vous luttez pour obtenir la seule chose qui vous manque.

— Depuis l'âge de six ans, j'ai passé toutes mes journées à travailler afin de gagner de l'argent. Mais pour me sentir complètement en sécurité, il faudrait que je porte une alliance et que je sois une femme respectable.

Brandon laissa échapper un long soupir.

— Le mariage ne vous apportera pas la sécurité. Le monde n'est pas un endroit sûr.

— Mais cela m'aidera, riposta-t-elle d'un ton ferme.

Elle ne pouvait accepter que cette peur la poursuive toute sa vie. Que rien ne puisse la chasser. Mieux valait s'accrocher à une illusion plutôt que de céder au désespoir.

Brandon parut comprendre sa terreur, car il hocha la tête.

— Je ne vous priverai pas de ce rêve.

Elle repoussa son angoisse tout au fond d'elle-même, et se tourna vers lui.

— Et vous, est-ce que la mort vous apportera ce que vous voulez ?

— Je ne pourrai jamais obtenir ce que je veux, répondit-il avec un sourire détaché.

Sher haussa les sourcils. Que voulait-il, en fait ? S'il prétendait que c'était elle qu'il désirait, que sans elle sa vie n'avait pas de sens, elle se lèverait et partirait. Car cela signifierait qu'il n'était pas sincère.

— L'honneur, finit-il par articuler dans un souffle. Je ne pourrai jamais être quelqu'un… d'honorable.

Il prononça ce mot avec difficulté, comme s'il luttait contre une intense douleur. Sher fronça les sourcils.

— Je ne vois pas ce que peut représenter l'honneur pour un homme. Pour une femme, c'est le fait de conserver sa virginité avant le mariage. Mais cet honneur-là… il y a longtemps que je l'ai perdu.

Il lui prit la main, comme pour l'inciter à se confier. Mais elle secoua la tête. Elle avait été stupide, mais c'était loin, à présent.

— Moi, j'ai perdu mon honneur en Inde, expliqua-t-il doucement. Je n'avais jamais réfléchi à ce qu'était l'honneur, auparavant. Mais depuis que je l'ai perdu… il y a un grand vide en moi.

— Que vous est-il arrivé, Brandon ?

Il pinça les lèvres pour réprimer un frisson.

— Des gens sont morts à cause de moi. Des gens honnêtes, qui me faisaient confiance. Ils sont morts. Ces hommes, leurs épouses, leurs enfants. Leurs fi…

Sa voix s'étrangla, il blêmit.

— Leurs filles ? acheva-t-elle à sa place.

— Leurs fils, leurs filles. Ils sont tous morts, ajouta-t-il, les yeux brillants de colère. Ils étaient indiens.

Sher posa sur lui un regard empli de confusion.

— Comment sont-ils morts ? N'est-ce pas justement après l'incendie de l'usine qu'on vous a donné le titre de vicomte ? On dit que vous étiez fou de chagrin.

À l'époque, toute la ville ne parlait plus que de cet événement. Le nom de lord Blackstone était sur toutes les lèvres.

— Kit m'a dit que vous étiez entré dans le brasier en hurlant pour aider les sauveteurs, mais qu'il était trop tard.

— En réalité, l'incendie était éteint quand je suis arrivé sur place. Il ne restait plus que des cendres. Et il n'y a pas que l'usine qui a brûlé. Les maisons ont aussi été détruites. Des familles entières sont mortes. Des enfants...

Sher se mordit les lèvres. Le feu était une chose terrifiante. Le grand incendie de Londres avait eu lieu en 1666, plus d'un siècle auparavant, mais il demeurait présent dans les mémoires.

— Pourquoi vous sentez-vous fautif, puisque vous n'étiez même pas là ?

Brandon ferma les yeux, et elle crut tout d'abord qu'il ne voulait plus parler. Mais les mots franchirent ses lèvres en un flux régulier, comme s'ils s'échappaient d'un automate.

— Sher, vous savez que certaines personnes ne vous considèrent pas tout à fait comme un être humain. À cause de votre naissance, certains pensent que vous n'êtes pas une femme à part entière.

Elle le savait, elle en faisait l'expérience chaque jour.

— Est-ce moi qui suis d'une espèce inférieure, ou bien eux qui sont supérieurs ? murmura-t-elle.

— Le résultat est le même. Vous êtes considérée comme un être inférieur, et ils se croient supérieurs.

— Ainsi va le monde, Brandon.

— Et c'est pourquoi vous voulez tant devenir une femme honorable.

Sher ne répondit pas. Il avait raison, mais vu sous cet angle, son rêve de mariage respectable semblait encore plus difficile à atteindre. Certaines personnes ne la considéreraient jamais comme leur égale.

— Imaginez ces aristocrates dans un pays étranger, Sher. Vous les connaissez, vous voyez qu'ils sont horribles avec vous. Alors, imaginez comment ils traitent les gens qui ne sont même pas anglais.

— Ce doit être affreux, reconnut-elle en soupirant.

— Nous n'étions qu'une poignée d'étrangers dans ce pays. Les Anglais étaient arrogants, agressifs, cupides.

— Sûrement pas tous, protesta-t-elle en lui pressant la main. Pas vous. Votre souffrance parle pour vous.

— J'ai été stupide. Cupide, et... aveugle.

— Vous n'êtes pas le seul à avoir commis des erreurs dans votre jeunesse, et vous ne serez pas le dernier. Je suis désolée que des gens que vous aimiez soient morts dans cet incendie. Mais cessez de vous accabler de reproches, c'est ridicule.

Il retira sa main d'un geste vif, visiblement peu disposé à suivre ses conseils.

— Vous ne comprenez pas.

— Bien sûr que non. Vous ne m'en avez pas dit suffisamment.

— C'est un défi ? lança-t-il en la fusillant du regard. Vous voulez savoir si je peux tout vous dire ?

Sher le considéra avec stupeur.

— Je ne veux rien. Je me contente de soigner vos blessures et de passer un peu de temps à votre chevet.

— Vous exigez des réponses.

— Et jusqu'ici, vous vous êtes contenté de vous apitoyer sur vous-même. Brandon, dites-moi une bonne fois pour toutes ce qui s'est passé et pourquoi cela vous tourmente autant, ou bien n'en parlez plus.

Peut-être était-ce l'épuisement qui la faisait parler ainsi, ou la confusion qui régnait dans sa propre vie. Mais l'attitude de Brandon mettait sa patience à bout.

— Vous souffrez, c'est évident. Vous vous croyez responsable de la mort de pauvres gens. Je ne peux rien répondre à cela, sinon que ces événements sont derrière vous, qu'ils appartiennent au passé. Vous ne construirez rien sur des cendres.

— Absolument rien, renchérit-il, le regard dans le vague.

Elle attendit qu'il en dise davantage, mais il s'enferma dans un silence obstiné. Sher se leva.

— Je vais vous laisser, lord Blackstone. Bonne nuit.

Sur ces mots, elle sortit. Elle l'entendit pousser une exclamation de stupeur. C'était sans doute la première fois qu'on lui parlait ainsi. Mais elle était fatiguée, à bout de forces. Elle n'était plus en état de soutenir un homme qui refusait de lutter pour sa survie.

Sher regagna rapidement le théâtre. Il y avait de la lumière aux fenêtres, tout le monde n'était pas encore couché. Elle jeta un coup d'œil derrière la vitre du foyer, et poussa une exclamation de contrariété en voyant Kit assis devant une table, les livres de comptes étalés devant lui.

Il dut entendre son pas, car il leva la tête et croisa son regard à travers la vitre. Impossible de passer inaperçue et de filer directement dans sa chambre. Elle allait être obligée de s'arrêter pour lui parler.

En une seconde il fut debout, le front soucieux. Elle lui fit signe d'aller à la porte, sur le côté, et se fraya un chemin entre les débris de verre et les détritus. Il lui ouvrit et la contempla d'un air furieux, les mains sur les hanches.

— Sher ! Que faites-vous dehors, et dans cet accoutrement ? Je croyais que vous aviez la migraine ?

— C'est vrai, répliqua-t-elle, agacée. Mais Martha avait besoin de moi.

Il s'écarta pour la laisser entrer, puis passa la tête dans l'embrasure en inspectant la ruelle déserte, comme s'il s'attendait à ce qu'elle ait été suivie par le prince-régent. Le visage pincé, il la regarda ôter son affreux chapeau.

— Qui est Martha ?

— Une femme qui faisait partie de la troupe autrefois. C'était une costumière hors pair. Mais elle s'est mariée et s'est mise à travailler dans un atelier.

— Pourquoi a-t-elle besoin de vous ? s'enquit-il d'un ton boudeur.

— Son mari est mort, sa vue n'est plus aussi bonne qu'autrefois, et ses doigts n'ont plus la même habileté. Pourquoi ? ajouta-t-elle en croisant les bras.

— Vous prenez des risques, en sortant vêtue de cette façon. Quelqu'un pourrait vous voir.

Sher battit des paupières, épuisée.

— Qui pourrait me remarquer ? Je sors la nuit dans ce costume depuis... depuis que je sais marcher.

— Il ne faut plus le faire, maintenant que nous sommes fiancés.

Kit lui prit le bras pour la ramener dans le foyer et elle le suivit à contrecœur. Elle était si lasse qu'elle risquait de dire quelque chose qu'elle regretterait ensuite. Mais si elle résistait il y aurait une scène, et cela la forcerait à rester éveillée encore plus longtemps.

— Je suis fatiguée, Kit, et j'ai toujours mal à la tête, dit-elle cependant. Je comprends que vous soyez inquiet pour ma réputation.

C'était un mensonge, elle ne le comprenait pas du tout. Elle connaissait ce quartier comme sa poche, bon sang ! Mais au lieu de protester, elle prit un ton conciliant.

— Je suis désolée, je m'efforcerai de...

— Il ne s'agit plus seulement de votre réputation, ma chérie. C'est ce que j'essaye de vous faire comprendre. Maintenant que nous sommes fiancés, tout ce que vous faites rejaillit sur moi.

— Je sais cela, Kit...

— Ma future épouse ne peut tout simplement pas sortir à minuit, vêtue de cette façon !

Sher baissa la tête.

— Je suis désolée, Kit.

Les mots avaient un goût amer, mais elle les prononça distinctement. C'était plus facile que d'essayer de déterminer si elle était contrariée parce qu'il faisait preuve d'autorité, ou bien parce qu'elle se sentait coupable d'avoir vu Brandon en cachette. Elle n'aurait su dire pourquoi elle répugnait à lui avouer qu'elle avait sauvé son cousin d'une mort certaine. D'après elle, Brandon n'avait pas envie que sa famille sache ce qui lui était arrivé.

En proie à ces sentiments contradictoires, elle vit soudain Kit lui faire signe d'approcher de la table et lui offrir une chaise.

— Ce n'est pas grave, Sher. Je vais vous servir un verre de vin...

— Ce n'est pas la peine.

— Vous devez être fatiguée, et avoir soif. Puisque nous sommes là, je vais en profiter pour vous poser quelques questions sur les comptes.

— Pas maintenant. Il est presque quatre heures du matin !

— Vraiment ? Une heure tardive, pour rendre visite à votre amie.

Sher lui décocha une œillade noire.

— Martha a fait partie de la troupe. Elle sait que nous travaillons tard. Et comme je lui ai apporté de la nourriture, elle pouvait difficilement se plaindre.

Kit ne savait pas très bien dissimuler ses sentiments. Il pencha la tête de côté, et une lueur de suspicion apparut dans ses yeux.

— Vous lui avez apporté de quoi manger ? Vous n'avez pas eu assez de pertes au théâtre, ce mois-ci ?

— Quoi ? Kit...

— Écoutez-moi, répliqua-t-il vivement en feuilletant le registre. Regardez toute la nourriture et le vin qui ont été consommés en une semaine au foyer !

— Nous revendons ces victuailles le double du prix que nous les payons.

— Non. Vous les revendez trois fois plus cher, rectifia-t-il en désignant le prix des boissons dans le livre. À ce rythme-là, nous devrions faire entrer l'argent à foison dans nos caisses. Mais ce n'est pas le cas. Où passent les bénéfices ? Vous les dépensez pour des gens comme Martha ?

— Non, j'ai pris l'argent destiné à Martha sur mes économies personnelles, expliqua-t-elle d'une voix tendue. Mais il y a d'autres dépenses. Le vin est souvent perdu, renversé. Ou offert à des clients pour les apaiser, éviter des bagarres.

— C'est ridicule !

— Non, Kit. Vous croyez que je n'ai jamais pensé à tout ça ? Vous croyez que le théâtre survit par hasard ? Vous connaissez à peine la maison. Ce n'est pas parce que vous mettez le nez dans les registres depuis trois jours que vous pouvez comprendre son fonctionnement !

— Allons, allons, mon cœur, fit-il d'un ton apaisant. Je ne voulais pas dire que vous avez mal fait jusqu'ici. De fait, vous avez très bien réussi. Mais maintenant que je suis là, nous pouvons commencer à voir plus grand, expliqua-t-il, les yeux pétillants. Regardez ce que j'ai préparé.

Il brandit une grande feuille, sur laquelle était tracé le plan d'un théâtre.

— C'est superbe, Kit. Qui a fait ce dessin ?

— Moi, avoua-t-il en rougissant un peu. Il vous plaît ?

— Beaucoup. Vous avez du talent.

— Merci. Vous comprenez quels sont mes projets ? Ce que nous pourrions faire ici ?

Sher se rembrunit. Le dessin représentait l'intérieur d'un théâtre, avec la scène et les loges. D'après elle, la scène et le parterre étaient trop petits, et la décoration des loges et des sièges trop voyante à son goût. Mais le tableau n'en était pas moins ravissant.

— Je suis désolée, Kit, mais je ne comprends pas.

— C'est le *Théâtre de la Taverne*, tel qu'il sera après quelques travaux de rénovation.

Sher battit des paupières, stupéfaite, tandis que la lumière se faisait dans son esprit. Combien coûteraient ces transformations ? C'était ahurissant !

— C'est beaucoup trop somptueux pour nous !

— Pas du tout ! protesta Kit. Ce n'est pas trop beau, c'est au contraire le luxe qu'il faut ici !

Sher repoussa le plan vers lui.

— Non, Kit, ce n'est pas possible.

— Bien sûr que si. Cela prendra du temps, et demandera beaucoup d'attention, mais pensez à l'argent que nous pourrons gagner avec une telle salle !

— Non, non ! Il y a déjà deux grands théâtres à Londres...

— Le nôtre les surpassera !

— Ce n'est pas possible. Pas ici, pas avec nos acteurs.

Les objections se bousculaient dans sa tête, trop nombreuses pour les exprimer toutes en même temps.

— Dans ce cas, nous engagerons de meilleurs comédiens. Vous verrez. Quand l'argent entrera à flots dans les caisses, tout le monde sera content !

— Vous, peut-être, concéda-t-elle dans un soupir. Mais pas Delilah, ni Seth, ni aucun autre membre de la troupe. Kit, vous voyez bien que ce n'est pas raisonnable.

Les traits de son fiancé se durcirent, sa colère était palpable.

— J'ai l'intention de faire changer les choses, Sheherazade.

— Non, Kit.

— Je tiendrai compte de votre opinion, mais c'est moi le responsable, à présent. J'agirai selon mon idée.

Un frisson parcourut le dos de la jeune femme. Elle était abasourdie.

— Vous disiez que je savais gérer le théâtre, Kit. Quand vous m'avez demandé ma main, vous m'avez promis de vous en remettre à moi.

— Mais je suis un homme, rétorqua-t-il en redressant les épaules. Je vois des possibilités que vous ne voyez pas.

En réalité, il était en train de bâtir des châteaux en Espagne, mais il n'en était pas conscient.

— Ce serait un désastre, riposta-t-elle avec fermeté. Tout le monde ici souffrirait de vos fantaisies. Nous ne sommes pas des jouets que vous pouvez manipuler à votre guise. Si vous ne voyez pas que ce projet est irréalisable, alors...

— Alors quoi, Sheherazade ? Vous ne voudrez plus m'épouser ? Vous renoncerez à être une femme respectable, parce que vous êtes trop fière pour laisser quelqu'un d'autre gérer votre théâtre ?

— Il n'est pas question de fierté ! Vous ignorez comment on mène une troupe d'acteurs !

Kit fit un pas en avant et lui prit les bras. Son regard était doux, mais il ne céda pas.

— Vous ne pouvez pas diriger le théâtre et élever nos enfants en même temps. *Lady Sher* ne peut pas être une épouse et une mère respectable, dit-il en déposant un baiser sur son front. Je sais que c'est terrible pour vous, mais si nous nous marions, vous devrez renoncer à votre travail ici.

— Non, chuchota-t-elle. Le *Théâtre de la Taverne* est toute ma vie. Je suis née ici même, dans ce foyer !

— Et maintenant, vous allez enfin le quitter.

Mais elle ne pouvait laisser le théâtre entre les mains de Kit. Ce serait courir droit à la catastrophe ! Cependant, elle connaissait la loi. Lorsqu'une femme se mariait, tout ce qu'elle possédait devenait automatiquement la propriété de son mari.

Kit lui caressa la joue, et elle se rendit compte que des larmes avaient roulé sur son visage.

— Il est tard, vous êtes épuisée. De plus, nous allons prendre le thé chez Lily demain.

Sher ferma les yeux. Elle avait oublié l'invitation de la comtesse. Encore une occasion d'être observée, jugée, insultée à mots couverts.

Kit la serra contre lui.

— Il faut vous reposer. Je veux que vous soyez en beauté demain. Avez-vous une jolie robe ?

— Oui, murmura-t-elle.

Un peu déconcertée, elle s'aperçut que les vêtements de Kit ne sentaient pas très bon. Parfois, elle avait l'impression qu'elle ne se débarrasserait jamais de l'odeur de sueur des hommes.

Kit la tenait dans ses bras, comme s'il voulait qu'elle se débarrasse de tous ses fardeaux et les dépose à ses pieds. Elle aurait aimé céder à cette illusion. Mais elle s'aperçut avec consternation que ce n'était pas possible.

Elle n'avait pas du tout confiance en lui.

13

Le lendemain, la nouvelle journée n'apporta aucun soulagement à Sheherazade. Delilah vint la réveiller avec un plateau de thé et une litanie de doléances. Elle avait même noté d'une main tremblante, sur un morceau de papier, tous les sujets qui lui causaient du souci. Le problème était clair : Kit se mêlait des affaires de la troupe, et les acteurs n'aimaient pas ça.

Sher s'habilla à la hâte et alla apaiser les esprits échauffés. Elle expliqua à tout le monde qu'elle aurait une discussion avec Kit dans l'après-midi et qu'elle lui prouverait qu'il avait tort. Elle ferait tout ce qui était en son pouvoir pour aplanir les difficultés. Personne n'en crut un mot.

Les acteurs n'étaient pas idiots. Ils savaient qu'une fois qu'elle aurait épousé Kit, leur vie dépendrait uniquement de lui. Ils avaient beau se réjouir pour elle de ce changement de statut, ils ne voulaient pas pour autant que leur façon de vivre en soit affectée. En somme, il n'avait fallu qu'une semaine à Kit pour se mettre toute la troupe à dos.

Quand Sher put enfin monter dans un fiacre pour aller prendre le thé chez la comtesse, elle avait l'impression de porter un poids énorme sur les épaules. Elle s'attendait à avoir des conflits avec la famille de Kit, avec ses amis de l'aristocratie, mais pas avec sa propre troupe ! Pas un instant elle n'avait pensé que Kit ferait surgir encore plus de difficultés dans sa vie, alors qu'elle en avait déjà tant !

Et pourquoi diable n'était-il pas venu la chercher, au lieu de l'obliger à prendre ce fiacre dégoûtant, où sa robe allait se froisser et absorber toutes sortes d'odeurs répugnantes ? Elle fronça le nez en percevant des effluves mêlés d'urine, de chou, et de parfum bon marché. Elle avait pris soin de mettre un petit flacon de son propre parfum dans son réticule, mais cela ne suffirait sans doute pas. La comtesse avait certainement le nez très fin, et elle détecterait à coup sûr les odeurs affreuses qui collaient aux vêtements de Sheherazade.

Celle-ci songea avec regret au superbe phaéton de Brandon, et à ce qu'elle avait éprouvé quand il lui avait pris la taille pour la soulever. Il n'y avait pas eu d'odeurs suspectes dans la voiture, elle avait respiré avec délices l'air frais et le parfum de menthe qui accompagnait toujours lord Blackstone. Elle s'était sentie particulièrement noble, assise à côté de lui – du moins, jusqu'à ce qu'ils arrivent à Hyde Park.

La demeure de la comtesse se trouvait dans un des quartiers les plus huppés de Londres. Elle s'y était promenée une fois, avec Pappy, par une belle journée d'automne. Mais un majordome les avait repérés, avec leurs vêtements ordinaires, et les avait promptement chassés. Que dirait Pappy, s'il savait qu'elle se rendait à une invitation, dans une de ces maisons luxueuses ?

Il dirait sans doute que c'était bien joli de faire semblant d'appartenir à l'aristocratie, mais qu'elle ne devrait pas essayer de fréquenter ces gens-là pour de bon. Pappy voulait bien jouer le rôle d'un noble l'espace d'un après-midi, mais à la fin de la journée, quand il rentrait chez lui, il croyait fermement que chaque homme, et chaque femme, avait une place bien définie dans la société. Elle n'aurait pas dû vouloir se hisser au-dessus de son rang.

Pappy se trompait, décida-t-elle en son for intérieur. Les acteurs de la troupe se trompaient aussi. Elle allait épouser un aristocrate, et ils pouvaient tous aller se faire pendre ! Dans deux semaines, pas une de plus, elle serait devenue une femme respectable.

Elle descendit du fiacre dans un bruissement de soie. Après avoir payé le cocher, elle prit le temps d'asperger ses jupes de parfum. Puis avec un sourire déterminé, elle gravit les marches du perron.

Elle n'eut pas besoin de soulever le heurtoir. Le majordome ouvrit instantanément la porte. Il esquissa une grimace hautaine, mais elle se contenta de hausser un sourcil en soutenant son regard. L'homme finit par s'empourprer et baisser le nez. Elle le paierait cher, un de ces jours, songea-t-elle. Il n'était jamais très judicieux de s'attirer l'hostilité du majordome d'une grande maison. Mais pour le moment, elle s'en moquait. Elle pénétra avec dignité dans le hall, et donna son chapeau et ses gants au domestique.

Le comte se précipita aussitôt pour l'accueillir, comme s'il l'avait guettée derrière la porte. Non, cette idée était ridicule. Pourquoi l'aurait-il attendue ?

— Bonjour, mademoiselle Martin. Je suis si content que vous ayez pu venir ! dit-il en portant la main de Sher à ses lèvres.

— J'avais bien l'intention d'accepter votre invitation, naturellement, bredouilla-t-elle en esquissant une brève révérence.

— Je me demandais si je pourrais échanger quelques mots avec vous, au sujet de Brandon. Avant le thé, vous comprenez.

— Quoi ? s'exclama-t-elle, traversée par une vague de panique. Je ne vois pas ce que je pourrais savoir au sujet du vicomte que vous ne...

— Eh bien, il a disparu, voyez-vous, enchaîna le comte en l'entraînant dans le hall. Et je me suis dit...

Sher ne sut jamais ce qu'il s'était dit. Le majordome fit entrer trois jeunes filles accompagnées de leurs mères. Toutes ces personnes bavardaient à tue-tête, et le bruit devint assourdissant dans le hall. Comme pour compliquer davantage encore les choses, la comtesse apparut à l'autre bout du corridor.

— Ah, vous voilà, Michael ! Mademoiselle Martin ! Vous êtes ravissante, ma chère. Kit vous a merveilleusement bien conseillée, je vois.

Sher fit une profonde révérence et se félicita du choix de sa robe. Elle était bleue, la couleur préférée de Kit, et suivant les instructions de Brandon, elle ne la faisait pas ressembler à une nonne. Le comte lui lâcha la main afin d'accueillir sa femme, mais Sher avait la nette impression qu'il aurait aimé s'entretenir plus longtemps avec elle. Que savait-il ? Se doutait-il que Sher avait caché son frère dans un quartier où lui-même ne daignerait jamais poser un pied ?

— Venez, venez, mesdames ! s'exclama la comtesse d'un ton enjoué. Il fait si beau que j'ai fait ouvrir la terrasse. Nous allons nous asseoir à l'extérieur, ce sera charmant.

Tout en parlant, elle les conduisit à l'arrière de la maison.

Sher n'eut pas d'autre choix que de la suivre, mais elle sentit le regard du comte dans son dos. Elle n'osa pas se retourner, mais elle imaginait fort bien l'expression sombre et désapprobatrice sur son visage austère. Cependant, elle n'eut pas le temps de réfléchir davantage, car le petit groupe parvint sur la terrasse où se trouvait déjà une douzaine de personnes, des femmes pour la plupart.

Elle repéra immédiatement Kit, entouré par trois dames d'âge différent. Il leva la tête, mais ne la vit que lorsqu'elle attira son attention par un petit signe de la main. Son regard s'éclaira, et il s'excusa auprès de ses admiratrices avant de la rejoindre.

— Vous êtes ravissante, Sheherazade. Je savais que cette mousseline bleue vous irait à merveille.

Le compliment était charmant, sauf qu'elle ne lui avait pas demandé conseil pour sa robe. Elle esquissa un sourire contraint, et il lui posa un doigt sous le menton.

— Gardez la tête haute, ma chère ! Nous allons passer un après-midi très agréable.

Voulait-il vraiment la rassurer ? Ne s'était-il pas aperçu que tout le monde le regardait ?

— Bien sûr, répondit-elle d'un ton faussement enjoué.

— Ne la monopolisez pas, Kit ! s'exclama la comtesse en riant. J'ai pris beaucoup de peine pour qu'elle puisse rencontrer tout le monde. Allez donc bavarder ailleurs, mon cher, pendant que je présente votre fiancée.

Sher fut donc séparée de Kit, et la comtesse lui fit faire le tour de la terrasse. Les femmes la dévisagèrent avec un mélange de curiosité et de répulsion et elle s'efforça de ne pas se laisser troubler par leur froideur et leurs mimiques. Peut-être étaient-elles malades, ou mal à l'aise dans leur corset trop serré, se dit-elle pour se rassurer.

Il y avait aussi des hommes. Deux hommes, pour être exacte, en plus du comte qui ne la quittait pas des yeux. Ils semblaient assez raffinés, dans ce décor. Mais Sher les connaissait, puisqu'ils étaient des clients du théâtre. Malgré leur jeunesse, ils avaient tendance à se montrer pompeux. Elle ne pouvait certainement pas les compter parmi ses alliés.

— Voilà une personne que vous serez enchantée de voir, j'en suis sûre, dit la comtesse en la conduisant vers une jeune femme de taille moyenne, aux traits banals.

Elle aurait pu être jolie, avec ses grands yeux et ses cheveux bruns, mais la froideur de son expression gâchait tout.

— Mlle Deidre Sampson. Une de vos anciennes camarades, de l'école de jeunes filles de Mme Cabot. Je l'ai invitée pour que vous vous sentiez en terrain connu. C'est d'ailleurs grâce à elle que j'ai pu inviter aussi un autre de vos amis chers, qui n'est pas encore arrivé.

Une alarme se déclencha dans la tête de Sher, et elle finit par se rappeler qui était Deidre. Un peu plus jeune qu'elle, elle était d'excellente famille mais ne possédait pas un sou vaillant. Ses parents n'avaient pu lui offrir mieux que l'école de Mme Cabot. Bien que de cinq ans la cadette de Sher, elle avait toujours affiché un mépris absolu pour les filles qui n'étaient pas de famille noble. Sher était une de ses cibles favorites. Et maintenant, cette fille sournoise et méchante était assise à côté d'elle, avec son affreux sourire hypocrite. Sher doutait fort qu'elle ait changé en vieillissant, mais elle lui adressa néanmoins un sourire doucereux. Peut-être parviendrait-elle à tourner la situation à son avantage.

— Quel plaisir de rencontrer une ancienne camarade d'école ! Nous avons partagé de si bons moments lorsque nous étions petites filles !

De cette façon, elle liait son histoire à celle de Deidre.

— Mme Cabot avait un idéal démocratique, répondit Deidre en soupirant. C'est sans doute la raison pour laquelle l'école a fermé. Certaines idées sont réellement inapplicables.

Ce n'était donc pas de ce côté qu'elle trouverait une alliée. De toute évidence, Deidre n'avait pas changé.

Sher ne se troubla pas, car elle ne s'attendait pas à autre chose. Cependant, elle fut triste d'apprendre que l'école de Mme Cabot avait fermé. Cette femme était bonne et généreuse. Elle avait enseigné à Sher des notions de gestion et de comptabilité. Sans elle, le *Théâtre de la Taverne* aurait probablement fait faillite depuis des années.

La comtesse continua de guider Sher parmi ses invités. Avec ceux-ci, la discussion prenait toujours le même tour. Elle commençait par quelques mots au sujet du temps, qui était très frais pour la saison. Puis, trois possibilités se présentaient : tout d'abord, les robes, et la couleur bleue qui était complètement démodée ; ensuite, l'éducation raffinée que recevait une jeune fille dans l'école honteusement démocratique de Mme Cabot ; et enfin, les bals et réceptions auxquels Sher n'avait jamais été invitée. Tous ces sujets, pris un par un, paraissaient tout à fait anodins et respectables. Mais ils étaient tous destinés à faire ressortir le fait que Sher n'était pas à sa place.

Et soudain, il se passa quelque chose de désastreux. Une chose à laquelle elle ne s'attendait pas du tout, bien qu'elle se fût préparée au pire. Mais cela dépassait tout ce qu'elle avait imaginé.

Charles Barr fit son apparition. C'était de toute évidence le « cher ami » auquel la comtesse avait fait allusion.

Il avait pris du poids depuis leur dernière rencontre. Mais il était toujours vêtu avec la même recherche excessive, et ses yeux avaient cette éternelle lueur malicieuse. Sher le voyait tel qu'il était, à présent. Sa fortune était moyenne, et il n'était que le deuxième fils d'un vicomte, c'est-à-dire bien inférieur socialement à la plupart des aristocrates qui se trouvaient là. Bien sûr, elle avait su tout cela à seize ans. Mais ce qu'elle n'avait pas compris à l'époque, c'était que son charme cachait un esprit mauvais et calculateur. Son intelligence ne lui servait qu'à flatter les uns, et à exploiter les autres. D'une certaine façon, il lui rappelait Kit. À première vue, il n'était que charme et sourires. Mais Kit, lui, était profondément bon, ce qui n'était pas du tout le cas de Charles.

— Je suis navré, veuillez m'excuser de ce retard, madame, dit-il à la comtesse en s'inclinant. Ma pauvre mère a eu une de ses crises, ce qui m'a retenu. Mais je suis là à présent, et éternellement reconnaissant pour les moments de joie que vous m'apportez.

Sher connaissait la mère de Charles. De fait, elle avait écouté celui-ci parler des maladies de sa mère. Cette dame était spécialiste de ces « crises » qui causaient beaucoup d'agitation dans son entourage et obligeaient ses proches à s'occuper d'elle. Pourquoi n'avait-elle pas vu que le caractère du fils n'était pas très différent de celui de la mère ? Si elle s'était rendu compte que Charles jouait les fils accablés aussi parfaitement que sa mère jouait les malades, elle ne se serait sans doute pas laissée charmer.

— Comment se porte votre mère ? s'enquit la comtesse avec sollicitude.

— Elle lutte contre la maladie, mais je l'aide de mon mieux.

— Vous êtes un fils remarquable. Mais allons, nous sommes là pour nous divertir. Mademoiselle Martin, venez donc voir qui j'ai invité, spécialement pour vous. Deidre m'a dit que M. Barr et vous étiez les meilleurs amis du monde, autrefois.

— En effet ! s'exclama Charlie, enthousiaste. Je fus son premier admirateur, lorsqu'elle n'avait que seize ans. Sûrement pas le seul, mais le plus intime. On n'oublie jamais son premier amant, et je suis très honoré d'avoir tenu ce rôle dans sa vie.

Sher sentit son sang se glacer. Elle demeura clouée sur place, face à l'homme qui venait d'annoncer froidement qu'il l'avait déflorée. Elle avait seize ans à l'époque, et il lui avait promis le mariage. Il lui avait fait sa demande officielle pour Noël, sous le gui. Après quoi, il lui avait soulevé sa jupe et l'avait possédée. Les projets de mariage s'étaient évanouis dès les fêtes passées...

— Vous n'avez jamais été mon ami, monsieur Barr, parvint-elle à articuler, la gorge nouée.

— Allons, allons, ma chère ! Bien sûr que si ! Je me rappelle encore cet adorable grain de beauté que vous avez sur les reins.

Tout en parlant, il posa une main sur son cœur, comme s'il évoquait un souvenir particulièrement cher.

Elle n'avait pas de grain de beauté sur les reins, mais personne, sans doute, n'était disposé à la croire. Elle entendit des exclamations fuser.

— Doux Jésus ! s'écria la comtesse. Monsieur Barr, ce n'est pas le genre de discussion à avoir devant des personnes de qualité. Vous m'insultez. Je vous ordonne de sortir sur-le-champ !

Charles se confondit en excuses, et s'inclina en bredouillant. Il quitta la terrasse, mais Sher ne le vit pas rougir et il ne parut pas surpris par la réaction de leur hôtesse. En fait, tout cela n'était qu'une piètre mise en scène. Une farce répétée à la va-vite par de très mauvais acteurs, mais qui n'en était pas moins efficace.

La comtesse de Thorndale venait de créer un événement croustillant. Sher imaginait déjà les ragots. *Qui* était apparu chez la comtesse, alors qu'on annonçait officiellement les fiançailles de Kit Frazier et de lady Sher ? Nul autre que le premier amant de la jeune fiancée ! L'homme avait provoqué un scandale et il avait été jeté dehors, bien sûr. Mais à quoi fallait-il s'attendre, quand on invitait une femme de son genre à une réception ? La moitié des gentlemen de Londres avaient dû profiter de ses faveurs !

Le plus rageant, c'était que la comtesse avait réussi à retrouver son premier et son seul amant. Consternée, Sher chercha Kit des yeux. Elle vit deux choses. La première, ce fut son visage blême. Ensuite, la main que Mlle Deidre Sampson avait discrètement posée sur son bras, afin de lui exprimer sa compassion.

— Kit, murmura Sher.

Elle ne parvint pas à le faire réagir. Il demeurait sonné, sous le choc, les lèvres serrées. Puis la comtesse s'approcha d'elle, manifestant une fausse inquiétude.

— Oh, mon Dieu ! Je vous en prie, pardonnez cette scène. J'ignorais qu'il était... Que vous... et lui... Oh, ciel !

Sher eut la certitude qu'on lui avait bel et bien tendu un piège. Désormais, elle ne pouvait plus espérer gagner une place dans la bonne société. Loin de soutenir le cousin de son mari, la comtesse venait de montrer qu'elle était absolument contre ce mariage. Et sans son aide, Kit et Sher n'avaient aucune chance de le faire accepter.

Aussi décida-t-elle soudain de renoncer à jouer la comédie. Elle rejoignit Kit et lui prit la main, repoussant celle de Mlle Sampson. Pâle comme la mort, Kit avait des gestes raides d'automate.

— Kit, voulez-vous me ramener chez moi, s'il vous plaît ?

Il cligna les paupières, l'air égaré.

— Euh ? Oui. Euh... Il nous faut un chaperon, vous savez bien.

— Naturellement. Vous pourriez me raccompagner à pied jusqu'à Hyde Park. Je trouverai une voiture.

Il parvint à émerger de sa torpeur, et esquissa un signe de tête.

— Oui. Oui, bien sûr. Comment avez-vous trouvé cet homme ? demanda-t-il à Lily, de but en blanc.

— Ah, quel charmant garçon ! répondit la comtesse d'un air de sincère regret. Cela n'a pas été difficile. Pas du tout.

Kit fit la moue, et Sher resserra les doigts sur sa main. Elle n'aurait pas pu supporter qu'il la laisse tomber dans un moment pareil.

Mais il tint bon. Ensemble, ils gagnèrent la porte. Kit était silencieux, plongé dans ses pensées. Comme ils prenaient leur chapeau et leurs gants, le comte fit irruption dans le hall.

— Mademoiselle Martin, appela-t-il, le visage enflammé. Bon sang, c'est très difficile, mais je vous en prie... Il s'agit de mon frère, Brandon. Pouvez-vous m'aider à le retrouver ? Ce serait pure charité chrétienne de votre part. Nous sommes tellement inquiets pour lui !

Sher le regarda, consternée qu'il puisse encore venir lui demander son aide, alors que sa femme venait de l'assassiner socialement. Elle leva le menton, stupéfaite de constater qu'elle parvenait encore à bouger, et même à parler.

— Monsieur, votre épouse et vous n'êtes plus invités à notre mariage.

Sur ces mots, elle prit le bras de Kit, et sortit. Ils franchirent une centaine de mètres ou plus, en silence. Elle avait envie qu'il dise quelque chose. Elle aurait aimé qu'il soit le genre d'homme à la réconforter, sans songer à l'affront public qu'il venait de subir. Mais il aurait fallu qu'il soit un parangon de vertu, ce qui n'était pas le cas. Ils approchaient d'une voiture, quand il se décida à parler.

— Est-ce vrai ?

— Que j'ai eu des dizaines d'amants ? Non. Je n'en ai eu qu'un, et j'étais trop jeune pour me rendre compte que je faisais une sottise.

— C'était lui ?

Elle ne voulait pas répondre. Elle aurait voulu mentir.

— Oui, avoua-t-elle néanmoins.

Kit lui caressa la main, avec une douceur infinie.

— Vous a-t-il forcée ? Était-ce... un viol ?

Elle sentit les larmes lui monter aux yeux. Comment lui expliquer ? Y avait-il moyen de justifier son attitude stupide ?

— Il m'a dit qu'il m'aimait et qu'il allait m'épouser.

Il laissa retomber ses mains, l'une après l'autre, et demeura devant elle, les bras ballants.

— Charles Barr. Mon nom restera toujours associé à celui de ce serpent.

Elle ne sut que répondre. Comment pouvait-elle réparer les dégâts ? À présent, elle imaginait la douzaine de réponses qu'elle aurait pu faire à Charles pour le remettre à sa place. Elle aurait pu crier qu'elle n'avait pas de grain de beauté sur les reins, qu'il n'était qu'un goujat et un menteur. Elle aurait pu emmener les dames dans une chambre à l'écart, pour leur prouver qu'aucun grain de beauté ne gâchait la blancheur de ses reins.

Elle n'y avait pas pensé. De toute façon, cela n'aurait servi à rien. Et elle ne savait plus ce qu'elle devait dire à Kit. Elle garda le silence, tandis qu'il ouvrait la portière et l'aidait à monter en voiture.

— Kit... Kit, je suis vraiment désolée.

Il esquissa un pâle sourire, mais il ne dit pas qu'elle n'y était pour rien. Il ne dit même pas que ce n'était pas grave, qu'il aurait dû s'attendre à ce genre de choses quand il avait demandé sa main. Il se contenta de refermer la porte, et de lancer l'adresse au cocher.

La voiture s'ébranla et elle le suivit des yeux. Il demeura sur le bord de la route, à la regarder, les épaules voûtées, l'air morose. Le cœur de Sher se brisa. Lui qui était si exubérant, d'ordinaire ! N'avait-il pas dit qu'elle avait besoin de lui, de sa légèreté ? Et maintenant, il était si triste ! Mortifié.

Elle se laissa retomber contre le dossier du fauteuil et contempla ses mains. Sa bague de fiançailles scintillait, comme pour la narguer. Le diamant était petit, mais l'anneau était poli et brillant. Comme elle avait été sotte, de croire que son rêve était réalisable ! Kit n'avait pas encore rompu leurs fiançailles, mais cela ne saurait tarder, à présent. La comtesse et la mère de Kit avaient gagné la partie.

Elle ravala ses larmes. C'était à elle de rompre, elle devait lui éviter cette corvée. Ils n'étaient pas assortis, par bien des aspects. Elle en prenait conscience maintenant. En quelques jours, elle avait fait de ce jeune homme gai et insouciant un être triste et maussade. Que serait-ce dans deux mois ? Dans deux ans ?

D'un geste résolu, elle ôta la bague. Celle-ci glissa sans difficulté sur son doigt, comme si elle savait qu'elle n'était pas faite pour elle.

Alors, enfin, elle laissa libre cours à ses larmes.

14

Quand il vit Sher entrer, Brandon fut content d'avoir pris le temps de se raser. Il s'aperçut immédiatement qu'elle avait pleuré. Puis il remarqua sa jolie robe bleue, et se rappela l'invitation de Lily pour le thé. Bon sang ! Enfin, dernier détail, elle ne portait plus sa bague de fiançailles. Sa main gauche était nue. Au prix d'un effort, il parvint à s'asseoir dans le lit. Il était partagé entre la colère contre sa belle-sœur et la joie que les fiançailles de son cousin et de Sher soient enfin rompues.

— Vous êtes éveillé ! s'exclama-t-elle.

— Vous avez pleuré, répondit-il aussitôt.

Il se reprocha aussitôt cette remarque. Où donc était passé son tact légendaire ? Ne lui avait-on pas dit des douzaines de fois, en Inde, qu'il avait un don incroyable pour charmer les femmes ? Mais bien sûr, beaucoup de choses avaient changé depuis l'Inde.

Sher plaqua sur ses lèvres un sourire artificiel qui n'atteignit pas ses yeux.

— Si votre caractère revêche refait surface, c'est que vous allez mieux.

— L'appétit revient aussi. Dites à Martha de me servir des choses plus consistantes que son infâme gruau.

Le sourire de Sher s'élargit.

— La nourriture se paye, Brandon, annonça-t-elle en prenant place dans le fauteuil. Y a-t-il une raison pour laquelle vous refusez de rentrer chez vous ? Pourquoi laissez-vous votre famille dans l'inquiétude ?

— Qui s'inquiète pour moi ? demanda-t-il d'un ton bourru.

Une brève lueur de fureur passa dans les prunelles de la jeune femme, qui se ressaisit aussitôt.

— Kit, pour commencer.

— Et aussi Michael, sans doute. Que s'est-il passé ? enchaîna-t-il en lui prenant la main. Le thé chez Lily ?

Elle acquiesça tristement, et ses yeux s'embuèrent. Elle ne dit rien, et il eut la sagesse de ne pas la questionner, sachant qu'elle parlerait quand elle en sentirait le besoin. Mais il avait du mal à attendre.

— J'aimerais vous tenir dans mes bras, dit-il avec douceur.

Les mots franchirent ses lèvres malgré lui. Il allait passer pour un goujat, en lui faisant des avances alors qu'elle était en position de faiblesse.

— Je suis désolé, bredouilla-t-il, penaud. Je n'aurais pas dû dire cela.

Le regard de la jeune femme se perdit dans le vague.

— Quand j'étais petite, je me pelotonnais sur le lit de Pappy pour lire. J'aimais sa toute petite chambre, et l'odeur des draps. Le matin, je me réveillais à côté de lui. Mon livre était posé sur le sol, près de mes chaussures.

— Vous passiez la nuit avec un des acteurs de la troupe ? Votre mère ne disait rien ?

— Je crois qu'elle ne s'en est jamais rendu compte. Et même si elle l'avait su… Je passais autant de temps que je pouvais avec Pappy. Il était comme mon père. De toute façon, maman n'avait d'yeux que pour Cléo.

Brandon fronça les sourcils.

— Votre sœur Cléopâtre ?

— Ma mère aimait les noms qui faisaient de l'effet, concéda-t-elle avec un petit sourire. La mort de Cléo lui a brisé le cœur. Avec sa beauté et son talent, ma sœur aurait pu devenir une grande actrice.

— Alors que vous avez l'intelligence nécessaire pour faire prospérer une affaire. Permettez-moi de vous dire que votre mère sous-estimait vos qualités.

— Pappy le disait aussi.

— Je suis désolé que vous ayez perdu votre sœur. À vous deux, vous auriez pu transformer ce théâtre en un lieu grandiose.

Sher haussa les épaules, les yeux brillants de larmes.

— Cléo était née pour jouer de grands rôles. Je ne pense pas qu'elle se serait contentée longtemps de notre petite compagnie théâtrale. À huit ans, elle commençait déjà à lorgner vers le *Royal Opera House*.

— L'enfance est faite pour ça. Pour avoir des rêves, et de grands projets. L'âge adulte se charge de les détruire.

Sher rougit en regardant ses mains.

— Kit a des projets pour le *Théâtre de la Taverne*. Il veut en faire une salle capable de rivaliser avec *Covent Garden*.

Ce serait un vrai désastre ! Londres possédait déjà deux grandes salles de théâtre et d'opéra, il n'y avait pas de place pour une troisième.

— Et vous, qu'en pensez-vous ?

— Je pense qu'il est jeune, répliqua-t-elle en faisant la moue. Je suis si lasse, Brandon. Je ne sais pas quoi faire.

Grimaçant de douleur, il glissa sur un côté du lit pour lui faire de la place.

— Venez vous allonger, Sher.

— Je ne peux pas, protesta-t-elle, sans conviction.

Elle était fatiguée, et elle souffrait. Elle avait besoin de trouver un refuge, comme autrefois dans le lit de Pappy.

— Je ne le dirai à personne. Et vous n'avez rien à craindre, ajouta-t-il bien qu'il n'en fût pas si sûr.

Pourrait-il la sentir contre lui, sans essayer d'obtenir davantage ?

— Venez, ajouta-t-il en lui prenant la main.

Elle se pencha pour poser un genou sur le matelas, et interrompit brusquement son geste.

— Je vais froisser ma robe.

— Vous n'aurez qu'à l'enlever.

Elle lui décocha un regard noir, et il se rattrapa comme il put.

— Elle était déjà chiffonnée, Sher. Pour une fois, oubliez les convenances et le qu'en-dira-t-on. Montez sur le lit, fermez les yeux, et reposez-vous.

Elle fit ce qu'il disait, avec toutefois une pointe de réserve. Mais il était si difficile de résister à la tentation !

Brandon prit soin de ne pas la toucher. Il s'était adossé aux oreillers et elle s'allongea face à lui, en veillant que pas une seule de ses boucles ne lui effleure le bras. Deux centimètres à peine les séparaient, et il songea qu'elle devait dormir ainsi avec Pappy. Une petite fille roulée en boule contre le dos ou la poitrine du vieil homme. Elle devait avoir l'air d'un ange, avec ses longs cils noirs sur ses joues soyeuses. Elle était très belle, à présent, malgré ses yeux cernés de fatigue.

— Je ne le laisserai pas faire, déclara-t-elle en glissant les mains sous sa joue.

— Faire quoi ?

— Je vais rompre nos fiançailles. Je ne laisserai pas Kit détruire ma compagnie d'acteurs, ou le théâtre. Ses rêves de grandeur sont bien jolis, mais il joue avec nos vies.

Malgré son désir de respectabilité, elle faisait toujours corps avec sa troupe.

— Je vous crois. Kit est un imbécile, ajouta-t-il avec sincérité.

— Kit est jeune. Nous avons tous été jeunes avant lui.

Il ne put s'empêcher de tendre la main pour repousser une mèche qui lui barrait la joue. Elle esquissa une moue imperceptible, et se pelotonna un peu plus contre lui. Ils ne se touchaient pas, mais ils étaient très proches. Les reins de Brandon s'enflammèrent de désir.

— La comtesse avait invité Charles Barr.

Elle annonça cela dans un chuchotement, et il se demanda s'il avait bien entendu. Que venait faire ce crétin de Charles Barr dans cette histoire ?

— Il est devenu gros et laid. Je ne sais pas si cela doit me consoler ou non. Mais il s'habille toujours de façon aussi voyante qu'autrefois, et son sourire hypocrite est toujours le même. Je ne m'étais pas rendu compte à l'époque que ses yeux étaient si froids.

Brandon se figea. « À l'époque » ?

— Pourquoi Lily a-t-elle invité Charles ? demanda-t-il lentement.

— Pour m'humilier et mettre Kit dans l'embarras. Tout s'est déroulé selon ses espérances.

Elle se recroquevilla un peu plus, contenant ses larmes à grand-peine.

Il lui caressa le cou et les épaules. S'il l'avait pu, il l'aurait serrée contre son cœur et l'aurait gardée là pour toujours.

— Je suis désolé, Sher. Tellement… désolé.

— J'ai cru que cet homme allait exaucer mes vœux les plus chers. J'avais seize ans. J'aurais dû me méfier. Après tout, je savais qu'il existait des hommes comme lui. Certaines actrices avaient essayé de me mettre en garde. Quelle idiote. Quelle terrible idiote j'étais !

C'était donc lui, l'homme qui lui avait pris son innocence...

— Personne n'est très malin à seize ans, dit-il en l'entourant de son autre bras. Il a dû vous jurer qu'il vous aimait et promettre de vous offrir une nouvelle vie. Il a fait miroiter devant vous tout ce que vous aviez toujours désiré. Ce n'est pas votre faute, ajouta-t-il en déposant un baiser sur son front.

Ce dernier geste eut raison de sa volonté. Elle éclata en sanglots et enfouit la tête contre le matelas. Brandon ne pouvait rien faire, sinon la tenir dans ses bras, maudissant en lui-même Lily et ce salaud de Charles. Sher continua de pleurer, laissant s'échapper des années de souffrance. Il ne fut pas surpris de sentir quelques larmes rouler sur ses propres joues. Il comprenait fort bien les regrets de la jeune femme, puisqu'il avait lui-même commis des erreurs. Mais alors qu'il était responsable de sa propre chute, Sher, elle, avait été dupée.

Il se pencha pour l'enlacer. Le mouvement réveilla la douleur dans sa poitrine, mais il n'y prêta pas attention. Toutes ses pensées étaient concentrées sur elle.

— Venez, Sher. Serrez-vous contre moi.

Comme il s'y attendait, elle résista un peu. Puis elle noua les bras autour de son cou. Il la souleva et la déposa sur sa poitrine. La sensation était à la fois exquise et douloureuse, et il éprouva un tel bonheur qu'il pouvait à peine respirer.

Elle avait confiance en lui. Suffisamment pour se glisser dans son lit et pleurer sur son épaule. Pour lui, c'était un miracle.

Mais trop vite, ce fut terminé, et ses sanglots s'apaisèrent. Elle se détendit, mais elle était encore trop bouleversée pour s'endormir.

Brandon ne dit rien. Il lui caressa l'épaule, et déposa même un baiser dans ses cheveux, mais il ne prononça pas un mot. Il ne savait pas quoi dire. Et, tout à coup, il se mit à tout lui raconter, à mi-voix.

— J'avais vingt-trois ans à mon départ d'Angleterre. J'étais un deuxième fils, mais je ne voulais pas entrer dans l'armée. Le commerce m'intéressait, à cause de l'argent que cela rapporte. J'étais un investisseur, mais aussi un grand travailleur. Mon ambition était de multiplier par mille les sommes que j'engageais.

Sher leva légèrement la tête pour l'écouter. Oubliant ses propres soucis, elle s'intéressait aux siens. Si cette confession pouvait la détourner ne fût-ce qu'un instant de ses problèmes, il voulait bien continuer de parler.

— Nous gagnions de l'argent grâce à une usine indienne, qui tissait et teignait des tissus que nous revendions en Angleterre. Nos seuls concurrents étaient des teinturiers. Des artistes en vérité, qui savaient obtenir une ravissante nuance de bleu.

Il effleura le tissu de sa robe. Celle-ci était exactement du ton de bleu qui lui avait coûté si cher.

— Mes associés me chargèrent de recruter le meilleur teinturier, l'artiste qui avait obtenu cette superbe couleur. S'il acceptait de travailler pour nous, nous aurions son secret de fabrication et le plus beau tissu du monde.

— Mais il refusait ? demanda-t-elle, comprenant aussitôt ce qui s'était passé.

— Je lui ai offert un salaire trois fois supérieur à celui des autres teinturiers. Je suis devenu son ami. Il m'invitait à dîner chez lui, je jouais avec ses enfants.

Sher se tourna et se dressa, de façon à voir son expression.

— Le feu, chuchota-t-elle, horrifiée. On dit que vous avez obtenu votre titre à cause de votre conduite héroïque, quand vous avez essayé de sauver des Indiens de l'incendie.

Il se laissa retomber sur le dos, stupéfait que l'évocation de ce souvenir soit encore aussi douloureuse. Les événements semblaient s'être déroulés hier. Il se revoyait, cherchant dans les débris. Sher voulut s'écarter, mais il la retint. C'était lui, à présent, qui avait besoin de sa présence.

— Tapas ne voulait pas travailler pour nous. Comment aurait-il pu accepter autant d'argent, alors que ses amis étaient payés si peu ?

— A-t-il été engagé par quelqu'un d'autre ?

— Non, pire que cela. Il a créé sa propre société, avec quelques amis artistes, des teinturiers et des tailleurs au talent incroyable.

— Vous avez mis le feu à leur atelier ? demanda-t-elle, les yeux écarquillés.

Il aurait pu acquiescer et dire un mensonge. C'eût été tellement plus facile que la vérité. Mais il ne pouvait pas.

— Si nous avions fait cela, nous n'aurions jamais connu leur secret pour teindre les tissus. Il nous fallait cette formule.

— Alors, qu'avez-vous fait ?

— Ils avaient du talent, mais pas d'argent, alors que nous avions l'argent mais pas leur technique. Je les ai persuadés de collaborer avec nous. Il m'a fallu palabrer pendant des mois pour leur faire admettre une association. J'ai dû leur prouver que j'étais un homme honnête et travailleur. Je m'habillais comme eux, j'assistais à leurs fêtes, j'allais sur les marchés, j'achetais des cadeaux à leurs enfants.

— Ils ont fini par vous connaître et vous faire confiance.

Il essuya la trace d'une larme sur la joue de Sher, et poursuivit :

— Nous avons signé les papiers et célébré notre association par une grande fête. Puis Tapas m'a montré la formule. Il était malin. Il ne l'a donnée qu'à moi. Il n'avait confiance en personne d'autre.

— Et à qui l'avez-vous transmise ? demanda-t-elle en soupirant.

— Au marquis Charles de Cornwallis. Mon supérieur hiérarchique au sein de la société.

Il ne chercha pas à s'excuser de sa stupidité. Le plus terrible, c'était que Cornwallis ne lui avait pas paru différent des autres Britanniques qu'il avait rencontrés outre-mer. Il avait une épouse, un caractère affable, et il aimait le bon vin. Rien dans ses manières ne pouvait laisser penser qu'il était aussi impitoyable. Rien, excepté un certain manque de considération pour les étrangers, et l'idée bien ancrée que les Anglais étaient des êtres supérieurs. Brandon se rendait compte à présent que, pour Cornwallis, les Indiens n'étaient pas tout à fait des êtres humains. Ce sentiment avait fait de lui un monstre.

Il sentit la main de Sher se poser sur sa joue. Sa présence était réconfortante.

— Que s'est-il passé ?

Il haussa les épaules, feignant le détachement.

— Je ne m'en souviens pas très bien. Il y avait eu… une réception. J'avais bu. Cornwallis m'avait soutiré la formule. J'ai une bonne mémoire des chiffres. Je sais que je lui ai donné exactement la marche à suivre.

— Bien sûr ! Cela faisait des mois que vous travailliez sur ce sujet.

— Ensuite, il m'a offert un autre verre. Il contenait de l'opium. J'avais déjà tellement bu, que je n'ai pas fait attention à ce que j'avalais. Je ne suis sorti du sommeil que deux jours plus tard. Bien après que le mal a été fait.

— Et l'incendie ? Je croyais que vous aviez été brûlé en essayant de secourir...

Les mots moururent sur les lèvres de Sher.

— De secourir les Indiens ? Oui, c'est ce que tout le monde croit, mais c'est un mensonge. Lorsque je me suis éveillé, l'usine avait entièrement brûlé. Tapas était mort avant, dans l'incendie qui avait détruit sa maison. Le feu était accidentel... ils habitaient à côté de l'usine.

— Et sa femme ? Ses enfants ?

— Tous morts, à l'exception d'un seul. Quand j'ai appris cela, je suis devenu fou. Après le drame, le fils d'un des autres teinturiers était parti à ma recherche. Il m'a retrouvé à demi-inconscient dans cette fumerie d'opium et m'a rapporté ce qui était arrivé. Au début, j'ai refusé de le croire. Puis je suis parti à l'usine pour constater les dégâts de mes propres yeux.

— Vous étiez fou de chagrin. Du moins, c'est ce que Kit m'a dit.

— Je me suis engouffré dans les décombres en hurlant. Je savais exactement ce qui s'était passé. J'avais été dupé par la société. Ils m'avaient poussé à me lier avec ces gens, ils s'étaient servis de moi pour s'emparer du secret et fabriquer des tissus aussi beaux que ceux des Indiens. Une fois qu'ils l'avaient obtenu, ils avaient tué les artisans et s'étaient débarrassés de moi dans cette fumerie, en espérant que je n'en ressortirais jamais vivant.

— Mon Dieu ! Ont-ils vraiment fait une chose pareille ? Vous êtes sûr que ce n'était pas un accident ?

— Un regrettable accident ? répéta-t-il, narquois. Non. Ces pauvres gens ont été tués. Vous n'imaginez pas le pouvoir des Anglais, dans ces pays. Ce qu'ils font, juste parce que personne ne peut les en empêcher.

— Mais ce n'était pas votre faute, Brandon. Vous ne saviez pas.

— J'ai agi stupidement, sans vouloir faire de mal. Mais Tapas et les autres artisans sont bel et bien morts. Je n'ai plus touché à une goutte d'alcool depuis.

Il reporta son attention sur elle, réglant le rythme de sa respiration sur la sienne. Puis il reprit :

— J'étais fou de rage. Je les ai menacés de les dénoncer, de dire à tout le monde en Angleterre ce qu'ils avaient fait.

— Et ils vous ont torturé pour vous réduire au silence.

Ce n'était pas une question. Comment avait-elle compris ? Il la dévisagea avec stupeur.

— J'ai nettoyé vos blessures, Brandon. J'ai vu les cicatrices, expliqua-t-elle.

Ils avaient utilisé leurs poings, leurs poignards. Ils l'avaient même menacé de leur pistolet.

— Ils étaient capables d'incendier une usine, d'éliminer Tapas et ses amis, mais ils n'ont pas pu se résoudre à tuer de leurs mains le fils d'un comte. Surtout qu'ils disposaient par ailleurs d'une arme très efficace.

Il se demanda si elle allait deviner comment ils étaient parvenus à lui imposer le silence. Il ne fallut pas longtemps à Sher pour comprendre.

— Ils vous ont accordé un titre. Vous deveniez le symbole de la générosité de l'Angleterre envers les Indiens. Ils se sont arrangés pour faire savoir sur place, et ici même, en Angleterre, que vous aviez perdu l'esprit lors de cet incendie.

— C'est un titre sans grande importance, et les terres qui y sont rattachées ne sont que des marécages. La lignée est éteinte, il était donc facile de m'accorder ce nom et d'y associer une histoire sensationnelle.

— Et personne ne croirait ce que vous disiez avoir vu. Les horreurs qu'ils avaient fait subir à ces pauvres gens.

Elle comprenait. Il la serra davantage encore contre lui et l'embrassa sur le front. C'était merveilleux de pouvoir être là avec elle, de lui avouer ses péchés sans être repoussé.

— Vous avez dû refuser, au début. Je vous connais. Vous ne vouliez rien accepter de ces gens.

Il sourit. C'était vrai. Mais un séjour en prison lui avait prouvé que sa résistance était vaine. Il ne pouvait rien faire de plus, enfermé dans une cellule.

— La logique était de leur côté. Leur version des faits s'était déjà répandue. Si j'avais prétendu que les événements ne s'étaient pas déroulés comme ils le disaient, les gens auraient mis cela sur le compte de la folie. On ne m'aurait pas cru. Je me suis dit qu'avec ce titre, je pourrais siéger à la Chambre des lords et apporter des changements à notre société.

— Et votre argent, aussi. Ils ne vous auraient pas donné votre part si vous n'aviez pas accepté leur marché. Vous aviez le choix entre être pauvre et fou, ou bien riche, titré, et...

— Et un exemple d'héroïsme britannique !

— Oh, Brandon, ne soyez pas si amer. Je sais que vous êtes quelqu'un de bon !

Il enfouit le visage au creux de son épaule.

— Brandon...

— Ils sont morts. Brûlés vifs ! Et moi, j'ai un titre et de l'argent. Beaucoup d'argent !

— Une fortune que vous avez commencé de distribuer. Vous croyez que je ne le sais pas ? Vous pensez pouvoir donner des milliers de livres sans que tout Londres le sache ? L'orphelinat Marisa. C'est un drôle de nom. Celui d'une des filles de Tapas ?

— C'était sa femme. Il y a des orphelins en Inde aussi. Elle voulait faire quelque chose pour eux.

— C'est là que vous avez trouvé Hank, n'est-ce pas ? demanda-t-elle en s'écartant pour soutenir son regard.

— J'aurais dû me douter que vous devineriez.

Sher se pencha, posa la joue contre la sienne, et lui murmura :

— Je sais, Brandon. Je sais que vous êtes bon, que vous méritez votre titre et vos richesses. Et que vous honorez la mémoire de Tapas.

— Personne ne veut m'écouter. Personne ne veut croire qu'un Anglais peut se comporter avec une telle bassesse.

— Mais vous avez un projet. Une idée à laquelle vous travaillez.

Elle était si belle quand elle le regardait comme ça, avec une telle intensité dans les yeux.

— Il y a un homme, dit-il avec douceur, un grand orateur… Il s'appelle William Wilberforce.

— L'homme qui veut libérer les esclaves noirs d'Amérique ?

— Lui, il me croit. Il comprend.

— Vous voyez. Vous faites le bien. Vous réussirez.

— Ce n'est pas suffisant.

Elle garda le silence un moment, et il vit plusieurs émotions passer dans ses yeux : le chagrin, la souffrance, mais aussi l'espoir. C'était ce qui la caractérisait. Elle gardait l'espoir d'avoir une vie respectable. Elle espérait que son passé ne gâcherait pas le présent. Elle espérait qu'il deviendrait l'homme qu'il voulait être.

— Je vous aime, Sher. Je vous ai aimée dès le premier instant.

— Vous ne me connaissiez pas, à ce moment-là !

— Si. Vous êtes l'espoir. Vous me donnez le courage de continuer.

Elle battit des paupières, abasourdie.

— Laissez-moi vous toucher, Sher. Laissez-moi... Je ne vous posséderai pas, Sher. Non. Mais...

Elle l'embrassa. Ses lèvres se posèrent sur les siennes si vite, avec une telle passion, qu'il étouffa un cri de surprise. Mais en moins d'une seconde il se ressaisit et noua les bras autour d'elle. Du bout des doigts, il tira sur le tissu de sa robe.

15

Il disait qu'il l'aimait, mais Sher savait que c'était un mensonge. Ou plus exactement, c'était sa vérité en ce moment. Qu'aurait-il pu dire d'autre à une femme qui venait de soigner ses blessures pendant des jours ? Bien sûr, qu'il l'aimait, puisque c'était grâce à elle qu'il était encore vivant.

Pourtant, cela ne semblait pas avoir d'importance. Quand il la regardait comme ça, Sher avait l'impression d'être une déesse. Puissante et adorée. Elle ne pouvait faire autrement que d'embrasser l'homme qui lui offrait ceci. Elle le laisserait aussi lui enlever sa robe, et la caresser autant qu'il voulait.

Son baiser était si merveilleux qu'elle oublia tout le reste. Elle savait juste que c'était elle qui avait pris l'initiative. Elle s'étira et pressa les lèvres contre les siennes. Ils s'étaient déjà embrassés, et elle savait à quoi s'attendre.

Jusque-là il avait toujours pris son temps, la taquinant du bout des dents, avant de s'aventurer dans la chaleur de sa bouche. Mais cette fois, il prit possession de sa bouche dès que leurs lèvres s'effleurèrent. Elle renversa la tête en arrière pour mieux s'offrir.

Il poursuivit ses caresses sensuelles, la faisant frissonner. Émerveillée, elle faillit laisser échapper un rire de bonheur, et lui rendit son baiser. Un petit cri de surprise franchit ses lèvres quand il lui pinça un mamelon.

Elle recula, reprenant son souffle. Les boutons de sa robe étaient défaits dans le dos et le tissu bâillait sur sa poitrine, laissant voir ses seins. Il en profita pour lui effleurer un mamelon avec l'étoffe de sa chemise.

Sher dégagea un bras de sa robe, se dénudant afin de mieux s'offrir aux caresses de ses mains larges et viriles. Il posa sur elle un regard ardent qui lui coupa le souffle. Un homme l'avait-il déjà regardée avec autant de désir et de désespoir ?

Tremblante, elle sentit ses doigts brûlants se promener sur elle. Il se laissa rouler sur le lit et posa les lèvres dans son cou. Le contact de ses doigts sur ses seins l'enivra. Le vide se fit dans son esprit tandis qu'elle s'abandonnait à la sensation. Rejetant la tête en arrière, elle l'aida à faire glisser le haut de sa robe.

Quand il l'attira sur lui, elle se laissa faire. Avec un soupir impatient, elle dégrafa les derniers boutons de sa robe et la fit descendre sur ses hanches.

Brandon prit enfin la pointe de ses seins entre ses lèvres, déclenchant un tumulte de sensations étourdissantes. Elle eut l'impression que son corps tout entier se liquéfiait.

Les mains viriles se pressèrent sur ses reins, et elle sentit les muscles de ses bras se resserrer sur elle. Puis elle entendit le tissu de sa chemise se déchirer. Il tira sur le vêtement, le fit tomber à terre, la libérant totalement.

Elle avait envie qu'il la touche partout. Sur le ventre, les cuisses, au plus secret de sa féminité. Elle avait déjà désiré un homme, elle connaissait cette sensation, mais elle ne l'avait jamais éprouvée avec autant de force qu'en cet instant.

Une petite voix intérieure lui cria d'arrêter, mais elle s'émerveilla de l'effet magique des caresses de Brandon.

— Encore, murmura-t-elle, éperdue. Encore... un peu.

Sa robe lui maintenait toujours les genoux, l'empêchant de bouger.

— Allonge-toi, dit-il. Laisse-moi te l'enlever.

— Nous ne devrions pas...

— Ne pense plus à rien.

Il fit glisser le tissu sur ses hanches, lui soulevant les jambes. Elle l'entendit étouffer un gémissement et pensa, un peu tard, à ses blessures. Éperdue, elle agrippa les hanches de Brandon.

Ses mains effleurèrent son sexe tendu et elle retomba contre l'oreiller en poussant un long soupir. Son visage était enflammé, ses lèvres entrouvertes, ses pupilles dilatées.

— J'ai peur de vous faire mal, dit-elle.

— Allonge-toi sur le côté, Sher. Laisse-moi faire. Sais-tu ce que je veux faire ?

— Oui, chuchota-t-elle.

Elle avait souvent parlé avec les actrices. Avant l'âge de onze ans, elle connaissait déjà toutes les positions de l'amour. Mais il y avait une différence entre savoir et faire. À l'idée de ce qu'il allait entreprendre, elle sentit son visage s'enflammer.

Il avait glissé la main entre ses cuisses, et celle-ci était prise au piège entre ses jambes serrées.

— As-tu déjà éprouvé du plaisir ?

— J'ai été embrassée, je trouve cela agréable, souffla-t-elle.

— Et le reste ?

Elle détourna les yeux.

— Sher, si tu ne veux pas en parler...

— J'ai eu mal, avoua-t-elle tout à coup. Je n'ai pas aimé ce qu'il me faisait. Mais nous n'étions pas mariés, et c'est pour cela que...

— Cela n'a rien à voir avec le mariage, Sher. Il n'a juste pas pris le temps de s'occuper de toi.

Il se pencha en avant, et posa les lèvres sur sa cuisse, décrivant un cercle sur sa peau du bout de la langue. Sher ferma les yeux.

— Je veux te faire plaisir, Sher.

La jeune femme se mordit les lèvres. Elle avait envie de céder. Les muscles de ses jambes se détendirent, une chaleur humide se forma au plus secret d'elle-même. Mais il ne fallait pas, c'était mal.

— Brandon...

— Sais-tu l'effet que produit sur un homme l'odeur d'une femme ?

Les yeux clos, il laissa sa bouche remonter sur sa cuisse. Elle savait qu'elle n'aurait jamais dû lui permettre de le faire. Elle aurait dû être forte, respectable.

Mais elle ne l'était pas. N'était-ce pas justement ce qu'on avait voulu lui faire comprendre aujourd'hui ? Alors, pourquoi ne pas agir comme la dévergondée pour laquelle on la prenait ? Pourquoi ne pas s'accorder ce qu'elle désirait si désespérément ? Tandis que ces pensées la tourmentaient, Brandon poursuivait ses baisers.

— Mets la main sur moi, Sher. Je veux que tu sentes ma réaction.

Elle écarta le drap. Brandon était nu, seul son torse était couvert par les bandages. Hésitante, elle posa la main sur son sexe. Celui-ci se tendit davantage à son contact.

Les actrices lui avaient raconté qu'elles prenaient le sexe de leur partenaire dans leur bouche. Mais leur position était telle, qu'elle parvenait à peine à le toucher. Elle se contenta donc de le caresser doucement.

Pendant ce temps, Brandon continuait de lui embrasser l'intérieur des cuisses. Il approchait du cœur de son intimité, et elle aurait dû s'écarter. Mais elle ne le fit pas.

Il souleva son autre jambe et elle plia les genoux, s'offrant complètement à sa bouche. De ses deux mains, il lui écarta les jambes encore plus, et elle sentit les muscles de son ventre se contracter.

Elle réprima une exclamation de surprise lorsqu'il l'effleura du bout de la langue, provoquant une sensation vertigineuse.

Il prit son temps, poursuivant sa lente exploration du bout des doigts, avant de recommencer son geste. Sher laissa fuser un cri. De longues vagues se répandirent dans son corps. Le plaisir était si étourdissant qu'elle pouvait à peine se contenir. Elle pressa le visage contre lui afin d'étouffer ses gémissements.

Ils s'allongèrent tête-bêche, et elle pressa la bouche contre son membre, dans un désir instinctif de partager son plaisir avec lui. Entrouvrant les lèvres, elle l'effleura du bout de la langue, comme il venait de le faire pour elle.

Mais à ce moment, Brandon changea de position, la renversant sur le dos. Sa langue continuait de la taquiner et elle s'ouvrit, sans résistance.

— Touche tes seins, Sher, murmura-t-il, s'interrompant un instant. Tu veux bien le faire pour moi ?

Sa voix était si douce et suppliante, qu'elle obéit. Elle prit ses seins et les souleva. Brandon introduisit deux doigts en elle, dans la chaleur de son corps, et soupira.

— Tu es magnifique…

Elle ne comprenait pas comment c'était possible, mais grâce à lui elle se sentait belle.

Du bout de son pouce, il se mit à la caresser, faisant naître une sensation inconnue et délicieuse.

Elle se cambra, laissant déferler les vagues dans son corps. Il bougea de nouveau, et sa langue remplaça ses doigts. Les vagues se firent plus puissantes.

— Viens, Sher, murmura-t-il. Ne résiste pas. Viens...

Toute pensée s'était envolée. Elle laissa ses mains retomber, ondulant irrésistiblement sous ses caresses. Elle n'était plus qu'une vague brûlante, tandis que le plaisir, peu à peu, montait en elle.

Et la jouissance la submergea.

Mon Dieu ! Elle était merveilleuse. Elle l'avait à peine touché, mais le seul fait de la regarder l'avait fait exploser de plaisir. Elle s'était pressée contre lui, et quand il avait vu son expression éperdue, il avait basculé avec elle dans la jouissance. Tout son corps était perclus de douleurs, mais cela lui était bien égal.

— Je t'ai épuisée ? demanda-t-il en souriant.

Elle demeurait immobile, les yeux fermés, alanguie.

— C'est moi qui devrais te demander cela, non ?

Puis ouvrant les yeux, elle s'inquiéta :

— Tu n'as pas mal ?

— Pas le moins du monde.

Elle s'assit, et l'observa. Il luttait contre la douleur, mais à chaque respiration, celle-ci gagnait du terrain. Il se garda d'esquisser un geste ou d'étirer le bras pour ramener le drap sur lui.

— Ce sera mieux la prochaine fois, promit-il dans un souffle.

— C'était magique, répondit-elle à mi-voix.

Avec un petit sourire, elle prit ses vêtements et s'éclipsa derrière le paravent. Il l'entendit faire quelques ablutions et s'habiller. Le froissement de sa robe de soie raviva son imagination. Maudites blessures ! S'il n'avait pas été dans cet état, il ne l'aurait pas laissée se rhabiller pendant des jours. Des semaines !

— Je sais que tout ceci est nouveau pour toi, Sher. Prends ton temps pour y penser, réfléchis. Ma vie devra bientôt retrouver un cours normal. J'ai manqué la dernière séance à la Chambre des lords, mais il faut tout de même que je parle à certaines personnes, même si je dois être critiqué et tourné en ridicule.

— Les gens ne sont sûrement pas aussi cruels, répondit-elle derrière le paravent.

Sa voix était un peu plus aiguë qu'en temps normal.

— Oh, si, hélas ! Et plus encore, ajouta-t-il, songeant non pas aux hommes politiques mais à ce qu'elle avait subi le jour même. Personne ne peut battre un noble anglais dans ce domaine. On doit leur enseigner la moquerie dès leur premier souffle.

— Oui, je suppose que c'est vrai, admit-elle, retrouvant sa voix habituelle.

C'était la voix polie et maîtrisée de lady Sher, celle dont elle usait dans le foyer du théâtre. Cette idée le fit frissonner d'appréhension. Allaient-ils bavarder poliment comme dans un salon ? La panique l'envahit. Non, elle n'allait pas s'enfuir maintenant !

— Sher, balbutia-t-il, cherchant en vain les mots pour la retenir.

Elle émergea de derrière le paravent, et il remarqua ses joues colorées. Elle tenait le devant de sa robe plaqué contre sa poitrine.

— Je crois que j'ai besoin de toi. Pourrais-tu...

Elle pivota sur elle-même, lui montrant les quatre boutons de sa robe encore défaits. Il fut stupéfait qu'elle ait réussi à agrafer les autres sans son aide.

— Bien sûr, dit-il en se redressant sur le lit.

La douleur lui transperçait la poitrine, mais il serra les dents, et caressa d'une main ferme la peau blanche et satinée de son dos. Il aurait aimé lui défaire sa robe, plutôt que de la refermer.

Elle se tendit à son contact, et frissonna.

— Les boutons, s'il te plaît, dit-elle d'une voix blanche.

Brandon se figea, en proie à toutes sortes d'angoisses. Mais que pouvait-il dire ? Où étaient passées toutes ses belles paroles ? Il boutonna la robe, et se laissa retomber en arrière, exténué.

— Je ne m'y prends pas bien, Sher. Je devrais te faire la cour.

Elle lui fit face et posa sur lui un regard sombre et troublé, à mi-chemin entre la terreur et une parfaite politesse. Elle ne savait pas plus que lui ce qu'elle devait dire. Que leur arrivait-il ?

Il lui prit la main, et elle le laissa faire. Ses doigts étaient froids, comme engourdis. Ce fut elle qui reprit la parole la première.

— Tu es très pâle. Tu devrais te reposer.

— Que veux-tu, Sher ? Dis-le-moi et tu l'obtiendras sur-le-champ. Une maison avec un jardin ? C'est comme si c'était fait. Une voiture à ta disposition ? Certainement. Des domestiques, des bijoux...

— Une bague, Brandon.

Il déglutit. Ses pansements lui coupèrent la respiration.

— Mon cœur t'appartient.

— Un anneau de mariage, dit-elle, comme s'il n'avait pas compris la première fois.

Le regard de Brandon se posa sur leurs doigts entrelacés.

— Je ne peux pas, Sher.

Elle tressaillit, et il resserra l'emprise de ses doigts pour l'empêcher de s'échapper.

— Ce n'est pas ce que tu crois. Cela n'a rien à voir avec ta naissance, ton passé, ou ce genre de considérations stupides.

Elle voulut se dégager mais il la retint fermement. Il fallait qu'elle comprenne !

— Écoute-moi !

Sher s'immobilisa, mais il ne parvint pas à articuler une parole. Il perçut son souffle court, haletant. Tout son corps était tendu.

— Je te donnerai tout ce que tu voudras, Sher. Tout, mais je ne peux pas… ce n'est pas…

— Non, murmura-t-elle. Non, non, non !

Le ton de sa voix monta et elle retira vivement sa main.

— Mon Dieu, je suis trop idiote !

— Je suis marié, Sher. Je suis déjà marié.

16

Sher ne descendit pas dans le foyer ce soir-là. Elle ne voulut parler à personne, malgré l'insistance des acteurs qui tenaient à tout prix à lui faire part de leurs doléances. Kit s'était encore une fois mêlé de ce qui ne le regardait pas. Si le problème n'avait pas concerné Kit, elle aurait peut-être cédé. Elle se serait occupée de la vente des billets, ou des réparations des costumes. Mais il s'agissait de Kit, et elle n'avait pas envie de parler d'un homme en ce moment. Quel que soit cet homme, fût-il son fiancé. Elle chassa d'un geste les membres de la troupe qui se pressaient autour d'elle, prit une bouteille de vin au passage, et un verre. Puis elle monta dans sa chambre et claqua la porte derrière elle.

Elle en était à son deuxième verre quand Seth vint frapper à sa porte. Elle avait reconnu son pas lourd dans l'escalier, sa façon de toquer au battant. Elle condescendit à ouvrir. Si quelqu'un ne méritait pas d'être rembarré, c'était bien lui.

Il se tenait tranquillement sur le seuil, avec un plateau garni de pain et de fromage. Son regard se posa sur elle, sur le verre qu'elle tenait à la main, puis sur la robe bleue abandonnée dans un coin. Elle avait enfilé son costume d'homme, car il était confortable. Et aussi parce qu'elle avait l'intention de s'enivrer, comme un homme.

Seth fronça les sourcils, et elle répondit en levant le menton d'un air de défi. Puis, pour bien renforcer son attitude, elle vida son verre d'un trait. Les yeux de Seth s'assombrirent, un éclat meurtrier passa dans ses prunelles. Elle cligna les paupières. Le vin avait-il déjà émoussé ses sens ? Mais non, Seth était bien face à elle, l'air furieux. Elle ne l'avait pas vu souvent dans cet état, mais elle savait qu'il valait mieux tenir ses distances quand ça arrivait.

Il entra et déposa le plateau sur la table. Puis il se laissa tomber dans un fauteuil. Le siège craqua sous son poids, mais résista.

Il demeura là, les bras croisés, avec un air de rébellion. Comme elle ne bougeait pas, il finit par hausser les sourcils. Seigneur, cela lui donnait une allure très aristocratique. Il était immense, avec des traits taillés à la serpe, des mains calleuses, et sa force herculéenne. Mais en ce moment il lui rappelait un peu Brandon, avec son assurance et son air posé.

— Oh, Seth, tu mérites tellement mieux que la vie que tu mènes !

Il soupira, et secoua la tête. Elle comprit parfaitement ce qu'il voulait dire. De tous les membres de la troupe, il était celui qui se plaignait le moins, celui qui était le plus content de son sort. Malgré son handicap, il supervisait une armée de gamins, touchait le meilleur salaire de la compagnie, et chaque nuit il dormait dans le lit de Delilah. Peu de gens savaient qu'ils étaient mariés. Delilah se contentait d'emmener quelques bons clients dans sa chambre, où elle les distrayait par ses chants et ses danses, mais elle ne se prostituait pas. Elle s'accommodait fort bien de cette situation étrange. Plus elle faisait mine d'avoir des préférences pour un admirateur, plus les hommes badinaient avec elle dans l'espoir de gagner ses faveurs. Cela attirait les hommes au théâtre. Mais en réalité, elle n'aimait que Seth. Dieu leur ferait peut-être la grâce un jour de leur accorder de beaux enfants.

Sher referma la porte et servit un verre à Seth. Il ne buvait jamais, mais elle le servit tout de même par politesse. Puis elle s'assit en face de lui et prit un morceau de fromage sur le plateau. Elle le mâcha lentement, et en prit aussitôt un autre. Elle n'avait pas mangé depuis le matin, et elle s'aperçut tout à coup qu'elle mourait de faim.

Elle entendit la troupe qui se préparait pour une autre représentation, à l'étage en dessous. Les loges se trouvaient juste sous sa chambre, et des voix surexcitées filtraient par les parquets. Elle se demanda s'ils parlaient d'elle, et réprima un rire moqueur. Naturellement, elle était au centre des conversations ! Il ne devait être question que de ce thé catastrophique, chez la comtesse. Cela avait eu lieu à peine quelques heures auparavant, mais il lui semblait qu'une éternité s'était écoulée depuis.

Elle mangeait son morceau de pain en silence, quand Seth lui tendit tout à coup un mouchoir. Elle ne comprit pas tout de suite son geste. Puis elle se rendit compte qu'elle pleurait.

— Je suis affreuse, grommela-t-elle en s'essuyant les yeux. Toute cette histoire est affreuse !

Seth ne broncha pas, mais elle savait qu'il l'écoutait. Petit à petit, elle lui dit tout. Elle commença par le thé. Charles. Kit. La comtesse était une méchante sorcière, et Mlle Deidre Sampson aussi. Seth fronça les sourcils, mais elle se servit un autre verre, le mettant silencieusement au défi de la réprimander. Il n'en fit rien, bien sûr, mais se renfonça dans son fauteuil et continua de la regarder.

Bon sang ! Il avait deviné qu'il y avait autre chose. Sher se détourna, mais il ne bougea pas. Elle l'avait déjà vu faire, avec des gamins récalcitrants. Il s'enfermait dans une pièce avec le garçon, et s'asseyait en face de lui. Cela durait toute la journée s'il le fallait. Elle n'avait jamais compris pourquoi, mais ça marchait. Les enfants ne supportaient pas longtemps ce silence accusateur, et ils finissaient par tout avouer. S'ils ne le faisaient pas, ils se retrouvaient à la rue, sans emploi.

Il ne pouvait brandir cette menace avec elle, et pourtant, la vérité finit par sortir tout de même. Il savait qu'elle s'intéressait à Brandon. Entre Hank et Joey, il était probablement mieux renseigné qu'elle ne le pensait.

— Il a une épouse, Seth, dit-elle en fixant son verre. Brandon est marié.

En entendant cela, Seth se redressa et poussa un cri de fureur. Ses poings étaient serrés, et elle sut que son mobilier était en danger. Seth ne se mettait pas souvent en colère, mais quand ça arrivait il cassait tout ce qui lui tombait sous la main.

— Il l'a connue en Inde. Les détails n'ont pas d'importance. En fait, je n'ai pas vraiment écouté. Je suis partie.

Elle se remit à pleurer et tendit la main pour attraper son verre. Puis elle se ravisa, envisagea de lancer la bouteille contre le mur, et finit par décider que ce n'était pas une bonne idée. Elle posa donc le flacon sur le sol, à côté du fauteuil. Casser la bouteille ne lui aurait rien apporté.

— Il m'a proposé de m'entretenir.

Seth n'eut pas de réaction. Pour toutes les femmes de la troupe, devenir la maîtresse d'un noble était le but ultime, le summum du succès. Surtout si ce noble avait une fortune importante, et la réputation d'être un bon amant.

— Il m'écoute, Seth. Il me parle.

Un homme capable de lui faire la conversation était la chose la plus rare du monde. On plaisantait avec elle, on badinait, on échangeait des ragots. Mais personne ne prêtait une oreille attentive à lady Sher.

— Personne ne sait écouter comme lui. À part toi, bien entendu. Mais toi tu appartiens à Delilah, pas à moi.

Elle prit le dernier morceau de fromage et le lui offrit. Comme il refusait d'un signe de tête, elle mordit dedans.

— Si j'étais sûre que cela puisse durer, je dirais oui. Mais tu sais comment ça se passe, avec une maîtresse. Elle est là pour servir un homme. Elle prend son argent, et en échange elle lui donne son attention. Avec une épouse, ce n'est pas du tout ça. Un homme est lié à elle quoi qu'il arrive. Il paye ses factures. S'il a une maison, c'est aussi celle de sa femme. Ses enfants sont les siens. Je sais que certains mariages virent au cauchemar, mais avec lui ça ne serait pas le cas.

Elle prit la dernière bouchée de fromage.

— Je n'ai qu'à l'oublier. J'ai de l'argent. J'ai une maison. Je n'ai besoin de rien d'autre.

Alors même qu'elle prononçait les mots, elle savait que c'était un mensonge. Elle était seule dans son lit. Et après ce qui s'était passé aujourd'hui, elle comprenait enfin ce qu'il pouvait se passer de magique entre deux amants.

— Je veux avoir un chien, déclara-t-elle d'une voix ferme. Et une pelouse où il pourra courir et faire pipi sur les fleurs.

Seth demeura impassible. Dans le silence, elle entendit la musique annonçant que les portes du théâtre venaient de s'ouvrir. Les musiciens continueraient de jouer, tandis que les gentlemen entraient. Le brouhaha des conversations ne montait pas jusqu'à elle, mais elle l'imaginait. Il fallait qu'elle descende. Dans toute sa vie d'adulte, elle n'avait manqué qu'une semaine de représentations. Mais elle n'avait pas le courage de se lever. Et encore moins de se laver le visage et d'aller affronter les remarques et les ragots.

Aussi demeura-t-elle dans son fauteuil, fixant la bouteille de vin d'un œil morne. Un moment plus tard, Seth se leva. Il prit le plateau et la bouteille et la contempla un instant avec compassion. Sher esquissa un sourire qui ressemblait à une grimace.

— Tu sais, Seth, s'il n'y avait pas eu Delilah, il y a des années que j'aurais jeté mon dévolu sur toi. Tu vaux mieux que tous ces hommes réunis.

Il sourit et lui donna un petit coup de coude au passage. S'il avait eu les mains libres, il lui aurait gentiment tiré les cheveux. Avant de partir, il lui désigna d'un air sévère la bassine d'eau posée sur la table de toilette.

Elle suivit son conseil, et alla se laver le visage. Il lui fallut quinze minutes pour se décider à bouger, mais elle finit par le faire, et se brosser les cheveux. Son regard se posa un instant sur la jolie robe bleue posée dans le coin, et elle se demanda si elle devait la ranger, ou la brûler. Finalement, épuisée, elle regagna son fauteuil et contempla la rue d'un air mélancolique.

Les heures passèrent sans qu'elle s'en rende compte. Un des garçons vint allumer le feu dans la cheminée, et lui apporta de l'eau propre pour sa toilette. Il lui rapporta avec un peu de nervosité ce qui se passait en bas. Apparemment, l'annonce que lady Sher refusait désormais de discuter de politique ou de son futur mariage avait eu l'effet escompté. Brandon avait raison. Les spectateurs, sachant qu'ils seraient privés de bagarre, étaient venus moins nombreux. Ne sachant ce qu'elle devait en penser, elle demeura morose, devant sa fenêtre.

Un peu plus tard, alors qu'elle somnolait, la porte s'ouvrit. Un bras élégant brandit une bouteille de vin sous son nez. Très vite, le visage de Kit apparut derrière elle.

— J'apporte des cadeaux, annonça-t-il. Puis-je entrer, madame ?

Elle se redressa, se frotta les yeux et lissa ses cheveux. Mais ses boucles étaient trop emmêlées, son geste était inutile.

Kit la dévisagea et recouvra son sérieux.

— Ah, Sheherazade, que vous ai-je fait ?

— Monsieur ? murmura-t-elle, l'esprit encore confus.

Éberlué, il poussa une exclamation en débouchant la bouteille.

— Vous m'appeliez Kit, la dernière fois que nous nous sommes vus.

— Oui, bien sûr, Kit. Oh, bon sang, je crois que j'ai trop bu !

Il eut un rire léger et mélodieux. Mais Sher n'était pas en état de l'apprécier. Elle refusa d'un geste le verre qu'il lui offrait. Son esprit était embrouillé, sa bouche pâteuse, et elle ne se sentait pas bien. Kit se laissa tomber dans le fauteuil de Seth et se mit à boire le vin qu'il lui avait apporté.

— J'aime vos cheveux comme ça. C'est très joli. Cela me donne des idées. En revanche, je n'en dirais pas autant de vos vêtements.

Elle passa une fois de plus la main dans ses boucles désordonnées, et posa les yeux sur son informe costume d'homme. Sans un mot, elle se renfonça dans le fauteuil. Vêtue ainsi, il ne servait à rien de vouloir ressembler à une dame. En outre, elle avait un léger torticolis.

— C'était la journée du siècle, n'est-ce pas ? continua Kit en se resservant. J'y ai pensé toute la soirée. Et si je n'avais pas voulu y penser, tous mes *amis*... me l'auraient rappelé. Ils ont toutes sortes d'idées pour me venir en aide.

Sher se leva et alla se laver le visage et les mains. Kit la suivit des yeux. Il aperçut la robe bleue, abandonnée dans un coin.

— Vous étiez ravissante dans cette robe, Sher. On ne peut rêver plus jolie... fiancée.

Elle fit la moue en entendant son hésitation sur le dernier mot. Finalement, elle comprit pourquoi il était venu. Il était temps de rompre leurs fiançailles. Au moment où Charles Barr avait fait irruption chez la comtesse, elle avait su que leur mariage n'aurait pas lieu. Kit avait au moins la délicatesse de venir le lui annoncer en personne.

— Je suppose, murmura-t-elle d'une voix étranglée, que tôt ou tard vous auriez rencontré Charles. Mais je ne pardonnerai jamais à la comtesse ce qu'elle a fait.

— Lily est une vipère, c'est certain. Froide et sournoise. Mlle Sampson a trouvé son attitude déplorable.

— C'est Mlle Sampson elle-même qui a parlé de Charles à Lily. Seuls les gens qui me connaissaient déjà à l'époque pouvaient savoir son nom.

Kit émit un grognement, et elle poursuivit :

— Je suis désolée, Kit, je n'aurais jamais dû laisser les choses aller aussi loin, mais je voulais...

— J'ai beaucoup réfléchi, Sheherazade. Je me suis réfugié à la bibliothèque municipale pour cela. On n'y rencontre que des vieilles filles, aussi j'étais sûr d'être tranquille. J'ai payé une guinée, juste pour m'asseoir et regarder par la fenêtre. Votre gamin ne m'a trouvé qu'à la fin de la journée, quand je suis rentré chez moi.

— Quel gamin ?

— Joey. C'est peut-être Seth qui l'avait envoyé. Bref, le gosse a insisté pour que je vienne ici. Il disait que c'était urgent. Quand je suis arrivé, Seth m'a mis cette bouteille dans la main et m'a fait signe de monter. Vous savez, pour un muet il sait très bien se faire comprendre.

Sher ne trouva rien à dire. Elle était triste de ne pas pouvoir se marier. Elle ne savait pas si c'était leur faute, ou celle du monde dans lequel ils vivaient. Quoi qu'il en soit, un mariage avec Kit ne lui apporterait que des ennuis et de la tristesse.

— Kit, commença-t-elle.

Il ne la laissa pas continuer.

— Je me suis dit que j'allais me tenir à l'écart de la société quelque temps. Qu'a-t-elle à m'apporter, à part des commérages et des invitations à prendre le thé ? Je suis dégoûté de tout ça. Je n'aime pas danser, ni aller au théâtre. Enfin, pas au *Royal*.

Sher avait du mal à comprendre ses propos décousus. Pendant qu'il vidait son verre, elle tenta de rassembler ses idées.

— Je croyais que vous vouliez que le théâtre fasse concurrence au *Royal* ?

Il eut un ricanement de mépris en se resservant.

— C'est pour cela que je me suis rendu à la bibliothèque, vous savez. J'ai vu mes *amis*. Je leur ai exposé mes projets.

— Kit...

— J'ai eu la visite d'un type. Le secrétaire du secrétaire de quelqu'un... je ne me rappelle plus qui. Aucune importance. Il m'a dit en termes clairs que la Couronne refusait absolument qu'il y ait une autre « maison de divertissement »...

Nouveau ricanement.

— Comme si nous étions une sorte de bordel. Une « maison de divertissement » ! Il m'a dit que ma cocotte avait bu trop de gin, et qu'elle me menait par le bout du nez. Alors non, Sheherazade, nous n'aurons pas l'approbation de la Couronne pour transformer le *Théâtre de la Taverne*.

Sher ferma les yeux, accablée par tant d'injustice. Elle ne s'était pas attendue à obtenir l'approbation royale, mais tout de même ce refus était blessant. L'idée venait de Kit, mais c'était elle qui était accusée. C'était elle, la cocotte qui menait Kit par le bout du nez.

— Je lui ai donné un coup de poing, continua Kit. J'ai frappé fort, mais ce petit crétin a esquivé. J'ai alors été obligé de quitter mon nouveau club, et je me suis retrouvé en face de la bibliothèque. C'était calme, à l'intérieur, mais il n'y avait rien à boire. Vous n'auriez pas un peu de fromage ? demanda-t-il en remplissant son verre.

Elle fit non de la tête. Ses tempes étaient terriblement douloureuses, et elle s'appuya contre le mur. Elle avait envie d'aller se coucher. Elle aurait voulu que Pappy soit encore là. Elle voulait avaler une bouteille de gin et sombrer dans l'inconscience. Le problème, c'est qu'elle n'avait jamais aimé le gin.

Kit prit une nouvelle gorgée de vin.

— Donc, je me suis mis à réfléchir dans la bibliothèque. Je me suis dit que je n'aimais plus tellement la société. L'Écosse me plairait assez. Vous aimez l'Écosse ? Ou alors les colonies. Il paraît que les vrais aristocrates y font fureur.

Elle n'était pas une vraie aristocrate. Et lui non plus, en fait. En tant que fils cadet, il n'était rien d'autre qu'un gentleman. Et un gentleman ivre, par-dessus le marché.

— Vous vous sentirez mieux dans une semaine, Kit, dit-elle, en fixant le plafond. J'ai mal à la tête et je veux aller dormir. Je crois que vous avez assez bu.

— Vraiment ? fit-il en soulevant la bouteille pour en évaluer le contenu. Je suppose qu'après le brandy que j'ai déjà pris à la maison, c'est un peu beaucoup, en effet.

Elle se redressa et l'observa. Il était hagard, hirsute, les yeux injectés de sang. Ses vêtements étaient froissés. Si elle n'avait pas été aussi assommée de fatigue, elle s'en serait aperçue plus tôt.

— Oh, Kit, nous ne pouvons pas quitter Londres. C'est ici que se trouve l'argent. Et nous ne pourrons pas être heureux si tout le monde est contre nous. Nous ne pouvons pas nous marier, Kit.

Ce fut à lui de battre des paupières, cette fois. Sa mine s'allongea. Il se raidit et posa son verre avec précaution. Grâce au ciel, le verre était épais et vide, si bien qu'il ne pouvait faire de dégâts.

— Vous voulez rompre ? Après tout ce que nous avons supporté, vous brisez nos fiançailles ?

— Je suis désolée, Kit. Je n'aurais jamais dû accepter votre demande.

— Bien sûr que si ! J'y ai pensé toute la journée. C'était une excellente décision. La meilleure que j'aie jamais prise !

Les mots restèrent un moment suspendus entre eux. Elle se les répéta intérieurement, mais cela ne changeait rien à la vérité. Ils n'étaient pas faits l'un pour l'autre.

— Comment pouvez-vous vouloir encore m'épouser ?

— Parce que plus personne ne voudra de moi, à présent ! s'exclama-t-il avec un rire étouffé. Excepté cette Mlle Sampson, mais j'ai décidé qu'elle ne me plaisait pas. Je suis amoureux de vous, d'accord ? Je vous l'ai dit quand j'ai demandé votre main.

Était-il vraiment amoureux ? Sher n'arrivait pas à le croire.

— Mais... pourquoi ?

— Parce que vous êtes jolie et intelligente. Et que vous sentez bon.

Il se pencha soudain en avant, lui prit le bras et l'attira vers lui. Déséquilibrée, elle s'affala sur la table. Sans lui laisser le temps de se remettre de sa surprise, il l'enlaça et l'amena sur ses genoux.

— Embrassez-moi, Sheherazade, marmonna-t-il en cherchant son sein. Un baiser, ma chérie. Et vous pourrez faire de moi ce que vous voudrez.

Elle sourit, l'esprit encore embrumé. Il fallait rompre ces fiançailles. Mais Kit la faisait toujours sourire. Elle tenta de croiser son regard, mais de toute évidence il ne se contenterait pas de la regarder.

17

Kit fut plus rapide qu'elle ne s'y attendait. Malgré tous ses efforts pour l'éviter, il trouva ses lèvres. Mais à peine eut-il pressé sa bouche contre la sienne, qu'elle prit conscience de deux choses : la première, c'était qu'elle ne voulait pas l'embrasser ; la seconde, c'est qu'elle ne serait jamais sa femme.

Soudain, elle s'aperçut que Kit était brûlant, sans doute à cause de l'excès de boisson.

Elle se dégagea, mais il était plus fort qu'il n'y paraissait. Et plus ivre aussi. Leurs fronts se heurtèrent violemment, et le mal de tête de Sher se réveilla. Elle lui agrippa les épaules, dans un effort pour le repousser. Il dut prendre son geste pour un élan de désir, car il fit aussitôt glisser ses mains sous les pans de sa chemise d'homme. Sher éprouva un choc en sentant ses doigts sur sa peau nue.

Encore une fois, elle fut étonnée par la chaleur de son corps. Puis ses pensées furent balayées, car il pesa sur elle de tout son poids, la faisant tomber de sa chaise. Elle se retrouva à genoux, et il la rattrapa.

— Kit, arrêtez !

— Ne vous débattez pas comme ça ! répliqua-t-il en riant. Je tiens à peine debout.

Et sans prévenir, il passa un bras sous ses jambes et la souleva. Seth lui agrippa les épaules mais il avait beaucoup trop bu pour conserver son équilibre.

Il bascula. Sher vit ses yeux injectés de sang s'élargir, et il s'affala sur elle. Ils atterrirent sur la table qui se brisa sous leur poids, et continuèrent leur chute vers le sol. La tête de Sher heurta le parquet, et elle sentit une écharde s'enfoncer dans son épaule. Puis il y eut un bruit sourd lorsque Kit se cogna à son tour. Elle était allongée de tout son long, ses tempes étaient horriblement douloureuses, Kit était prostré sur elle, et pour couronner le tout le vin s'était renversé et avait tout trempé.

Elle essaya de bouger, mais Kit était trop lourd.

— Kit ! cria-t-elle en lui donnant des coups de coude. Kit !

Il ne bougea pas. Tout à coup, elle perçut une drôle d'odeur dans la pièce. Ce n'était pas le vin. C'était du sang. Sûrement pas le sien.

— Kit !

— Il n'est pas mort, n'est-ce pas ? Il est juste tombé ?

Brandon ne pouvait admettre que le jeune Kit, si plein de vie, ait pu trépasser. Mais il avait vu assez de choses dans sa vie pour savoir que la jeunesse n'était pas une garantie d'immortalité.

Pâle, les yeux cernés, Sher hocha la tête. Elle avait fait irruption dans sa chambre à l'aube, la mine défaite. Il perçut une odeur de vin sur elle. Mais ce qui le terrifiait, c'était son air paniqué et la façon dont elle se tordait les mains. Elle demeura sur le seuil de la chambre.

— Il s'est cogné la tête contre la table, dit-elle, les yeux fixés sur le sol. Mais il n'est pas mort, non. Juste... endormi. Il y avait tellement de sang ! ajouta-t-elle en frémissant.

— Les blessures à la tête saignent beaucoup, mais elles ne sont pas forcément graves. Qu'a dit le médecin ?

— La même chose que vous. Il a recousu la plaie, m'a conseillé de le garder au chaud, et... et de ne pas lui donner de mauvais vin quand il se réveillerait, ajouta-t-elle en rougissant.

C'était donc ça ! songea Brandon. Le gosse s'était enivré et il était tombé dans la chambre de Sher. Il préféra ne pas se demander ce qu'il faisait là, et avait encore moins le courage de poser la question à la jeune femme.

Visiblement, elle était choquée et ne savait comment réagir. Lui non plus. Tant de questions demeuraient en suspens. Sur la blessure de Kit, mais surtout sur Sher. Par exemple, pourquoi était-elle ici avec lui, et non au chevet de Kit ? Quand elle était partie un peu plus tôt, il avait cru ne jamais la revoir. Il avait passé la journée à élaborer toutes sortes de plans pour la ramener dans son lit. Si seulement elle acceptait de l'écouter...

— Il dormait toujours quand tu l'as laissé ? demanda-t-il avec douceur.

— Oui. Il a la fièvre, Brandon. Je ne veux pas le déplacer. Les plaies risqueraient de se rouvrir. Mais il ne peut pas non plus rester dans mon lit ! Sa mère aurait une crise de nerfs si elle l'apprenait.

Elle eut un rire nerveux, et ajouta :

— Comment se fait-il que je doive vous cacher tous les deux ?

— Tu dois jouer de malchance, suggéra-t-il.

Il aurait aimé qu'elle s'approche et le laisse la toucher. Au lieu de quoi, elle soupira en fermant les yeux et se massa la nuque.

— Sher, qu'y a-t-il ? Pourquoi es-tu venue me trouver ?

Elle posa les yeux sur lui. Il vit sa lassitude. Comme si son enthousiasme de l'après-midi s'était mué en épuisement et en tristesse. Il ne faudrait pas grand-chose pour qu'elle sombre dans le désespoir.

— Laisse-moi t'aider, Sher. Laisse-moi...

— Je suis venue te demander de rentrer chez toi. Je ne peux pas passer mon temps à soigner Kit, j'ai déjà trop négligé mes responsabilités au théâtre. Généralement, c'est à Martha que je confie ce genre de tâches...

— Mais pour l'heure, elle est déjà occupée avec moi. Je comprends, Sher. Je ne veux pas être un fardeau.

La jeune femme secoua la tête.

— Je n'ai pas à me mêler de tes affaires. Si tu veux te cacher ici sans donner de nouvelles à ta famille, cela ne me regarde pas. Ils sont inquiets pour toi, tu le sais. Mais si tu préfères rester...

— Je suis resté pour toi, Sher. Parce que tu me rendais visite, ce que tu n'aurais pas pu faire si j'avais été chez moi.

Interdite, elle mit quelques secondes à absorber le sens de ses paroles. Puis elle posa les yeux sur ses mains croisées.

— Il vaudrait sans doute mieux que tu rentres chez toi et que tu laisses ton épouse te soigner.

— Mon épouse ne peut pas supporter ma vue. Si seulement tu comprenais comment cela s'est produit, Sher.

— Peu m'importe ! Tu es marié. Et je suis toujours fiancée à Kit. Il ne sait pas encore que c'est fini. J'ai essayé de le lui dire, mais il était ivre. Il n'a pas voulu m'écouter !

— Comment puis-je t'aider ? Je ferai tout...

— Pars, Brandon. Pars, je m'occuperai du reste.

— Laisse-moi faire quelque chose.

Elle pressa la paume de ses mains contre ses yeux.

— Non. Tout cela est encore trop confus dans ma tête. Je n'arrive pas à réfléchir quand tu es là.

— Très bien, concéda-t-il. J'attendrai chez moi. Tu n'auras qu'à m'envoyer un message...

— Non !

Elle cria si fort qu'il en fut déconcerté. Quand elle laissa retomber ses mains, il vit son expression malheureuse.

— Je n'enverrai pas de message. Je ne te contacterai plus. Je ne veux pas être ta maîtresse !

La mâchoire de Brandon se contracta. Il voyait enfin la vérité. Ses fiançailles avec Kit étaient sur le point d'être rompues, mais cela ne détruisait pas son rêve. Elle voulait toujours devenir une épouse et une mère respectable. Il aurait fallu être un infâme goujat pour lui refuser cet espoir.

Il aimait Sher. C'était pour lui une certitude. Donc, il ne pouvait qu'exécuter son souhait, même si cela lui brisait le cœur. À présent, il savait qu'il ne pourrait jamais la posséder et cette idée lui donnait envie de mourir.

— Appelle Hank et demande-lui de m'aider, articula-t-il. Je serai parti dans moins d'une heure.

— Tu n'es pas obligé de...

— Dans moins d'une heure, Sher ! Je ne t'encombrerai pas plus longtemps.

Il se redressa et s'assit dans le lit. Mais, submergé par la douleur, il dut attendre quelques secondes immobile. Tant mieux, songea-t-il. S'il se concentrait sur la souffrance physique, il pourrait évacuer plus facilement les pensées qui le torturaient.

— Je vais appeler Hank, dit Sher.

Elle s'attarda près de la porte, et comme il levait la tête, elle vit ses traits déformés par la souffrance.

— Il faut que je m'habille. Sors tout de suite, si tu ne veux pas voir un homme nu, grommela-t-il.

La jeune femme esquissa un semblant de révérence, l'air moqueur, et lança :

— Comme vous voudrez, monsieur le vicomte !

Puis elle s'éloigna en appelant Hank et Martha à haute voix.

Brandon bénit la douleur qui l'empêchait de penser à autre chose.

18

Brandon poussa un grognement en pressant son mouchoir contre son front. Il n'allait tout de même pas céder à la nausée dans sa propre voiture ! S'il devait respirer une telle odeur pendant tout le voyage, ce serait terrible ! Les roues passèrent dans une ornière et il agrippa instinctivement l'accoudoir. Ses doigts étaient crispés, et une crampe douloureuse lui engourdit la main. Peu importe, pourvu qu'il oublie un peu la nausée qui lui soulevait l'estomac. Il n'aurait pas dû tenter ce voyage jusqu'à Pottersfarm, près de Greenwich. Ou bien il aurait fallu qu'il prenne la précaution de boire auparavant quelque chose d'assez fort pour le plonger dans une bienheureuse somnolence.

Une autre ornière, juste assez profonde pour réveiller la douleur de sa blessure. Transpercé par une flèche, il poussa un cri. Assez, c'en était trop ! Il fallait qu'il s'arrête ! Rassemblant ses forces, il frappa au plafond, et se laissa retomber contre les coussins.

La voiture ralentit peu à peu, en se balançant dangereusement sur le chemin cahoteux. Le visage de Hank finit par apparaître à la portière.

— Oui, m'sieur, que…

Les mots moururent sur ses lèvres, et il pénétra d'un bond dans la voiture, attrapant Brandon par les épaules.

Ils eurent tout juste le temps de descendre et Brandon tomba à genoux, en proie à une violente nausée. Le garçon et le cocher le soutinrent, en prenant garde à ses blessures. Celles-ci le faisaient tout de même horriblement souffrir, mais dans le fond ce n'était sans doute pas plus mal, songea-t-il, à demi inconscient. Si la douleur devenait intolérable, il finirait par s'évanouir.

Il attendit un instant, plein d'espoir, mais demeura éveillé. Cinq minutes plus tard, il s'effondra dans l'herbe, et Hank dut l'empêcher de rouler dans le fossé.

— Nous ne sommes plus très loin maintenant, monsieur. Il ne reste qu'une demi-heure de route.

Une demi-heure. Autant dire un siècle.

— Tranche-moi la gorge, Hank. Achève-moi. Je t'en supplie.

— Vous vous sentirez mieux quand vous serez à la maison.

Certainement pas. Il se sentirait beaucoup plus mal une fois arrivé, mais il n'eut pas la force de le dire au gamin.

Ce dernier lui mit un morceau de pain blanc dans la main.

— Tenez. C'est de la part de lady Sher. Elle a dit que si vous étiez trop malade il fallait que je vous le donne. Pour éviter de vomir de la bile. Elle ne savait pas que vous voudriez faire ce voyage, bien sûr.

Brandon pinça les lèvres, refusant le pain. Sa souffrance explosa lorsqu'il entendit le nom de Sher. Il ne voulait rien d'elle. Elle méritait bien mieux qu'un homme dans son genre.

— Ben... il ne faut pas que ça se perde, grommela le cocher.

— Mange-le, Hank, marmonna Brandon d'une voix éteinte.

— Je ne peux pas ! Elle a dit que c'était pour vous. Je ne peux pas manquer à ma parole, monsieur. Pas avec lady Sher.

Brandon ne répondit pas. La brise séchait la sueur sur son visage. Un oiseau fit entendre son chant, un insecte se mit à bourdonner non loin de lui. Le vent léger apportait des senteurs douces et fleuries.

— C'est joli, ici, dit Hank. J'étais jamais sorti de Londres. Y a de meilleures odeurs, ajouta-t-il en humant l'atmosphère.

— Ouais, répondit le cocher. Il y a une auberge un peu plus loin. La cuisine est bonne.

Cet endroit plairait à Sher, songea Brandon, avec cette herbe verte et le parfum des fleurs. Ses enfants auraient de l'espace pour s'ébattre et les voisins étaient plus tolérants qu'en ville. C'était la raison pour laquelle il avait installé Channa ici. Les gens du coin ne voyaient pas d'inconvénient à avoir une Indienne parmi eux. Si seulement Channa avait fait l'effort de s'adapter !

Il inspira et eut l'heureuse surprise de constater que la nausée s'était un peu dissipée. La douleur s'était aussi atténuée. Elle resurgirait au premier mouvement, mais en attendant il profitait de ce répit.

Quand Hank présenta le pain devant ses lèvres, il ouvrit la bouche machinalement. Comme l'avait prévu Sher, les crampes d'estomac se calmèrent.

— Donne-lui aussi de l'eau, dit le cocher.

Hank pressa le goulot d'une bouteille contre sa bouche. Brandon n'avait pas le choix : il but. Puis il mâcha une nouvelle bouchée de pain.

— C'est bien, m'sieur. Lady Sher serait contente.

Brandon agrippa le poignet du gamin.

— Hank...

— Oui, m'sieur ?

— Prononce encore une seule fois le nom de lady Sher, et je te mets à la porte.

Il dormit une journée entière. Ses pensées étaient sombres et ses blessures douloureuses. Quand il s'éveilla le deuxième jour, il était las d'être enfermé dans cette petite chambre d'invité. Contre toute attente, Hank se révélait un excellent valet. Avec l'aide de la gouvernante, il avait rangé les vêtements de Brandon, et, surtout, il avait su garder tout le monde à distance. Quand son maître avait décidé de bouger, il l'avait rasé d'une main sûre et habile.

Et pas une seule fois il n'avait prononcé le nom de Sheherazade.

— Il y a du pain et de la confiture ! annonça gaiement le gamin. Mme Wiggins dit qu'il y aura bientôt de la crème fraîche et des fruits rouges. Mais pour aujourd'hui, ce sera de la crème anglaise.

Brandon n'eut pas l'estomac révulsé par ce menu, preuve que sa santé s'était nettement améliorée.

— Elle m'a permis de prendre aussi un peu de miel. Je n'en avais jamais goûté, mais elle dit que c'est ce qu'on doit mettre dans le thé.

— Elle a raison. Un problème ? s'enquit Brandon en voyant le gamin reculer pour le regarder.

— Non, monsieur. Mais c'est la première fois de la semaine que je ne vous entends pas maugréer contre Mme Wiggins ou autre chose.

Brandon se rembrunit. Était-il devenu à ce point irritable ?

— Finis de me raser, mon garçon, grommela-t-il, bourru. Comme apparemment je ne vais pas mourir cette semaine, j'ai décidé de me lever et de m'habiller.

Les yeux du garçon s'élargirent.

— Oui, m'sieur ! s'écria-t-il avec enthousiasme. Tout de suite, m'sieur !

— Prends garde, Hank. Maintenant que je suis guéri, il serait dommage de me trancher la gorge d'un coup de rasoir.

Il aurait préféré se raser lui-même, mais ses gestes étaient encore mal assurés. Chaque fois que la douleur resurgissait, ses doigts se mettaient à trembler. Il pouvait se sentir bien pendant quinze à vingt minutes, puis la faiblesse l'envahissait et il devait se reposer. Grâce au ciel, son état s'améliorait de jour en jour. À ce rythme, d'ici à une semaine il aurait retrouvé sa vigueur habituelle. Si seulement Sher avait été là, il aurait eu un prétexte pour demeurer conscient la journée entière.

Hank se concentra sur sa tâche. Il termina sans avoir versé une goutte de sang et recula avec fierté.

— Il faut que tu m'aides à m'habiller. Ensuite je voudrais rendre visite à Mme Wiggins, dit Brandon.

— Oui m'sieur, bien sûr !

Brandon fut sur le point de considérer le garçon avec un sourire affectueux, mais il se reprit. En temps normal, l'enthousiasme débordant du gamin l'aurait agacé. Mais il n'était pas de mauvaise humeur. Le soleil brillait, il était en bonne voie de guérison, et pour la première fois depuis son agression, il avait faim. S'il n'était pas encore complètement heureux, du moins n'était-il pas suicidaire.

Il était temps d'envisager de nouveau l'avenir, et de tâcher d'être heureux dans la mesure du possible. Ses pensées allèrent aussitôt à Sher, mais il s'interdit de continuer dans cette voie. Sher avait fait son choix, et lui aussi. Il fallait aller de l'avant, se répéta-t-il plusieurs fois, en enfilant des vêtements propres.

Une heure plus tard, après s'être entretenu gravement avec Mme Wiggins, il traversa le hall à pas lents pour se rendre dans la chambre de sa femme. En réalité c'était la chambre du maître, mais il l'avait abandonnée à Channa car celle-ci avait besoin de soins constants. Sa femme de chambre dormait dans la pièce voisine. Lors de ses rares visites, Brandon occupait la petite chambre d'amis, près de la nursery.

Nidra, la servante, ouvrit doucement la porte lorsqu'il frappa. Elle sourit et baissa la tête d'un air respectueux. Une peau brune, de grands yeux noirs et une jolie robe blanche. Nidra était adolescente à présent, et, à en juger par son apparence robuste, le climat anglais lui convenait à merveille. Ce n'était pas le cas de Channa, sa jeune maîtresse.

Assise près du feu, l'épouse de Brandon contemplait les flammes dans l'âtre. Des tissus chatoyants l'enveloppaient de la tête aux pieds, et les rares parcelles de sa peau qu'il apercevait étaient pâles et ternes.

— Nous ne sommes pas dans un bon jour, monsieur, expliqua Nidra dans un anglais parfait.

— Bonté divine ! Tu parles très bien, à présent !

La fillette gloussa, et plaqua vivement une main devant sa bouche en regardant sa maîtresse. Brandon se rappela que sa femme détestait le bruit. Tous les bruits, mais surtout les rires et les cris de joie. Cela faisait deux ans maintenant qu'elle passait ses journées assise devant le feu, en pensant à sa famille disparue. Il était temps pour tous deux de dissiper cette tristesse oppressante.

Il prit donc la main de Nidra, et l'écarta de devant sa bouche.

— J'aime t'entendre rire, dit-il. Il ne faut pas t'en empêcher.

Elle écarquilla les yeux, surprise par la fermeté de ses paroles. Puis hochant lentement la tête, elle reporta son attention sur Channa.

Sa femme n'avait pas bougé. Il se demandait même si elle respirait encore.

— Il paraît qu'il y a de la crème anglaise à la cuisine. Tu devrais aller en prendre un bol avant que mon valet ait tout englouti.

Les yeux brillants de joie, Nidra fit une brève révérence et s'enfuit dans le couloir. Brandon la regarda partir en souriant. Qu'ils soient indiens ou anglais, tous les enfants aimaient la crème.

Il entra dans la chambre et referma la porte derrière lui.

— Moi aussi, je me précipitais à l'office pour manger la crème, autrefois, dit-il dans la langue maternelle de son épouse. Celle de Cook est excellente. Je vais t'en faire monter un bol avant que Hank et Nidra aient tout mangé.

Il prit place dans un fauteuil devant la cheminée. La chaleur de l'âtre était presque insupportable.

— Tu te rappelles quand je te parlais de la crème anglaise, Channa ? Je te promettais que tu en aurais des bols pleins.

Comme il s'y attendait, il n'obtint pas de réponse. D'après Mme Wiggins, Channa passait ses jours et ses nuits assise devant les flammes. Un panier empli de tissus était posé à côté d'elle, avec une paire de ciseaux aux lames longues et effilées. Sa femme découpait toutes sortes de formes dans les tissus, et les jetait dans le feu.

Il se renversa contre le dossier, et une flèche de douleur se propagea de son dos jusque dans sa jambe. Il ne pourrait rester longtemps à bavarder avec son épouse.

— J'ai fait la connaissance d'une femme extraordinaire, Channa. La fille d'une actrice.

Channa demeura sans réaction, les yeux dans le vague.

— Elle n'est pas du tout réaliste, poursuivit-il avec un petit rire. Elle pense qu'elle peut devenir respectable,

Channa. Que le mariage lui donnera tout ce qu'elle désire.

Le regard de sa femme n'avait pas changé. Elle n'avait pas bougé. Il se pencha et chercha ses doigts sous les tissus qui l'enveloppaient. Elle se raidit, mais il attira doucement sa main à lui.

Elle était toute petite, et grise. Il se rappela la façon dont elle le touchait autrefois, avec un mélange d'excitation et de timidité. Elle était si pleine de vie, alors. Une jeune fille délicieuse. À présent, ses doigts étaient inertes, sans vie.

— C'est ridicule, continua-t-il. Mais elle est si forte, que je ne peux m'empêcher de croire qu'un jour elle atteindra son but.

Il prit ses doigts dans les siens, voulut l'attirer vers lui, mais en vain. Finalement, il se mit à genoux devant elle, l'obligeant ainsi à rencontrer son regard.

— Si elle peut le faire, ce devrait être encore plus facile pour nous, Channa. Nous étions heureux, autrefois. Nous pourrions l'être encore. Il faut essayer, Channa.

Elle garda le silence, mais son regard était rivé sur lui. Peut-être comprenait-elle.

— Dis-moi ce que tu veux, Channa, et je te le donnerai. Je suis un noble dans ce pays, un homme fortuné et respecté. Tu es ma femme, tu peux avoir tout ce qui te plaît. De beaux vêtements, la nourriture que tu aimes...

Naturellement, il lui avait déjà donné tout cela. Mais elle restait toujours prostrée.

— Nous pourrions voyager, si tu veux. Aller sur le Continent. Nous pourrons peut-être même visiter le nord de l'Inde...

Une étincelle passa dans ses yeux sombres.

— Cela te plairait ?

Il n'obtint pas de réponse.

— Ou bien... si tu veux devenir mère, nous pourrions essayer aussi. Je pourrai être un bon mari, si tu veux de moi. Nous aurions des enfants.

Il lui caressa la joue, en essayant de se concentrer sur elle, de ne pas voir une autre femme, un autre sourire.

Une douleur sourde le tenaillait, mais il attendit en silence, immobile. Il avait besoin d'un signe lui prouvant que Channa était toujours là, avec lui. Que son corps n'était pas qu'une coquille vide. Tout était possible, s'il y avait encore un peu de vie en elle.

— Channa ?

Les yeux noirs demeurèrent fixés sur lui, mais elle laissa retomber sa main libre. Il n'osa pas regarder ce qu'elle faisait, de crainte de perdre le contact avec elle. Néanmoins, du coin de l'œil il vit sa main glisser sous le fauteuil.

Il ne comprit pas tout de suite. Et quand il comprit, il ne voulut pas le croire. Il se rappelait encore son rire heureux, sa bouche qu'elle cachait à demi derrière sa main. Il revit la petite fille pieds nus, qu'il avait rencontrée en se rendant chez son père. Ses souvenirs étaient pleins de l'écho de sa voix mélodieuse, tandis qu'elle ordonnait à ses petites sœurs de ne pas ennuyer le gentleman anglais.

Aussi, quand elle brandit les ciseaux pour le frapper, fut-il abasourdi. Elle n'avait pas beaucoup de force, et il n'eut aucun mal à arrêter son geste. Alors même qu'elle luttait contre lui, il ne put chasser l'écho de son rire la première fois qu'il lui avait fait un clin d'œil... et qu'elle lui avait répondu.

Il maintint son bras en l'air et lui tordit doucement le poignet. Les ciseaux tombèrent avec fracas sur le sol. Ce n'est que lorsqu'il ramena sa main vide sur ses genoux, qu'il se rendit compte qu'elle parlait. Un mot, un seul mot qu'elle répétait d'une voix rauque.

— Maman ! Maman, maman, maman, maman !

Sa main se pressa sur son ventre et elle se balança d'avant en arrière.

— Maman, maman, maman !

Habitué à ce genre de crise, il se releva pesamment. Quand elle se balançait de cette façon, on ne pouvait plus lui parler. Cela durait des heures. Elle continuerait, sans boire et sans manger, jusqu'à tomber d'épuisement.

Il regagna la porte et l'ouvrit. Inutile d'appeler, Nidra attendait dans le couloir, les yeux élargis de frayeur. Il songea un instant à l'empêcher d'entrer, mais c'était ridicule. Tout le monde dans la maison était habitué à ces crises.

Aussi il s'écarta, mais demeura dans la chambre. C'était sa femme, il devait l'aider dans la mesure du possible. Nidra se précipita à côté d'elle, et lui chanta une berceuse, en hindi. Il ne comprenait pas les paroles de la chanson, mais il entendit Channa répéter sans fin le même mot.

— Maman, maman, maman !

Les yeux fermés, il s'adossa au mur. La douleur se propagea dans son torse et dans son dos. Bientôt, un nom se mit à tourner dans sa tête, couvrant l'étrange litanie de sa femme.

Sher. Sher. Sher.

19

Brandon s'essuya la joue et ne fut pas étonné de voir du sang sur son mouchoir. Non content de lui avoir craché au visage, Channa l'avait sauvagement griffé. Du moins n'avait-elle pas utilisé les ciseaux, cette fois. Était-ce un progrès ? Pas vraiment, puisqu'il lui avait retiré cette arme après sa première tentative pour le tuer.

Une semaine avait passé, dans ce cadre campagnard idyllique. Chaque jour, il essayait de se rapprocher de sa femme, mais en vain. Rien n'avait d'effet. Ni le respect, ni la fermeté, ni les caresses. Cet affrontement les épuisait. Channa était de plus en plus déchaînée, et il se retirait dans la bibliothèque de plus en plus tôt le soir.

Il était presque midi quand il entendit un cavalier approcher. Enfermé dans la chambre avec Channa, il lui lisait un livre qu'il avait acheté en Inde. Il ne maîtrisait pas parfaitement la langue maternelle de la jeune femme, mais comme c'était un livre d'enfant, il connaissait presque tous les termes. Elle se balançait toujours en gardant les yeux fixés sur les braises, mais son chant répétitif s'était tu. Il posa le livre avec soulagement.

— Tu entends, Channa ? Ce doit être le médecin. Tu te souviens du Dr Dandin, n'est-ce pas ? Il a étudié à Londres. Je vais discuter avec lui, et il montera te voir après déjeuner. Tu veux bien le voir ?

Channa demeura sans réaction, mais Nidra leva la tête. La jeune fille était vive, curieuse, comme Channa autrefois. Repoussant des pensées moroses, il se leva. Sa blessure était guérie, et il ne ressentait que quelques tiraillements de temps à autre. Il était déjà dans l'escalier, quand Mme Wiggins ouvrit la porte d'entrée.

— Bonjour mon...

— Il est là ? Est-ce que Brandon est là ?

Brandon reconnut la voix grave de son frère. Ce dernier était dans le hall. Il ne l'avait jamais vu aussi sale ni aussi fatigué. Seigneur, il avait vieilli de dix ans !

— Michael ? Que se passe-t-il ? Est-il arrivé malheur à mère ?

Michael leva les yeux, et il y décela un mélange d'irritation et de soulagement.

— Crénom, Brandon ! La prochaine fois que tu décides de partir à la campagne, pense à laisser des consignes à ton valet. Nous étions fous d'inquiétude pour toi !

— Je n'ai pas de valet, répliqua Brandon en embrassant son frère.

— Raison de plus pour en engager un.

Le regard de Michael engloba la gouvernante, une servante, un valet de pied.

— Y a-t-il une bibliothèque, où nous pourrions parler tranquillement ?

— Bien sûr. J'ai cru que c'était le médecin qui venait voir Channa.

— Ta maîtresse indienne. Elle ne va pas mieux ?

— Mon épouse, rectifia Brandon. Non, ça ne va pas.

Michael eut un geste désinvolte de la main. Une cérémonie de mariage indoue n'était pas reconnue par la loi britannique, donc pour lui son frère n'était pas marié à cette femme. Il préférait la considérer comme une maîtresse, ce que Brandon trouvait presque risible. Il ne se serait pas trouvé dans une situation aussi difficile s'il n'avait pas eu une responsabilité morale envers Channa.

Mais ce n'était pas la question du jour. Les deux hommes gagnèrent la bibliothèque sans discuter davantage. Michael alla droit à la desserte sur laquelle trônait une carafe de brandy. Brandon tira la chaise derrière son bureau et l'orienta vers le seul autre siège de la pièce, de façon à avoir la vue sur la fenêtre. Michael se servit un grand verre de brandy, ce qui laissa Brandon perplexe.

Son frère devait être très perturbé pour boire autant avant le déjeuner de midi, et sans lui demander son avis. Mais Michael était comte et il avait l'habitude de n'en faire qu'à sa guise.

— Qu'est-ce qui t'a mis dans cet état ? Sûrement pas mon absence.

— J'ai envoyé une lettre ici il y a deux semaines, mais la gouvernante m'a répondu que tu n'étais pas là.

Brandon garda le silence. Il n'avait pas à s'expliquer.

— Ensuite, j'ai placé un valet devant ta porte en attendant que tu reviennes. Je n'aurais jamais su que tu étais là si tu n'avais pas envoyé ce cocher chercher tes papiers.

Cette remarque inquiéta Brandon. Le cocher n'était parti que ce matin, et il était censé rentrer le soir même. Cela voulait dire que Michael s'était précipité ici ventre à terre dès qu'il avait su où le trouver.

— Michael, vas-tu parler ? Que se passe-t-il ?

Son frère posa son verre, et fit un effort visible pour se ressaisir.

— Kit est mort. Désolé de te l'annoncer aussi brutalement, mais c'est la vérité. Il est mort.

— Mort ? D'une chute ? Ce n'est pas possible.

— Quoi ? Une chute ? Non ! Il a attrapé une maladie, sans doute avec cette actrice.

— Sher est malade ?

Ce n'était pas ce qu'il aurait dû dire. Mais les mots lui échappèrent, ce fut plus fort que lui. Michael fronça les sourcils.

— Je n'en ai pas la moindre idée. Elle semblait en pleine forme la dernière fois que je l'ai vue. Mais tu m'as entendu, oui ou non ? Kit est mort !

— Oui, j'ai entendu.

Comment était-ce possible ? Sher avait dit qu'il s'était assommé en tombant. Avait-elle parlé d'une fièvre ?

— Que s'est-il passé ?

Michael vida son verre sans même songer à s'asseoir.

— Je te l'ai dit, il était malade. Dans le lit de cette femme. Tante Adélie est folle de chagrin, et grand-maman n'a pas quitté sa chambre depuis des jours. L'enterrement a lieu demain, dans l'intimité. Uniquement la famille.

Brandon traversa la pièce en trois enjambées pour tirer le cordon, puis se ravisa et appela un valet dans le hall.

— Faites seller mon cheval sur-le-champ.

— Très bien, grommela Michael. Mais prenons le temps de déjeuner d'abord. J'ai besoin de me reposer et les funérailles n'auront lieu que demain.

— Prends ton temps, répliqua Brandon en lui jetant un vague coup d'œil.

Puis il tourna les talons et sortit. Trois minutes plus tard, il était en route. Il fallait qu'il voie Sher.

Il la trouva dans le foyer. Pâle et aussi calme qu'à son habitude, elle essuyait des verres et les rangeait sur la desserte pour la représentation du soir.

Elle portait une modeste robe marron clair, avec un fichu sur les épaules. Ses mouvements étaient précis et gracieux, mais son regard vide de toute expression. Son énergie avait disparu, ses gestes étaient lents.

Il saisit tout ceci d'un seul coup d'œil. En un instant il fut à ses côtés et la prit dans ses bras. Elle s'agrippa à lui avec la force du désespoir. Il respira l'odeur de ses cheveux et l'embrassa sur la tempe.

Pendant un moment, ils n'échangèrent pas un mot. C'était inutile. Son corps léger vibrait contre le sien, et il comprit qu'elle luttait contre les larmes. Il relâcha à regret son étreinte et murmura :

— Viens avec moi.

— J'ai des responsabilités ici, protesta-t-elle en secouant la tête.

Le col de sa chemise était ouvert, et son souffle lui effleura le cou. À cet instant, Seth surgit dans la pièce, l'air sombre et menaçant. Brandon lui lança un regard noir.

— Je l'emmène avec moi ce soir, et demain nous irons à l'enterrement.

— Ils ne me laisseront pas entrer…

— Pouvez-vous rassembler quelques affaires pour elle ? ajouta-t-il sans tenir compte de sa remarque.

Seth eut un instant d'hésitation, et elle répéta :

— Ils ne voudront pas de moi dans l'église. Le comte a été très clair sur ce point.

— Je me moque comme d'une guigne de ce qu'a dit Michael. Tu entreras avec moi.

Seth prit sa décision, fit un signe de tête à Brandon, et sortit pour aller chercher les affaires de Sher.

— Je ne veux pas provoquer une scène à l'enterrement… Ce serait un manque de respect, protesta Sher en le repoussant. Ils ont perdu un fils.

Brandon lui caressa le visage, stupéfait de sa considération pour une famille qui la rejetait.

— Et toi tu as perdu ton fiancé. Tout se passera bien, Sher. Tu mérites d'assister à la cérémonie, et je veillerai à ce que tu sois présente.

Elle hocha la tête, les yeux brillants de larmes.

— J'irais jusqu'en enfer pour toi s'il le fallait. Tu dois le savoir.

Il ne put en dire davantage, car à cet instant Annette et son petit chien entrèrent dans le foyer. L'animal, surexcité, courait partout en jappant. Annette était aussi agitée que lui et ne cessait de jacasser en traînant un gros sac de voyage derrière elle.

— J'ai mis des sous-vêtements propres, et tes produits de maquillage. Nous n'avions qu'une seule robe noire, c'était celle de Lady Mountback, dans la pièce de l'année dernière, tu te rappelles ? Elle n'est pas à ta taille, mais j'ai rétréci le corsage avec des épingles. Fais attention de ne pas te blesser en l'enfilant. Tes chaussures sont noires, et elles feront l'affaire, même si des mules auraient été plus adaptées. Pense à ne pas faire claquer les talons en avançant dans l'allée de l'église St James.

— Merci, dit Brandon en prenant le sac des mains d'Annette.

Il poussa Sher vers la porte, mais la jeune femme continua de les suivre avec son petit chien.

— Ne t'inquiète pas pour nous, Sher. Delilah m'aidera à gérer les choses ici pendant quelque temps. Seth peut nous avancer de l'argent. Ne te fais pas de souci. Nous sommes vraiment désolés pour toi. C'était un homme tellement charmant ! Polly l'adorait, il ne la grondait jamais, même quand elle faisait pipi sur ses chaussures.

Ils parvinrent dans le hall. Brandon était si occupé à transporter le sac encombrant, qu'il ne vit pas tout de suite ce qui se passait. Toute la troupe s'était rassemblée. Les hommes ôtèrent leur chapeau sur leur passage, les femmes firent la révérence, et tous murmurèrent des paroles de condoléances.

Brandon avait l'habitude de voir les domestiques en livrée se regrouper pour accueillir le comte et la comtesse. Il n'aurait jamais cru voir une troupe d'acteurs et de machinistes faire de même. Cela en disait long sur l'affection et le respect qu'ils éprouvaient pour Sher.

Celle-ci ne versa pas une larme, mais elle eut un mot de remerciement pour chacun d'eux. Son attitude pleine de dignité était celle d'une vraie dame. Néanmoins, son accablement était visible. Ses épaules étaient voûtées, ses gestes nerveux. Il fallait qu'il l'emmène rapidement à l'écart.

— Trouve-nous un fiacre, demanda-t-il à l'un des garçons en lui lançant une pièce.

Le gamin fit un signe de tête et sortit, vif comme l'éclair. Puis Brandon s'adressa à Seth :

— Pouvez-vous ramener mon cheval à l'écurie ? Je vais faire le trajet avec Sher.

Seth acquiesça et disparut à son tour. Puis Brandon attendit, tandis que Sher se tournait vers ses amis pour les remercier. Enfin, le fiacre s'arrêta devant le théâtre. Brandon donna ses instructions au cocher et aida Sher à prendre place dans la voiture.

Lorsque les chevaux se furent remis en route, elle se tourna vers lui, posa la tête sur son épaule, et pleura enfin tout son soûl.

20

Sher était habituée à la mort. Elle avait vu mourir sa sœur, puis sa mère. Et aussi Pappy, et des dizaines d'autres, jeunes et vieux. La mort était un spectre qui ne la quittait pas. Elle avait pleuré lors d'enterrements, elle avait tenu des amis dans ses bras, à la disparition d'un des leurs.

Mais jamais elle n'avait éprouvé un tel désespoir. C'était comme si son âme avait disparu avec Kit. Seul son corps demeurait, telle une coquille vide.

La voiture s'arrêta. Ses larmes s'étaient taries, mais elle pressait toujours son visage contre le torse de Brandon.

Elle se redressa, et il laissa sa main glisser dans son dos. Puis il prit son mouchoir pour lui essuyer le visage.

— Tu peux marcher ?

Elle répondit par un signe affirmatif. Naturellement, elle pouvait marcher, même si ses jambes semblaient de plomb et que l'air était irrespirable.

Avec l'aide de Brandon, elle descendit de voiture et se rembrunit aussitôt en voyant qu'ils se trouvaient dans la cour d'une auberge à la lisière de Londres. *The Barking Dog.* Elle n'y avait jamais séjourné, mais l'établissement était connu. Il était propre, destiné aux marchands, mais n'était pas fréquenté par les aristocrates.

Brandon répondit à sa question muette.

— Je ne peux pas t'emmener chez moi, car je n'ai pas de domestiques pour s'occuper de toi. Ici, tu pourras avoir un bain chaud, un bon lit, et un repas copieux. Je prendrai une chambre voisine de la tienne, mais tu n'as rien à redouter.

Il la guida à l'intérieur de la salle, en lui posant une main sur la taille. Instinctivement, elle se serra contre lui. Tout au fond d'elle-même, elle savait qu'elle ne supporterait pas de passer la nuit seule. Mais elle se mouvait dans une sorte de brouillard cotonneux, et avait du mal à parler.

Par chance, Brandon n'avait pas besoin de mots pour la comprendre.

— Je serai à côté, Sher. Il faudrait être un malotru pour...

Il s'interrompit en voyant l'aubergiste venir vers eux d'un air à la fois affairé et accueillant. Brandon donna ses instructions, puis il aida Sher à monter. Ils pénétrèrent dans une chambre spacieuse et confortable. Après avoir fait asseoir la jeune femme dans un fauteuil, il murmura :

— Un instant, je te prie. Laisse-moi tout régler.

Elle ne répondit pas, et tourna le regard vers la fenêtre.

Que lui arrivait-il ? se demanda-t-elle dans un brouillard. Ce matin encore, elle avait trouvé la force de travailler, de revoir les comptes, de nettoyer les verres. Pourquoi était-elle soudain trop épuisée pour bouger ? Cela n'avait aucun sens.

Aussi bizarre que cela parût, elle ne parvenait pas à sortir de sa léthargie. Quand Brandon était arrivé et avait pris la direction des opérations, elle n'avait pas eu la force de lui résister. Elle regarda les feuilles d'un érable frémir sous la caresse du vent dans la lueur du soleil déclinant. Le vert tendre des nouvelles feuilles de printemps brillait dans la lumière.

— Prends une tranche de pain, Sher.

Elle prit le pain et le mangea, puis fixa son attention sur Brandon. Il sourit, bien que son regard fût soucieux. Elle aurait aimé lui dire qu'elle allait bien, mais la léthargie semblait prendre le dessus.

— Tu devrais goûter ce ragoût, suggéra-t-il en lui tendant une assiette. Il est simple mais délicieux.

Elle prit l'assiette et se mit à manger.

— C'est très bon, dit-elle, bien qu'elle ne trouvât aucun goût à la nourriture.

Il sourit, et elle remarqua ses yeux sombres et graves. Presque noirs. Elle respira son haleine mentholée. Elle adorait l'odeur de la menthe.

— Finis de manger, avant de prendre ton bain.

Elle avala tout le contenu de l'assiette, sous son regard attentif.

— Ton bain est prêt, dit-il quand elle eut fini. Cette jeune femme s'appelle Marie, elle va t'aider pendant que je ramène l'assiette à la cuisine.

Il se leva et l'aida à en faire autant. Elle avait l'impression d'être une poupée de chiffon. Marie vint la prendre par la main et l'entraîna vers le tub.

— Je reviendrai quand tu auras fini. Tu comprends ?

— Bien sûr, répondit-elle d'une voix claire.

À peine fut-il sorti, cependant, que tout son intérêt pour le monde qui l'entourait disparut. Elle se revit dans sa propre chambre, contemplant le visage de Kit, pâle comme de la cire.

Marie la déshabilla, la fit entrer dans la baignoire, et la lava. Peu à peu, l'eau chaude lui fit du bien. La bulle de silence qui l'enveloppait finit par se briser, et elle prit conscience du monde extérieur.

Elle put sortir seule de la baignoire, se sécher, et enfiler une robe de chambre avant d'aller se rasseoir à la fenêtre. Les ombres s'allongeaient, projetant leurs formes fantasmagoriques sur les pavés. Un brouhaha montait de la salle de l'auberge, ponctué parfois d'un éclat de rire. Ces bruits familiers contribuèrent à l'apaiser, après le repas et le bain.

Un parfum de menthe attira son attention. Brandon se tenait à la porte de la chambre. Il avait pris un bain, lui aussi. Ses cheveux étaient humides, ses vêtements propres. Il portait un pantalon noir et une chemise blanche au col largement ouvert. Pas de chaussures.

— Comment te sens-tu, Sher ?

Elle aimait sa voix mélodieuse, à l'accent raffiné.

— Beaucoup mieux, Brandon. Merci. Étais-tu vraiment si inquiet ?

Il vint s'asseoir face à elle.

— Sher, je ne t'avais jamais vue aussi éteinte. C'était... angoissant.

— La nourriture m'a fait du bien. J'aurais dû penser à manger plus tôt.

Il se leva en souriant, et alla chercher un plateau de fromage et de pain qu'elle n'avait pas remarqué.

— Mange encore.

Elle prit un morceau de fromage pour lui faire plaisir. C'était bon. Elle mâcha en silence et s'aperçut qu'elle avait encore faim. Brandon se détendit en la regardant.

— Où étais-tu passé ? s'enquit-elle. J'ai envoyé un message chez toi, mais il n'y avait personne. Même pas Hank.

— J'ai une maison dans un village à deux heures de Londres. C'est un lieu tranquille et retiré. Idéal pour une convalescence.

Sher se demanda si son épouse se trouvait là-bas. L'avait-elle veillé la nuit, en soignant ses blessures et en priant pour lui ? Elle n'eut pas la force de poser la question.

— Tu sembles aller mieux, dit-elle simplement. Tes blessures...

— Guéries. Elles me font juste un peu souffrir quand je fais des efforts. Je suis désolé de ne pas être venu te retrouver plus tôt. Michael n'a débarqué chez moi que ce matin, je n'étais au courant de rien.

Personne ne s'était attendu à une mort aussi soudaine. Kit était si jeune, si vivant ! Sentant la main de Brandon sur sa joue, Sher leva les yeux.

— C'est arrivé brusquement, murmura-t-elle. Il avait la fièvre. Le médecin m'a dit de le laisser cuver son vin. Mais ensuite, il s'est mis à tousser.

Il posa les mains sur les poignets de Sher, lui communiquant sa chaleur.

— J'aurais dû appeler un autre médecin. Mais j'étais occupée au théâtre et Martha disait que ça allait passer. Je savais qu'il était malade, mais...

— Kit était jeune et fort. On ne pouvait prévoir une chose pareille.

— Il était dans mon lit, je lui ai tenu la main toute la nuit. Le matin, il était gris. J'ai compris que c'était fini. J'ai envoyé Seth à ta recherche.

— Je suis désolé, Sher.

Elle secoua la tête. Brandon n'avait aucune raison de rester à Londres. C'était elle-même qui l'avait chassé.

— Ensuite, j'ai essayé de contacter le comte. Je ne pouvais pas garder Kit chez moi, alors qu'il agonisait. Ils méritaient de savoir...

— Ils ne méritaient rien. Kit t'avait choisie, je suis sûr qu'il voulait rester avec toi.

Sher se mordit les lèvres. C'était vrai. Kit lui-même le lui avait dit, dans ses moments de lucidité. La dernière chose qu'il voulait, c'était voir sa mère, ou la comtesse.

Après la fameuse invitation à prendre le thé, son opinion sur Lily avait radicalement changé.

— Mais sa mère avait le droit de lui dire adieu…

Brandon la prit dans ses bras. Elle s'abandonna, enfouit la tête contre l'étoffe de sa chemise, écoutant les battements de son cœur, respirant son odeur… Il n'y avait rien de plus merveilleux au monde.

— Je suppose que Michael s'est mis à distribuer des ordres dès qu'il a connu la situation.

— En effet. Il n'a jeté qu'un coup d'œil à Kit, et m'a demandé de lui dire adieu. Il savait. Nous savions tous les deux qu'il était perdu. Il m'a ordonné de ne plus approcher la famille, car ce serait trop cruel pour la mère de Kit.

Elle n'avait rien d'autre à raconter. Le comte avait emmené Kit et quelques jours plus tard elle avait reçu un bref message l'informant de sa mort. Comme un sanglot lui noua la gorge, Brandon resserra son étreinte et la prit sur ses genoux. Elle se pelotonna contre lui et pleura toutes les larmes de son corps.

Elle s'éveilla quelques heures plus tard, toujours dans ses bras. Il faisait nuit. Un orage se préparait, la lune et les étoiles étaient cachées par les nuages. L'obscurité qui les enveloppait donnait à la scène un aspect irréel.

Brandon avait dormi, comme elle. Sa tête reposait contre le bord du fauteuil. Il ouvrit les yeux et la regarda.

— Tu ne dois pas être à l'aise, murmura-t-elle.

— Je suis très bien.

C'était forcément un mensonge, mais l'idée qu'il l'avait gardée dans ses bras malgré la position inconfortable lui fit plaisir.

— Je ne mens pas, Sher. Mon dos me fait souffrir, mais cela n'est rien. Le fait de te tenir dans mes bras est un réconfort. Je suis prêt à endurer toutes les courbatures, en échange de ce bonheur.

— Merci, chuchota-t-elle en lui caressant la joue. Kit ne m'a jamais tenue dans ses bras. Nous ne nous touchions pas comme cela. Il n'était pas…

— Pas assez mûr ? suggéra-t-il.

— J'allais dire « pas assez calme ». Il bougeait sans arrêt.

— Il avait de l'énergie, et il te faisait rire.

— Il faisait rire tout le monde. Même s'il mettait notre vie sens dessus dessous.

C'était le sentiment de la troupe. Kit était un gentil garçon. Avec des idées stupides pour le théâtre, mais un gentil garçon tout de même.

— Il ne m'a jamais touchée comme tu le fais. Il ne me regardait pas comme cela non plus.

— Kit était…

— Un gentil camarade.

Brandon émit un petit rire de gorge, mais ne relâcha pas son étreinte.

— Oui, acquiesça-t-il. Un gentil camarade. Il en faudrait davantage, dans ce monde.

Sher ferma les yeux, savourant le silence et le contact de Brandon. Elle était consciente de sa poitrine se soulevant au rythme de sa respiration, de la chaleur qui se dégageait de son corps, de son souffle parfumé. Depuis l'instant où le comte avait fait emporter Kit, Sher s'était sentie coupée du monde, incapable de communiquer. Mais ce soir, dans cette chambre, Brandon la maintenait en vie. Il y avait longtemps qu'elle ne s'était pas sentie aussi vivante.

— Touche-moi, Brandon. Je t'en prie, touche-moi.

Les mains de Brandon se figèrent.

— Parfois, j'ai l'impression d'être morte avec Kit, ajouta-t-elle.

— Tu n'es pas morte, Sher. Tu éprouveras encore des sentiments.

Elle pressa les lèvres contre son cou. Il était chaud, sa peau était un peu rude.

— Tu le regretteras demain, dit-il.

— Non. J'y penserai et je me rappellerai ce que c'était d'être vivante.

Elle lui prit le visage et l'attira vers elle. Il voulut résister, mais elle insista. Il finit par céder et l'embrassa avec la fougue qu'elle connaissait. Il avait envie d'elle, et quand il l'embrassait comme ça, tous ses sens revenaient à la vie.

Elle l'enlaça, leur baiser se prolongea. Quand ils finirent par se séparer, elle pressa le visage contre son épaule, haletante. Et soudain, il la souleva.

— Brandon ! s'exclama-t-elle.

Il posa les yeux sur elle et demeura immobile un instant. Elle comprit.

— Ne t'arrête pas, Brandon, fit-elle dans un souffle.

Il ne répondit pas et franchit en deux enjambées l'espace qui les séparait du lit.

21

Brandon était un homme de haute stature. Son corps était mince, ses muscles bien dessinés.

Il était grand, solide, à côté d'elle. Et cependant, quand il toucha son visage, ses doigts tremblaient. Elle croisa son regard et y vit une grande intensité, un feu qui ne brûlait que pour elle. Il se pencha pour l'embrasser avec délicatesse. Ses lèvres étaient douces, légères.

Elle était allongée sur le lit, vêtue d'une robe d'intérieur qui avait autrefois appartenu à sa mère. Le coton usé était décoloré, les parures de dentelle avaient disparu. Elle portait en dessous une chemise de nuit tout aussi vieille et confortable. Ses vêtements n'étaient pas faits pour la séduction, ils auraient mieux convenu à une femme mûre à la vie rangée.

Brandon n'y prit pas garde. Il lui embrassa le front et les yeux, en repoussant du bout des doigts ses boucles emmêlées. Elle lui agrippa les épaules pour l'inciter à l'embrasser avec autant de passion qu'auparavant, mais en vain. Il inhala le parfum de ses cheveux, lui mordilla l'oreille, mais sans passion excessive.

— Brandon, chuchota-t-elle en se cambrant contre lui. Ne sois pas aussi délicat avec moi.

Il portait encore tous ses vêtements, mais elle percevait tout de même la chaleur de son corps.

— Ma chérie...

Il la fit rouler sur le lit et s'allongea, mais pas aussi près qu'elle l'aurait souhaité. Tout en enroulant ses boucles brunes sur ses doigts, il lui embrassa le cou.

— Il y a si longtemps que j'ai envie de cela, je ne vais pas me précipiter maintenant.

Elle ne voulait pas qu'il se précipite. Elle avait envie qu'il la prenne, qu'il la possède, la submerge de son désir. Mais il n'était pas décidé. Elle lui prit le menton, et soutint longuement son regard. Il arqua les sourcils, l'air interrogateur. Quand elle fit glisser sa main sur ses joues et ses lèvres, il ne broncha pas. Elle laissa retomber ses doigts.

— Oui, dit-elle, sans savoir exactement à quoi elle répondait.

Souriante, elle lui offrit ses lèvres. Leurs bouches s'effleurèrent, se caressèrent. Un long frisson lui parcourut le corps. Elle lui toucha les lèvres du bout de la langue ; elles s'entrouvrirent et ils échangèrent un baiser.

Alors, elle posa les doigts sur sa chemise, et défit les boutons un à un. Mais elle ne put aller jusqu'au bout, son corps viril pesant trop lourdement sur le sien pour qu'elle puisse dégager les pans du vêtement. Alors, elle abandonna, et se contenta de promener les doigts sur son torse. Sa peau était douce, et elle trouva ses mamelons durs et plats. Il frissonna quand elle les caressa.

Il se hissa au-dessus d'elle, et approfondit enfin son baiser. Elle s'offrit sans réserve, faisant glisser ses mains sur son dos. Mais la chemise gênait ses mouvements, et elle poussa un gémissement de protestation.

Il ne parut pas s'en apercevoir, trop occupé à prendre possession de sa bouche. Elle le laissa faire un instant, puis le surprit en le mordillant.

Le jeu lui plaisait. Elle aurait pu le poursuivre pendant des heures. Ou peut-être non, pas aussi longtemps, car elle l'attira vers elle pour qu'il continue de prendre sa bouche.

Elle percevait les battements fous de son cœur. Haletante, éperdue, elle lui agrippa les épaules, puis essaya de lui arracher sa chemise, sans y parvenir. Finalement, il roula sur le côté et l'ôta lui-même. La lumière dorée des braises jouait sur sa peau nue, faisant saillir ses muscles durs.

Il la débarrassa de sa robe et de sa chemise de nuit. Ses doigts virils glissèrent sur sa peau et il lui taquina les mamelons, encore et encore.

— Brandon, souffla-t-elle. Brandon !

Elle se redressa soudain, consciente d'être nue devant cet homme qui n'était pas son mari et ne le serait jamais. Malgré l'ivresse que lui procurait ce moment hors du temps, elle ne pouvait tout à fait supprimer de son esprit l'idée qu'elle acceptait un homme dans son lit, en dehors des liens du mariage. Son rêve de vie respectable s'éloignait de seconde en seconde. Ou peut-être s'était-il évanoui depuis longtemps.

— Je commence à réfléchir, et ça ne me plaît pas, murmura-t-elle. Nous allons trop lentement.

Tout en parlant, elle tenta de glisser la main sous la ceinture de son pantalon.

— Tu as donc l'avantage sur moi, car je n'arrive pas à aligner deux pensées cohérentes, répondit-il, la voix rauque.

Il repoussa sa main et déboutonna ses vêtements d'une main habile. Puis il se leva pour se débarrasser de son pantalon, et se trouva nu, comme elle.

— Tu as peur ? dit-il, voyant qu'elle le regardait.

Elle secoua la tête sans le quitter des yeux, tendit la main et prit son sexe entre ses doigts, le caressant longuement. Puis elle se pencha, approchant ses lèvres.

Il se crispa. Elle ne l'avait jamais embrassé. Pas comme ça. Il l'arrêta, posant une main sur sa joue, puis lui prit le menton pour la forcer à le regarder.

— Je n'arriverai pas à me contenir. C'est ce que tu veux ?

Sher fit non de la tête. Elle voulait le recevoir en elle. Elle voulait même porter son enfant. Mais elle repoussa cette pensée en frissonnant.

— J'essaierai de ne pas répandre ma semence en toi. J'essaierai de...

— Non, il existe d'autres moyens.

Elle avait appris cela avec les actrices. Descendant du lit, elle alla prendre son sac. C'était Annette qui l'avait préparé, et Annette avait l'esprit pratique.

— Peux-tu allumer une bougie ?

Il fit ce qu'elle demandait et approcha la bougie de la coiffeuse. Sher trouva ce qu'elle cherchait : un flacon de verre et une éponge. Il fallait imprégner l'éponge de vinaigre, et l'introduire en elle le plus profondément possible. La méthode n'était pas infaillible, mais c'était mieux que rien.

Elle se redressa et lui sourit dans le miroir. Leurs yeux se trouvèrent et il comprit sans qu'elle ait besoin de parler. Il vint se camper derrière elle. Elle sentit la chaleur de son corps, son sexe se pressant contre ses reins. Puis il pencha la tête et l'embrassa, juste sous l'oreille. Ses mains se posèrent sur son ventre, remontèrent, saisirent ses seins.

Elle s'étira, pressant ses hanches contre les siennes et laissant retomber la tête sur son épaule. Il continua de lui caresser les seins et elle frissonna de plaisir.

— Il faut que j'utilise l'éponge, murmura-t-elle.

Il resserra son étreinte, l'empêchant de bouger, et pressa son sexe contre ses reins. Elle tenta de se hisser sur la pointe des pieds, pour qu'il se positionne entre ses jambes, mais il continua ses caresses.

— Je ne veux pas prendre de risque, chuchota-t-il.

— Cela ne prendra qu'une seconde.

Cependant, elle ne fit pas mine de se dégager. Elle ne serait pas terriblement malheureuse, si elle se retrouvait enceinte de lui. Tout enfant était une joie, mais son enfant à lui... Cette seule pensée l'emplit de bonheur.

— Je ne prendrai pas de risque, répéta-t-il.

Sa main glissa le long de son ventre et s'insinua entre ses jambes.

— Penche-toi en avant, dit-il en pressant son torse contre son dos.

Elle prit appui sur la coiffeuse. Elle se voyait distinctement dans le miroir, avec la pointe de ses seins dure et tendue. Penché au-dessus d'elle, il tenait son sein gauche dans sa main. Ses traits étaient précis, bien sculptés. Il la caressa entre les jambes.

Elle était prisonnière de son corps viril. Ses bras lui enserraient le buste, il était plaqué contre son dos. Ses jambes s'insinuèrent entre les siennes. Son sexe tendu se pressa sur ses reins, tandis que ses doigts s'introduisaient en elle pour la caresser.

Elle poussa un soupir. Il déposa un baiser sur son épaule, lui mordillant le cou au passage. Elle s'arqua en sentant ses doigts s'enfoncer profondément en elle, puis se retirer.

Un éclair de chaleur l'embrasa. Elle se cambra, mais elle pouvait à peine bouger. Puis ses pensées s'évaporèrent, son souffle se fit saccadé. Brandon la soutenait tout en poursuivant ses caresses.

Elle gémit, sans le quitter des yeux. Ses mouvements se faisaient de plus en plus rapides, sa respiration s'accélérait...

Tout à coup, une vague de plaisir surgit et se propagea dans son corps. Fermant les yeux, elle poussa un cri. Brandon la maintint serrée contre lui.

Les vagues commençaient juste à diminuer, quand il changea de position, pressant son sexe contre ses reins avec une force qui la déconcerta.

Ses traits étaient tendus, ses yeux ardents. Et soudain, la jouissance le submergea. Il accentua son va-et-vient et elle sentit son corps vibrer contre son dos. Il perdit le contrôle, rejetant la tête en arrière.

L'espace d'un instant, ils furent unis dans le même plaisir intense et délicieux, puis ils redescendirent peu à peu sur terre. Le temps reprit son cours et ils s'affaissèrent sur la table de toilette, tremblants, pantelants. Au bout d'un moment, il se redressa lentement.

Il y avait une bassine et un broc d'eau sur la coiffeuse. Mouillant un linge, Brandon lui essuya le dos, puis l'aida à s'installer dans le lit, avant de s'allonger à côté d'elle. Elle posa la tête au creux de son épaule, le bras sur sa poitrine, et il la serra contre lui.

Les mots étaient inutiles. Sher ferma les yeux et quand Brandon lui prit la main, elle se rendit compte qu'il sombrait déjà dans le sommeil.

Elle se repassa les événements de la soirée. Elle songea à son propre plaisir, et revit Brandon, submergé par la jouissance. Il était beau, avec son corps viril, mince et puissant. Mais surtout, il était bon et généreux. Quel homme aurait renoncé à son propre plaisir pour lui éviter une grossesse ? Quel homme aurait pensé à l'emmener dans une auberge, à lui faire préparer un bain et un repas, sans exiger davantage ? Et quel homme était capable de l'écouter et de la comprendre ?

Personne n'avait jamais fait tout cela pour elle.

Une question resurgit et la troubla, malgré le bien-être qui l'enveloppait. À quoi était-elle prête à renoncer, pour garder cet homme ? Kit était parti, mais son désir de respectabilité n'avait pas disparu pour autant.

Cette soirée avait été merveilleuse. Mais cette joie éphémère justifiait-elle qu'elle renonce à son espoir de devenir une épouse et une mère honorable ? Qu'éprouverait-elle, le lendemain matin ?

Elle ne savait pas. Elle n'avait pas envie de savoir. S'il n'avait tenu qu'à elle, elle l'aurait laissé venir en elle, répandant sa semence dans son ventre, et au diable les conséquences ! Tant pis pour sa réputation, et pour la vie qui attendait tout enfant né hors mariage. Un autre garçon à élever au théâtre ? Une autre fille qui ne pourrait espérer devenir autre chose qu'une actrice prostituée ? Peu lui importait, tant qu'elle était lovée dans ses bras.

Il s'était arrangé pour les protéger tous les deux, et elle lui en était infiniment reconnaissante. Mais que se passerait-il la prochaine fois ? Dans le futur ? Serait-il toujours aussi attentionné ? Trouverait-elle encore qu'une nuit comme celle-ci, en dehors du monde, valait la peine de prendre des risques ?

Si elle devenait sa maîtresse, saurait-elle en supporter les conséquences ? Renoncerait-elle à devenir une épouse respectable et la mère d'enfants légitimes ? Pouvait-elle échanger ce moment de félicité contre une vie entière en marge de la bonne société ?

Non.

Si merveilleuse qu'ait été cette soirée avec Brandon, la réponse était toujours non. Elle trouverait un autre homme. Quelqu'un d'autre que Kit. C'était simple, elle n'avait qu'à revoir ses exigences, et ne plus chercher dans l'aristocratie. Elle était riche. Si elle laissait deviner l'étendue de sa fortune, des douzaines d'hommes respectables viendraient lui demander sa main. La seule raison pour laquelle elle ne l'avait pas encore fait, c'est qu'elle espérait quelque chose de spécial, une rencontre différente.

Brandon...

Brandon avait tout ce qu'elle recherchait. Mais il ne pouvait lui donner la respectabilité. En soupirant, elle se pelotonna plus étroitement contre lui. Pouvait-elle être heureuse, mariée à un autre ?

Oui, voulut-elle se faire croire. Mille fois oui. Elle pouvait être heureuse, et respectable, avec un autre. Et si elle se répétait cela tous les jours, elle finirait sans doute par le croire. En attendant, elle allait dormir, recroquevillée contre l'homme qu'elle...

Non, elle refusait de dire qu'elle aimait Brandon. Elle ne voulait pas le croire. Ce serait la plus grande folie qu'elle ait jamais commise. Croire qu'elle aimait Brandon, c'était exposer son cœur et son âme au plus grand danger. Si elle croyait l'aimer, si elle prononçait le mot à haute voix, ou même dans sa tête, elle serait définitivement engagée. Quelque chose la lierait à lui et elle ne se satisferait plus jamais d'un autre que lui.

Elle ne pouvait pas se faire autant de mal. Non, elle n'aimait pas Brandon, c'était un fait établi, et elle ne l'aimerait jamais.

22

Brandon regarda Sher s'habiller avec des gestes calmes et précis. Elle semblait heureuse et souriait chaque fois que leurs regards se croisaient. Mais il y avait une certaine réserve chez elle. Une tristesse, peut-être un désespoir…

À moins que ses propres émotions ne lui jouent des tours. Curieusement, il ne pouvait ignorer le sentiment que, malgré la nuit merveilleuse qu'ils avaient vécue, Sher et lui étaient plus éloignés que jamais. Toutefois, il attendit qu'ils soient dans un fiacre pour l'interroger. L'espace clos du véhicule invitait aux confidences et il ne put s'empêcher d'essayer de combler le fossé qui les séparait.

— Tu es inquiète pour la cérémonie ? Ils ne te chasseront pas.

— Je serai rejetée, répondit-elle avec calme.

Puis, levant le menton, elle ajouta :

— Cela ne fait rien. J'attendrai devant l'église, s'il le faut. Par respect envers Kit.

— Ils ne te chasseront pas, répéta-t-il avec fermeté.

Il y veillerait. C'était la seule chose qu'il pouvait faire pour elle, et pour Kit.

— Kit aurait voulu que tu sois là.

Sher ne répondit pas, et le silence les enveloppa. Assis face à elle dans la voiture, Brandon eut l'impression que l'espace qui les séparait s'élargissait. Il observa son profil, l'ovale de son visage, la sveltesse de son cou. Sher possédait une beauté hors du commun. Ses traits étaient purs, ses yeux expressifs. Mais la lassitude commençait à laisser des traces sur son visage. Des cernes sombres soulignaient ses yeux, son sourire était contraint.

Pourtant, quand il la regardait, il voyait au-delà de ses yeux, de sa peau, de ses lèvres. Il connaissait la force avec laquelle elle dirigeait le théâtre et la troupe, gérait les crises de toute nature. Ses talents étaient stupéfiants. Ce matin, il avait mis autant de temps pour nouer sa cravate qu'elle pour s'habiller entièrement.

Elle ferait une excellente épouse et mère. Compétente, avec un cœur aimant et généreux. Pas l'une de ces mères hystériques à l'inquiétude excessive. Elle dirigerait tout, d'une main de fer dans un gant de velours. Néanmoins, sa maison serait triste, songea-t-il en regardant par la fenêtre. Les enfants apporteraient la vie, elle apporterait l'amour et la force, mais qui se chargerait d'apporter la joie et les rires ? Kit aurait su le faire, il s'en rendait compte à présent.

— Je n'aurais pas dû essayer d'empêcher votre mariage, avoua-t-il. J'ai eu tort.

Elle ne réagit que par un battement de cils.

— Et maintenant ? Maintenant qu'il est parti et que tu n'as plus besoin de le sauver…

— Maintenant, il faut que quelqu'un me sauve, car je ne pense pas pouvoir renoncer à toi.

Sher haussa les sourcils.

— Même si je dis non ? Si je te ferme la porte de ma chambre et t'interdis l'entrée du théâtre ?

Il haussa les épaules, résigné.

— Même dans ce cas, je m'efforcerai de te reconquérir.

— Parce que tu ne tiens pas compte de mes désirs ?

— Parce qu'il n'y a pas un endroit au monde que ta présence n'illuminerait pas. Ma vie n'est rien sans toi. Chaque fois que j'ai une pensée, j'ai envie de la partager avec toi.

Sher le dévisagea avec stupeur. Lui-même se sentit troublé par les paroles qui venaient de lui échapper. Le fiacre s'arrêta. Ils étaient arrivés à St James.

Brandon aida Sher à descendre, tout en scrutant la foule. Beaucoup de gens étaient venus assister à la cérémonie. Bien que fils cadet sans fortune, Kit était aimé de tous. D'autre part, personne dans la haute société n'aurait manqué l'occasion d'assister aux funérailles du cousin d'un comte.

Il repéra sans tarder Michael, qui attendait près de la porte. Lily accueillait les gens au fur et à mesure qu'ils entraient dans l'église. Elle avait l'allure que l'on attendait d'une comtesse : sévèrement vêtue de noir, dans une robe dont la coupe était tout de même à la dernière mode.

Michael sembla soulagé en apercevant Brandon. Néanmoins, il se renfrogna quand Sher apparut à ses côtés. L'arrivée de celle-ci ne passa pas inaperçue. Brandon vit un certain nombre d'éventails la désigner, on poussa de petites exclamations choquées.

— Je m'occupe de tout, murmura-t-il en offrant son bras à la jeune femme.

Elle lui pressa le bras d'une façon rassurante, alors même que c'était lui qui voulait la soutenir. Ils avancèrent. Michael vint à leur rencontre et leur jeta un regard désapprobateur.

— Content de te voir en vie, Brandon. Nous t'attendions, hier soir.

Brandon haussa les épaules avec désinvolture.

— Désolé, mais je ne pouvais pas le savoir, mon cher frère. La prochaine fois, il faudra que tu sois plus clair.

— Apparemment, j'ai été beaucoup trop vague dans le passé. Je vais m'efforcer de remédier à cela.

Son regard froid glissa sur Sher.

— Vous n'êtes pas la bienvenue. J'ignore par quelles ruses vous êtes parvenue à tourner la tête de deux membres parfaitement respectables de ma famille. Mais je vous préviens, je suis imperméable à votre charme.

Il désigna d'un geste une voiture et deux valets qui attendaient.

— Montez dans ce carrosse. Il vous emmènera où vous voulez, et je ne veux plus jamais que vous repreniez contact avec notre famille.

— Sinon ? lança Brandon, avant que Sher ait pu répondre. Tu détruiras sa réputation ? C'est déjà fait. Tu la menaceras ? Déjà fait aussi. Tu as l'intention de mettre le feu à son théâtre ? De lui tirer une balle dans la tête ?

Michael recula, choqué. Ils savaient tous trois ce qui s'était passé en Inde, ce qui avait été fait par des Anglais qui prétendaient être de bons chrétiens.

— Kit aurait voulu que Sher assiste à ses funérailles, ajouta Brandon.

Une voix de femme intervint, froide et posée.

— Mais Kit n'est plus là, et ce qu'il souhaitait n'a plus d'importance, déclara Lily. Toutefois, sa mère est vivante, tout comme ses frères et sa grand-mère. La famille de Kit ne veut pas d'un scandale le jour de son enterrement.

— Laissez-nous passer, et il n'y aura pas de scandale, déclara Brandon avec hauteur.

Il y eut un silence tendu. Michael et Lily se tenaient côte à côte, formant un rempart, avec toute l'arrogance de l'aristocratie. Brandon se dressa face à eux, déterminé. Nul n'aurait su dire quelles pensées s'agitaient dans la tête de Sher.

— As-tu perdu la tête ? lança Michael en serrant les poings. Cette femme est une actrice.

— J'étais sa fiancée, rectifia Sher d'une voix infiniment douce. Les bans du mariage sont probablement encore affichés là, ajouta-t-elle en désignant les panneaux où étaient annoncés les mariages.

— Laissez-la assister au service, comme l'exigent les *convenances*, reprit Brandon en insistant sur le dernier mot.

— Je resterai au dernier rang et je serai discrète. Mais je tiens à honorer la mémoire de Kit.

— Votre seule présence est un déshonneur ! cria Lily d'une voix sifflante.

Mais Brandon ne lui permit pas d'aller plus loin.

— J'ai la bague que Kit lui avait offerte. La bague de fiançailles.

Il prit l'anneau dans sa poche et le tint dans la lumière. C'était un mensonge. La forme était la même, mais le diamant de celle-ci était beaucoup trop précieux pour Kit. Comme il s'y attendait, le regard de Lily se fixa sur la pierre.

— Brandon, balbutia Sher.

Elle était sur le point de protester, mais il la devança.

— Cette bague vous appartient, Sher, dit-il en priant pour qu'elle accepte de jouer le jeu. Kit vous l'a offerte en toute bonne foi. Aussi, il ne tient qu'à vous d'assister aux funérailles dans l'église et d'honorer la mémoire de Kit.

Les yeux brillants de larmes, elle acquiesça d'un signe de tête.

— Très bien, dit sèchement Lily en tentant de lui prendre la bague. À condition que vous restiez assise sur le banc du fond.

Brandon fut plus rapide que la comtesse. Il lui saisit la main et la serra à la briser.

— Non, Lily. Sher ira s'asseoir où elle voudra, et elle restera aussi longtemps qu'elle en aura envie.

— Cette attitude ne servira pas tes ambitions politiques, déclara Michael. Wilberforce est là, comme la plupart des membres de la Chambre des lords. La présence de cette femme à tes côtés ne peut que te faire du tort.

— Au contraire, cela illustre parfaitement mes idées. Je pense que chaque homme doit pouvoir choisir sa route, et son épouse, sans que la bonne société britannique se mêle de ses affaires.

Michael se hérissa, sans doute plus irrité par le ton arrogant de son frère que par l'idée qu'il exprimait. Lily demeura prise au piège entre les deux hommes, répugnant à lâcher la bague qu'elle convoitait.

— Je resterai au fond de l'église, dit tranquillement Sher en prenant le bras de Brandon. J'ai appris à faire des compromis. Je ne ferai pas de bruit, ni de scène. Et je promets de partir aussitôt la cérémonie terminée. En échange de tout cela, je vous laisse la bague, ajouta-t-elle en se tournant vers Lily. Merci, lord Blackstone. Merci de m'avoir défendue.

Brandon se rembrunit. Ces dernières paroles contenaient un deuxième sens, un sous-entendu qu'il ne comprenait pas. Il fut tenté de la questionner, mais ce n'était pas le moment. Aussi se contenta-t-il d'un bref signe de tête, les lèvres pincées. Lily s'empara promptement de la bague, et la glissa dans son gant, puis elle pivota sur elle-même et gagna d'un pas pressé le tableau d'affichage de l'église, sans doute pour arracher les bans qui y étaient publiés. Michael suivit son épouse.

La cérémonie se déroula sans surprise, ponctuée de sanglots et de gémissements. Brandon escorta Sher jusqu'au cercueil. Là, elle posa les mains sur le bois ciré et murmura des mots que nul ne put entendre. Lui seul put lire les paroles sur ses lèvres.

— Merci, Kit. Je suis tellement désolée de ne pas avoir été digne de vous...

Puis ils sortirent de l'église en ignorant les aristocrates qui les dévisageaient avec des airs outragés. Brandon ramena Sher directement à la voiture de louage.

Il l'aida à monter, puis donna ses instructions au cocher. Son plan était tout tracé. Il faudrait quelque temps à Sher pour comprendre ce qu'il faisait. Il se passerait au moins une demi-heure avant qu'elle pense à mettre le nez à la fenêtre pour contempler le paysage. De toute façon, cela ne changerait rien.

Il l'emmenait à Pottersfarm avec lui. C'était un enlèvement.

Ils venaient juste de sortir de Londres, quand Sher regarda enfin autour d'elle. Jusque-là, elle avait été trop préoccupée par toutes sortes de choses. Les funérailles, le fait que Brandon ait abandonné cette bague hors de prix, qui n'était même pas sa bague de fiançailles, à la cupide Lily, et enfin, ce qu'ils avaient fait la veille. Tout cela se mélangeait dans sa tête, mais ce qui en ressortait c'était que Brandon était présent dans toutes ces circonstances. Il était encore trop tôt pour penser à lui, la situation était trop compliquée. Aussi avait-elle laissé ses pensées dériver vers Kit, et la vraie bague de fiançailles qui était toujours au fond de sa poche. Celle qu'elle avait enlevée après cette horrible invitation chez la comtesse et qu'elle n'avait jamais remise.

Elle la tint devant ses yeux. Kit était parti, et avec lui ses projets d'avenir...

— Tiens, dit-elle en la lui donnant. Tu pourras peut-être l'échanger contre l'autre, dans quelque temps.

— Je n'en veux pas. Kit te l'a offerte, tu dois la garder.

— Kit n'est plus là, et je ne suis plus la même femme qu'autrefois. Je n'ai pas besoin d'une bague pour me rappeler ce qu'il m'a appris.

Brandon haussa les sourcils, étonné.

— Qu'a bien pu t'apprendre cet écervelé ?

Sher sourit. La voix de Brandon était pleine d'indulgence pour son cousin.

— À persévérer, répondit-elle. À réapprendre à rire sans lui.

— Kit n'a jamais été persécuté, répliqua Brandon avec gravité. Il n'a pas souffert comme toi.

« Ou comme toi », ajouta-t-elle en son for intérieur. Brandon avait connu la trahison et la perte d'êtres chers.

— Cela ne fait rien, la leçon reste la même. Kit est parti, je n'entendrai plus jamais son rire, il ne me communiquera plus sa passion de la vie. Il va falloir que je recrée cette passion moi-même.

Brandon inclina la tête de côté, perplexe.

— C'est drôle. Il me semble que c'est toi qui m'as appris à continuer de vivre en dépit de tout.

— Donc, Kit va nous manquer à tous les deux, conclut-elle simplement.

Il se pencha et lui referma la main sur la bague.

— Garde-la. Cela t'aidera à te rappeler ses leçons.

Elle acquiesça en silence, submergée par sa chaleur. Elle se sentait en sécurité avec Brandon. Laissant échapper un soupir, elle se détendit enfin.

— Merci pour tout.

— Ne me remercie pas encore, Sher. Pas avant de savoir ce que j'ai fait.

Elle fronça les sourcils, l'interrogeant du regard. Il désigna la fenêtre, et elle s'aperçut qu'ils n'avaient pas pris le chemin du *Théâtre de la Taverne*. En fait, ils sortaient de Londres.

— Où sommes-nous ?

— Je t'emmène à Pottersfarm. C'est un village près de Greenwich, où je possède une maison. J'ai tout arrangé, tu n'as pas à t'inquiéter pour le théâtre. Tu vas pouvoir te reposer quelque temps chez moi.

Sher ne dit mot. Elle contempla les arbres, l'herbe haute, et toutes sortes de choses extrêmement rares à Londres. Il y avait encore des bâtiments, des maisons, et même des auberges, mais tout était espacé, aéré. Elle ferma les yeux en se laissant retomber contre le dossier de la banquette. Que donnerait-elle pour passer toute sa vie ici ? Pourrait-elle renoncer à vivre à Londres ?

— Je t'en prie, Sher. Je te ramènerai chez toi, si tu le veux. Mais tu ne penses pas que tu mérites du repos ? Au moins pendant quelques jours.

Sher sourit, sans ouvrir les yeux. Elle avala de longues goulées d'air pur, s'enivrant du parfum des fleurs et de la caresse du soleil, qui avaient remplacé l'odeur de charbon et de crasse qui régnait en ville. L'idée de rester un peu plus longtemps dans ce havre de paix avec Brandon l'enchantait.

— Merci. J'aimerais beaucoup séjourner chez toi.

Les mains larges et robustes de Brandon se posèrent sur les siennes. Sans réfléchir, elle replia les doigts pour mieux les tenir contre elle.

À ce moment, elle fut sur le point de prononcer des mots qu'elle ne pourrait plus effacer. « Oui, je serai ta maîtresse. » C'était ce qu'elle voulait par-dessus tout. Sauf quand elle pensait aux gamins du théâtre, à sa sœur disparue, et à toutes les actrices qui se donnaient à des hommes riches et tombaient enceintes malgré toutes leurs précautions. Elle ne pouvait pas faire cela à son futur enfant. Et elle ne pouvait pas non plus espérer que Brandon se contiendrait indéfiniment. Tôt ou tard il y aurait un enfant, or elle n'en voulait pas en dehors du mariage.

Elle fit mine de se tourner vers la fenêtre, pour lui retirer sa main.

— Comme c'est vert ! Le paysage est splendide.

— Tu auras tout ce que tu voudras, Sher. Aussi longtemps que tu voudras. Je te le promets.

Il avait deviné ses pensées. Et il lui laissait carte blanche. Il lui offrirait tout ce qu'elle voulait. Tout, excepté le mariage.

— Ce ne sera pas très long. Juste quelques jours de vacances.

Elle se retourna vers la fenêtre pour cacher ses larmes. Plutôt que de discuter, il prit le parti de contempler le paysage avec elle.

— C'est là que Bob Neely a retrouvé le cochon qu'il avait perdu, raconta-t-il en tendant le doigt. Malheureusement, l'animal avait piétiné toutes les belles citrouilles de Mlle Stevenson. Ce qui a déclenché un vrai scandale dans le village.

— J'espère qu'il a trouvé un moyen de l'empêcher de s'enfuir de nouveau, remarqua-t-elle avec un sourire.

— Non, pas vraiment. Mais comme entre-temps Mlle Stevenson est devenue Mme Neely, tout le monde a décidé que la fuite du cochon était un signe de la providence.

Elle lui lança un coup d'œil par-dessus son épaule.

— Je dirais qu'il s'agit plutôt de l'intervention de Cupidon, tu ne crois pas ?

— Mmm. Peut-être. Ils auraient dû rebaptiser l'animal de ce nom.

— Et ce champ ? Y a-t-il une histoire d'amour qui y est rattachée ?

— Hélas, non. Mais j'y ai passé une heure allongé dans l'herbe, à regarder une araignée tisser sa toile autour de mon bras.

— Non ?

— Je t'assure. Je revenais de Londres, et mes blessures me faisaient horriblement souffrir. Je suis resté là un long moment avant de pouvoir me relever. Le pain que tu avais donné à Hank m'a fait énormément de bien.

— Il ne l'a donc pas mangé ! On ne sait jamais, avec les garçons de cet âge, ils ont toujours faim.

— Il m'a obligé à le prendre, car il t'avait promis de me le donner.

— J'espère que tu l'as récompensé pour sa loyauté.

— Il mange comme un ogre, et finira par dévorer la maison tout entière ! Mme Wiggins a dû doubler le budget de la cuisine à cause de lui.

Un large sourire apparut sur les lèvres de Sher. Le brouillard gris et triste qui l'enveloppait se dissipait de minute en minute, en présence de Brandon. Ils passèrent le reste du voyage à discuter paisiblement. Son compagnon ne donnait pas dans les sarcasmes et les sous-entendus, comme la plupart des Londoniens. Il appréciait les joies de la vie bucolique, et son rythme ralenti. Sher fut heureuse de faire la connaissance de ce Brandon secret, calme et serein.

Sa maison ressemblait à un manoir. Avec ses deux étages et sa vaste pelouse, il était situé non loin du village, mais suffisamment à l'écart pour préserver la tranquillité des occupants.

L'air était frais, le ciel dégagé. Ils furent accueillis par la gouvernante, une femme replète aux joues roses et à l'air anxieux, qui ne cessa de s'essuyer les mains sur son tablier, tout en parlant avec volubilité.

— Monsieur, monsieur ! Vous ne m'aviez pas dit que vous alliez ramener une invitée. Oh, mon Dieu ! Le médecin est là, vous savez. Il est venu avec sa mère, une dame charmante. Ils ont des façons un peu bizarres, mais les demoiselles se trouvent bien en leur compagnie.

J'ai dû engager Missy, de la paroisse, pour m'aider. Oh, mon Dieu !

— Madame Wiggins ! s'exclama Brandon avec le sourire détendu d'un gentilhomme campagnard. Vous êtes ravissante, aujourd'hui. Dites-moi que Cook a préparé ses excellentes tartelettes pour le thé. Je suis sûr que Mlle Martin les trouvera délicieuses.

— Oh, je ne sais pas. Je vais lui demander, mais... Vous allez rester ? ajouta-t-elle, un peu embarrassée, en voyant le cocher prendre le sac de voyage de Sher.

— Le médecin est venu avec sa mère ? reprit Brandon, sans laisser le temps à Sher de répondre. Nous allons donc manquer de chambres. Y a-t-il un lit disponible pour Mlle Martin ?

— Nous pourrons en installer un dans la nursery. Le médecin a pris la chambre d'amis, et sa mère dort dans celle de Nidra. Cela fait beaucoup de bien à madame, d'entendre sa langue maternelle, mais...

— Parfait ! Installez Mlle Martin dans la nursery, et je dormirai dans la bibliothèque.

Mme Wiggins écarquilla les yeux, horrifiée.

— La bibliothèque, monsieur ?

— Bien sûr. Le canapé est très confortable. Vous me donnerez un oreiller et une couverture.

Sher lui prit le bras pour protester, mais il se tourna posément, fixant sur elle un regard intense, empli d'émotion et de chaleur. Elle sentit sa gorge se nouer et son cœur se gonfler de bonheur.

— Vous restez, Sher. De toute façon, il est trop tard pour repartir, ajouta-t-il en désignant d'un geste léger le ciel qui s'assombrissait. Je vous en prie...

— Bien sûr. Maintenant que j'ai vu ce ravissant village, je n'ai plus envie de le quitter. Du moins, pas avant d'avoir fait la connaissance du cochon de M. Neely.

— Oh, quelle histoire ! s'exclama Mme Wiggins, en les précédant dans la maison. Toute la paroisse en a parlé pendant des années.

Sher échangea un regard avec Brandon, et lut le mot « merci » sur ses lèvres. Elle fut sur le point de dire quelque chose, mais Mme Wiggins la devança.

— Monsieur, il faudrait que vous voyiez madame tout de suite. C'est après sa sieste qu'elle est le mieux.

— Bien sûr, répondit Brandon. J'y vais. Sher... aimeriez-vous faire la connaissance de... ma femme ?

Son anxiété était évidente. Sher hésita. Bien sûr, elle voulait rencontrer l'épouse de Brandon, mais elle n'y était pas préparée.

— Naturellement, s'entendit-elle répondre.

Elle gravit l'escalier à côté de lui, malade d'appréhension.

— Ne faites pas de gestes brusques, recommanda la gouvernante. Et je vous préviens, monsieur. Le docteur a fait quelques changements dans le salon.

23

Le mot « changement » était trop faible. En pénétrant dans la pièce vidée de tout ornement, Brandon sentit la moutarde lui monter au nez. Les meubles avaient disparu ! Sa femme était accroupie sur le sol, comme une paysanne. Assises avec elle, Nidra et la mère du médecin pliaient du linge.

Il s'abstint de hurler pour ne pas effrayer Channa. Celle-ci, contrairement à son habitude, bavardait avec animation, comme une petite fille.

Elle semblait heureuse, c'était indéniable.

— Cela fait une différence, n'est-ce pas, monsieur le vicomte ? lança une voix d'homme.

Brandon pivota sur lui-même et se retrouva face au Dr Dandin. Celui-ci transportait dans ses mains un bol contenant du curry. Brandon recula instinctivement, cette odeur étant associée pour lui à celle du feu et des cendres. Il eut un haut-le-cœur, mais toutes les autres personnes présentes levèrent les yeux d'un air joyeux.

Mme Dandin se mit debout en continuant de jacasser, Nidra sourit, mais le regard de Brandon resta fixé sur sa femme. La dernière fois qu'ils avaient essayé de lui donner du curry, l'année dernière, cela avait déclenché une crise qui avait duré une semaine. Mais aujourd'hui, c'était différent. La jeune femme semblait aussi heureuse que Nidra.

Du moins jusqu'au moment où elle posa les yeux sur Brandon. Ils demeurèrent plusieurs secondes figés tous les deux, au milieu de l'agitation. Qu'allait faire Channa ?

Celle-ci changea de position, l'air intrigué, comme si elle ne le reconnaissait pas. Comme s'il ne s'était pas trouvé là encore hier, quand elle lui avait lancé le plateau du petit déjeuner au visage. Puis son expression changea, et il se prépara au pire. En une seconde, elle fut debout et se précipita vers lui avec un cri de fureur. Il voulut l'arrêter, mais le Dr Dandin fut plus rapide que lui. Il saisit le bras de la jeune femme et le maintint fermement.

— Assez ! Tu vas renverser la nourriture !

Channa continua de crier, les yeux exorbités. Mais Mme Dandin s'interposa avec calme entre Brandon et sa jeune épouse.

— Ne sois pas sotte ! gronda-t-elle, dans la langue maternelle de Channa. Il ne faut pas gaspiller le repas.

Channa cessa de crier, et la vieille dame décocha un regard à Brandon.

— Les hommes n'ont pas de place ici. Nous sommes entre femmes. Partez !

Les paroles étaient sévères, mais il décela une supplication dans son regard. Il s'inclina et sortit aussitôt.

— Je sors aussi, dit le Dr Dandin. Tu vas t'asseoir avec Nidra et manger.

Il guida Channa vers la nappe que Nidra avait étalée sur le sol, comme pour un pique-nique. Brandon demeura hors de vue dans le couloir, et le médecin referma doucement la porte derrière lui. Sher observa la scène en silence. Quand Brandon lui lança un regard désespéré, elle lui répondit d'un sourire rassurant.

Il eut la sensation qu'on lui ôtait un poids immense des épaules. Des douzaines de servantes s'étaient enfuies en voyant Channa en proie à l'une de ses crises. Sher, elle, s'était tout simplement mise à l'écart.

— Alors, vous voyez ? Elle va mieux, n'est-ce pas ? dit le Dr Dandin avec un sourire réjoui.

Brandon le contempla, bouche bée. Sa femme s'était transformée en tigresse à la seconde où elle avait posé les yeux sur lui.

— Oui, c'est sûr, fit le médecin avec un hochement de tête. Mais comment l'avez-vous trouvée avant qu'elle ne vous voie ? Elle avait l'air heureuse, n'est-ce pas ? C'est grâce à mère, en vérité. Elle a une façon de faire, avec les jeunes femmes. J'aurais dû la ramener en Angleterre depuis longtemps.

— Oui, je suppose. Mais... pourquoi n'y a-t-il pas de meubles, ici ? marmonna Brandon, en se passant une main sur le visage. Je ne peux pas rester auprès d'elle, je ne peux pas l'aider. Mais je peux au moins veiller à lui offrir une vie confortable.

Le Dr Dandin lui prit le bras, l'entraînant vers l'escalier.

— Nous serons plus à l'aise dans la bibliothèque pour discuter, dit-il en lançant un regard en biais à Sher.

Celle-ci saisit aussitôt l'allusion.

— Je vais me rafraîchir, annonça-t-elle, en voyant Mme Wiggins qui venait pour la conduire à sa chambre.

Brandon lui prit le bras. Il avait besoin qu'elle reste auprès de lui. Il voulait être sûr qu'elle n'allait pas s'enfuir dès qu'il aurait tourné les talons.

— Sher...

Les pensées se bousculaient dans sa tête. Mais il ne voulait pas l'ennuyer avec ses problèmes. Il l'avait amenée ici pour qu'elle se repose. Les mots lui manquèrent.

Qu'aurait-il pu lui dire ? Il se raccrocha aux convenances.

— Docteur Dandin, permettez-moi de vous présenter Mlle Martin. Elle est... elle était... fiancée à mon cousin. Nous avons assisté à son enterrement ce matin.

— Doux Jésus, je l'ignorais ! Je vous prie d'accepter mes condoléances.

— Merci, répondirent Sher et Brandon d'une seule voix.

Un silence gêné s'installa. Brandon n'arrivait pas à se ressaisir.

— J'ai... euh... connu le Dr Dandin en Inde, bredouilla-t-il. Il voulait venir en Angleterre pour étudier, et j'ai suivi sa carrière avec beaucoup d'intérêt.

— Lord Blackstone a fait plus que ça, enchaîna le Dr Dandin. Il m'a ouvert des portes.

— En contrepartie, le Dr Dandin a soigné Channa. C'est un grand ami.

Une fois de plus, ils retombèrent dans le silence. Mme Wiggins attendait sur le palier.

— Je suis enchantée, docteur Dandin, dit Sher. Je suis sûre que vous êtes une aide précieuse pour lord Blackstone. J'imagine que vous désirez vous entretenir en privé.

— Sher...

— Nous avons eu une rude journée, lord Blackstone. Nous pourrons sans doute parler ce soir, pendant le dîner.

Il voulait parler maintenant, lui expliquer ce qui était arrivé à Channa. Mais il ne pouvait le faire ici, dans le hall. De plus, il préférait l'avoir à ses côtés pour discuter avec le médecin. Ces conversations n'étaient jamais simples, et il voulait avoir son avis. Il voulait... il voulait la garder avec lui, et ce ne serait jamais possible, songea-t-il en regardant la porte de la chambre de Channa.

— Mme Wiggins va vous montrer votre chambre, dit-il en s'inclinant. N'hésitez pas à lui demander tout ce dont vous avez besoin.

Puis, il se dirigea vers la bibliothèque avec raideur, appréhendant sa discussion avec le médecin.

La petite nursery contenait un lit et un berceau. Apparemment, le médecin occupait la chambre suivante, d'ordinaire destinée à la nourrice.

— Cela me rappelle mon lit d'enfant, dit Sher.

La gouvernante hocha la tête avec indifférence, mais une lueur de curiosité passa dans ses yeux.

— Désolée pour votre fiancé, mademoiselle. Si je peux me permettre de vous poser la question… de quel cousin s'agit-il ?

— De maître Kit Frazier, murmura Sher, surprise elle-même de pouvoir prononcer son nom.

— Oh ! Mademoiselle, je suis désolée.

Sher s'assit sur le lit.

— Pensez-vous, madame Wiggins, que certaines choses ne peuvent tout simplement pas avoir lieu ? Qu'il ne sert à rien d'essayer…

Elle baissa les yeux, incapable d'aller plus loin.

— Je ne sais pas. Il y a tant de choses qui vont de travers, dans cette maison. Une épouse indienne qui n'a pas toute sa tête. Un lord qui n'est pas vraiment lord, puisque le vrai comte est son frère. Nous faisons tous ce que nous pouvons.

— Vous parlez comme Pappy, dit Sher en souriant.

— Eh bien, votre père était un homme sensé. Reposez-vous, à présent. Le dîner est servi à six heures, mais je peux vous faire monter un plateau si vous préférez.

— Non, ne vous donnez pas cette peine. Je descendrai.

La gouvernante sortit, laissant Sher plongée dans ses pensées. Pappy n'était pas son père, mais il avait joué ce rôle auprès d'elle. Y avait-il quelque chose dans sa vie, qui n'allait pas de travers ?

Sher descendit en retard, les cheveux emmêlés et les yeux rouges d'avoir pleuré. Mais quand Brandon l'interrogea du regard, elle plaqua un sourire artificiel sur ses lèvres, comme au théâtre. Il n'était pas dupe, mais les autres invités n'y verraient que du feu. Elle était experte dans l'art de cacher ses sentiments.

Bon sang ! songea Brandon, tout cela était un beau gâchis. Il n'aurait pas dû amener Sher ici. Mais elle avait besoin de se reposer, et il voulait voir le Dr Dandin. Sur le moment, cela lui avait paru logique. Ou bien avait-il tout simplement envie d'être avec elle ?

— Je suis désolée, dit-elle en entrant.

Ils n'étaient que quatre. Sher, Brandon, le Dr Dandin, et sa mère. Channa dînait dans sa chambre, comme d'habitude.

— Jamais de la vie ! protesta le médecin. Vous devez vous reposer quand le besoin s'en fait sentir. La vie est rude parfois, et nous ne devons pas nous priver de dormir et de manger.

Brandon doutait fort que Sher ait dormi. Ses yeux étaient cernés, ses traits tirés. Elle avait essayé de se coiffer, mais... bonté divine, il n'y avait même pas de miroir dans la nursery ! Il fallait qu'il remédie à ça au plus tôt. Mme Dandin bavardait avec animation, enchantée d'avoir de la compagnie. Elle prenait sans doute Sher pour une de ces faibles Anglaises, au teint pâle et à la constitution fragile. Mais lui l'avait vue dans le foyer, pleine de vie. Il l'avait vue affronter les harpies de Hyde Park. Et naturellement, il ne pouvait oublier sa fougue au plus fort de la passion. Tout cela rendait sa condition actuelle encore plus inquiétante.

— Je crains que nous n'ayons droit qu'à un dîner campagnard ce soir, sain mais rustique, fit-il remarquer, se réfugiant dans un bavardage mondain.

— Au contraire ! s'exclama le Dr Dandin. Votre cuisinière montre un talent spécial pour la gastronomie. Je crois que nous allons goûter à des mets indiens ce soir, ainsi qu'à la meilleure cuisine anglaise traditionnelle.

— C'est merveilleux ! dit Sher, retrouvant un peu de son entrain habituel.

— Ne vous attendez pas à voir Brandon en manger ! Il a décidé qu'il avait le curry en horreur !

— Pas du tout. Je suis simplement un hôte poli, qui laisse les meilleurs morceaux aux invités. Servez-vous, mademoiselle Martin. Finissez ce curry, je vous prie, qu'il n'en reste pas une miette pour moi !

Tout le monde rit. Loin de Londres et de ses responsabilités à la Chambre des lords, Brandon parvenait à se détendre et à être un hôte agréable. De plus, le sourire de Sher l'encourageait.

Au cours du dîner, Sher questionna le médecin sur l'Inde, faisant preuve d'esprit et de curiosité. Elle avait un talent certain pour entretenir la conversation, sans avoir recours à des banalités comme le temps, ou la nourriture. Si elle avait été de bonne naissance, Sher aurait fait une excellente épouse.

La tombée de la nuit était un moment difficile à la campagne. Le manoir semblait isolé, tout s'endormait.

Le Dr Dandin et sa mère se retirèrent tôt. Sher se leva en même temps qu'eux, et Brandon ne fit pas mine de la retenir. Elle était visiblement exténuée.

— Je n'ai pas encore sommeil, annonça-t-elle cependant. Auriez-vous un livre à me prêter ? J'aimerais en apprendre davantage sur l'Inde. Vous possédez peut-être un manuel concernant ce pays ?

— Bien sûr. Suivez-moi, je vous prie.

Tandis que les autres invités montaient dans leur chambre, il conduisit Sher dans la bibliothèque.

24

— Je possède malheureusement peu de livres sur l'Inde. Mais vous en trouverez plus ici que dans n'importe quelle autre bibliothèque.

Sher hocha poliment la tête. Ils entrèrent dans la pièce et il alluma les chandeliers disséminés sur les meubles. Sher découvrit un petit salon garni d'étagères. Un bureau était placé près de la fenêtre, et un fauteuil face à la cheminée. Des couvertures et un oreiller s'entassaient sur le canapé.

— C'est ridicule, dit-elle.

— Pardon ?

Il examinait les volumes alignés sur une étagère, tandis qu'elle cherchait ses mots. Comme elle pouvait difficilement critiquer la taille de sa bibliothèque, elle désigna le canapé.

— Tu ne peux pas dormir là ! Tes pieds vont dépasser.

Il haussa les épaules en se retournant, un petit livre à la main.

— En réalité, je crois que je vais m'allonger sur le sol.

— Mais tu es le maître de maison. Tu devrais…

— Sher, je ne suis le maître de rien. Dormir sur le tapis devant le feu est un bien petit sacrifice, si cela te permet de rester quelque temps ici, avec moi.

Sher s'empourpra en repensant à la soirée précédente, qu'ils avaient passée dans le même lit. Il sembla lire dans ses pensées, car il bredouilla des excuses.

— Je veux dire… Je veux que tu te reposes. Ce séjour est censé te redonner des forces. Et non… Je ne pensais pas que nous…

Elle fit un pas en avant et lui posa une main sur le bras.

— Je sais pourquoi tu m'as amenée ici, et je te remercie.

— Je voulais que tu puisses te détendre quelque part. Ne plus penser à rien.

— Puis-je penser à toi ? demanda-t-elle en souriant.

Le regard de Brandon s'assombrit, mais il ne fit pas un geste vers elle. Finalement, il poussa un long soupir.

— Tu dois tomber de fatigue.

— En réalité, j'ai surtout beaucoup de questions à te poser.

Il lui mit le livre entre les mains, et s'écarta d'un pas. Elle se sentit désorientée, mais n'eut pas le temps de le lui dire.

— Je suppose que tu veux connaître l'histoire de Channa, commença-t-il. C'est triste, à vrai dire. Je me suis montré d'une arrogance ridicule.

— Non, je…

— Je veux tout te raconter. J'ai une décision à prendre la concernant, et ton opinion compte beaucoup à mes yeux.

Ces mots réduisirent Sher au silence. Un homme accordait de l'importance à son opinion. Et pas n'importe quel homme ! C'était tout à fait nouveau pour elle.

— Je suis désolée de ne pas t'avoir écouté avant, dit-elle. Tu as essayé de m'expliquer, mais j'étais trop en colère pour écouter.

— J'aurais dû tout te dire, tout de suite.

Brandon se tourna vers la fenêtre et son regard se perdit dans la nuit.

— Je voulais m'associer avec son père. Le seul moyen pour cela était de l'épouser.

— Tu t'es marié avec Channa uniquement pour pouvoir créer une compagnie avec son père ?

— C'est l'impression que cela donne, n'est-ce pas ? J'aurais voulu que tu la voies, à cette époque. Channa était drôle, joyeuse, et une vraie beauté. Au début elle était timide, comme toutes les Indiennes bien élevées. Mais il y avait une lueur malicieuse dans ses yeux. Je n'étais pas censé l'approcher, mais elle trouvait toujours un moyen de venir me parler.

Sher se mordit les lèvres. Il y avait de l'affection dans la voix de Brandon.

— Tu l'aimais.

— Oh, oui ! répondit-il avec un petit rire amer. J'étais amoureux, mais ce n'était pas d'elle. Pas vraiment.

Sher posa le livre et alla vers lui.

— Je ne comprends pas.

— J'étais un rebelle. Je voulais changer le monde.

— Je crois que tu le veux toujours, Brandon.

— Oui, je suppose. J'imaginais un monde nouveau, où Anglais et Indiens vivraient et travailleraient ensemble. C'était ma vision. La fille de Tapas était un autre symbole de cet idéal.

Sher se laissa tomber sur le canapé. Elle crut voir Brandon jeune, audacieux, idéaliste.

— Tu ressemblais à Kit, par certains côtés.

Cette remarque le fit rire.

— Oh, j'étais bien plus idiot que Kit ! Je vivais avec Tapas, tu vois. Je passais presque tout mon temps chez lui. Sais-tu que leur civilisation est très ancienne ? Ils étaient déjà très raffinés, alors que nous vivions encore dans des cavernes.

— Je l'ignorais.

Brandon joua distraitement avec les documents posés sur son bureau.

— Je n'étais pas devenu l'un d'eux, comme tant de gens le croient. Il aurait fallu que je passe bien plus de deux ans là-bas pour ça ! Mais je respecte leurs coutumes. Ils ne sont pas anglais, mais cela ne fait pas d'eux des barbares !

— Je sais.

Elle l'avait souvent entendu parler en ce sens, au foyer. Quelqu'un finissait toujours par faire allusion à ses opinions politiques, et au fait qu'il « défendait les sauvages », comme disait M. Phipps. M. Phipps était un idiot.

— Et donc, tu as épousé Channa.

— Dans un élan d'idéalisme. Et parce que c'était la condition que m'imposait son père pour s'associer avec moi. Et aussi parce qu'elle était jolie, espiègle, et que j'aimais l'entendre rire. Je croyais l'aimer.

— Et puis sa famille est morte dans l'incendie.

— Sa famille a été assassinée, leur maison réduite en cendres. Elle avait dix-neuf ans. Nous n'eûmes pas de nuit de noces, car ce soir-là j'avais été drogué à l'opium et abandonné dans une fumerie.

Il était hagard, hanté par les souvenirs. Maintenant qu'elle avait vu sa jeune épouse, Sher comprenait mieux pourquoi sa vie était autant marquée par le passé.

Elle se pencha et lui effleura le bras.

— Ce n'est pas un crime de croire en un monde meilleur, de vivre tes passions. Tu l'as épousée et tu as fait tout ce que tu pouvais pour elle. C'est infiniment honorable.

— Le Dr Dandin veut que je la répudie.

Sher battit des paupières, abasourdie. Comment un compatriote de Channa pouvait-il suggérer quelque chose d'aussi cruel ? Brandon se leva et se mit à arpenter la pièce.

— J'ai été obligé de quitter l'Inde, dit-il en faisant une pause. Mes collaborateurs ont été très clairs sur ce point. Après l'incendie, quand je me suis mis à hurler comme un fou, à crier que je ferais punir les meurtriers, j'ai été arrêté et conduit en prison par les hommes de la Compagnie des Indes.

Sher ferma les yeux, imaginant Brandon dans les débris de l'usine, horrifié, pleurant ses amis morts. Puis traîné en prison par ses compatriotes. Comment des gens pouvaient-ils vivre comme ça ? Cacher leurs crimes honteux sous un vernis de civilisation ?

— Je suis désolée, murmura-t-elle.

Mais Brandon n'en avait pas terminé.

— On m'a conduit devant mon supérieur, Charles Cornwallis. On m'a donné le choix : la prison en Inde, probablement à vie, ou le retour en Angleterre, riche et titré. La seule condition étant que je ne remette jamais les pieds dans ce pays et que je ne profère plus la moindre accusation contre eux. Si cela se produisait, je serais traité de fou et enfermé.

— Cela, parce que tu disais la vérité ?

— Parce que j'accusais des hommes riches, des aristocrates, d'avoir assassiné six artisans indiens, et d'avoir incendié leur manufacture.

Sher se tordit nerveusement les doigts. Même maintenant, elle avait du mal à croire que c'était vrai. Des Anglais, qui appartenaient à l'élite du pays, pouvaient donc avoir si peu de moralité ? Mais un seul regard à Brandon suffit à la convaincre de sa sincérité.

— Je suis très prudent en politique, dit-il avec gravité. Je dois œuvrer pour la justice sans jamais faire allusion aux crimes commis par Cornwallis. Je ne devrais même pas prononcer son nom devant toi. J'aurais peut-être mieux fait de rester en Inde, conclut-il dans un soupir.

— En prison ? Tu n'aurais rien pu faire. Il fallait que tu quittes ce pays, c'est l'évidence.

Mais quelle terrible solution, pour une âme aussi idéaliste que la sienne !

— En fait, la première fois, je lui ai craché au visage, avoua-t-il avec un rire rauque. C'est un de mes souvenirs préférés. Mais deux jours en prison ont suffi à me faire changer d'avis.

Il se passa une main sur les yeux, et elle prit conscience de sa fatigue.

— Tu as raison, je ne pouvais rien faire depuis ma prison. Channa était malade. Ils n'ont pas manqué de me faire savoir à quel point elle était vulnérable. Je ne pouvais pas l'abandonner. Elle avait dix-neuf ans, sa famille avait disparu, et son entourage considérait qu'elle avait trahi les siens en épousant un Anglais.

Sher se leva, et lui prit le visage à deux mains.

— Il fallait que tu partes. Tu as eu raison de prendre l'argent et le titre qu'ils t'offraient. Tu n'as rien fait de mal, ajouta-t-elle en déposant un tendre baiser sur ses lèvres.

— Vraiment ? J'ai l'impression d'être maudit.

— Ce n'est pas un crime, d'être jeune et idéaliste.

— Mais tu as vu ce que ces deux années en Angleterre ont fait à Channa ! Son esprit est malade, elle ne peut pas me voir sans avoir une crise de nerfs, et le médecin…

Elle posa le front contre le sien, respirant le parfum mentholé de sa bouche. Des larmes brillaient dans ses yeux.

— Que pense le médecin ?

— Qu'il vaudrait mieux qu'elle retourne dans son pays.

Elle se figea, l'esprit en ébullition. Que serait sa vie, sans Brandon ?

— Tu projettes de retourner en Inde avec elle ?

Il lui posa les mains sur les hanches, la maintenant près de lui.

— Je ne peux pas. Si je retourne en Inde, ils me tueront. Ils ont été très clairs sur ce point aussi. Je pensais que je pourrais l'emmener dans une autre partie du pays, loin de sa ville natale. Mais Mme Dandin dit que Cornwallis a prospéré et que la Compagnie des Indes s'est étendue à tout le pays. Il n'y a pas un endroit où je serais en sécurité.

— C'est pourquoi le Dr Dandin te suggère de la répudier, de la renvoyer comme si rien de tout cela ne s'était passé. Que vas-tu faire ?

Le choix était terrible, surtout pour un homme d'honneur.

Brandon ne répondit pas tout de suite. Il resta assis, le front contre celui de Sher, les mains serrées sur ses hanches, se livrant une lutte intérieure. La tension était palpable.

Elle aurait voulu pouvoir dire quelque chose pour l'aider. Mais lui seul pouvait décider. Tout ce qu'elle pouvait faire, c'était l'aimer.

Aussi, elle l'embrassa. Elle mit tout son cœur dans ce baiser, pressant sa bouche contre la sienne.

Il s'abandonna à une passion attisée par le chagrin. Sher se cambra contre lui, laissant sa tête retomber en arrière, tandis qu'il l'embrassait et la taquinait du bout de la langue. Loin de résister, elle répondit à son invite, lui prouvant qu'elle lui appartenait. Peu lui importait les choix qu'il ferait, et ce qu'il avait fait par le passé. Elle l'aimait, et toutes les contraintes et les règles de la société ne pourraient rien y faire. L'amour était libre, et il était ce qu'il y avait de plus important dans la vie.

Elle se figea tout à coup. Il ne s'en aperçut pas tout de suite et continua de la dévorer de baisers. Puis il finit par s'apercevoir qu'elle ne répondait plus à ses caresses. Il fit retomber ses mains, et une fois de plus pressa son front contre le sien.

— Sher ?

— Je t'aime. Je crois que je t'aime depuis longtemps.

Elle sentit son corps se contracter sous le choc. Il retint son souffle. Pendant quelques secondes, le temps sembla s'arrêter. Puis Brandon se détendit, soupira et ferma les yeux.

— Sher...

Elle ne le laissa pas aller plus loin, plaquant les mains contre sa bouche. Et elle s'entendit dire une chose incroyable.

— Je serai ta maîtresse, Brandon. L'amour que je ressens pour toi est plus important que tout. Et même si nous avons des enfants...

Il crispa les doigts sur ses hanches quand elle prononça ces mots. Elle comprit sa réaction, car à la seule pensée de porter ses enfants, son cœur se gonfla de bonheur.

— Si nous avons des enfants, je les élèverai avec amour. Ils ne manqueront jamais de rien.

Elle lui caressa la joue, mais il ne dit rien. Son regard était sombre et intense.

— Nos enfants auront assez d'argent pour faire ce qui leur plaira, ajouta-t-elle. Kit avait raison, mais il ne voyait pas ce que tu vois, toi. Le monde est vaste. Nos enfants auront un avenir devant eux, même si ce n'est pas dans l'aristocratie anglaise. Qu'ils soient illégitimes ne fera aucune différence...

— Cela fait une différence, rectifia-t-il d'une voix sourde.

— Alors, nous n'en aurons pas, répondit-elle, le cœur lourd à cette idée. Mais je t'aurai, et j'aurai ton amour.

— Est-ce que ce sera suffisant ?

— Oui. Pendant tout ce temps, j'ai cru que le problème c'était le fait de ne pas être respectable. Les journées grises, le désespoir, je pensais que c'était parce que j'étais exclue du monde. Quelle idiote ! Ce n'était pas ça du tout.

— Dis-moi. Que puis-je faire ?

— Rien de plus ! Ce qui me manquait, c'était l'amour, Brandon ! Avec toi, je n'aurai plus peur. La vie est pleine d'espoir, et tu...

— Tu as chassé le désespoir.

— Non, pas moi. Nous deux. Notre amour !

Leurs lèvres s'unirent, mais Brandon ne laissa pas leur baiser se prolonger. Il s'écarta.

— Cela ne me suffit pas. Je trouverai un moyen, Sher. Un moyen d'aider Channa et de te faire mener une vie honorable. Je te le promets.

Ce n'était pas un mariage, la promesse n'était pas faite à l'église, mais cela lui suffisait. Cette fois, ils échangèrent un baiser passionné, sans aucune réserve.

Elle fut rapidement débarrassée de sa robe, dont Brandon défit les boutons sans cesser de l'embrasser. Quand elle recula pour la faire glisser, il prit le temps d'arracher sa cravate. Sa chemise vint ensuite. Puis il lui prit le visage à deux mains, haletant.

— Il faut un lit...

— Cela m'est égal.

— Tu auras un mariage à l'église, avec tous tes amis.

— Ça m'est égal aussi.

— Il faut procéder avec lenteur, avec tendresse...

Quand elle glissa une main sous la ceinture de son pantalon pour le toucher, il étouffa un cri de plaisir.

— Je te veux maintenant. Vite, ajouta-t-elle.

Les pupilles de Brandon se dilatèrent, mais il esquissa un sourire.

— Très bien, Sher. Tes désirs sont des ordres.

Sur ces mots, il repoussa sa main et se débarrassa de ses vêtements en un clin d'œil. Elle recula pour le regarder se déshabiller dans la lueur dorée des chandelles. Ses yeux exprimaient sa passion. Quelle différence avec l'homme qui était venu l'attendre devant sa chambre plusieurs jours auparavant ! Cet homme-ci envisageait l'avenir, et un amour au long cours.

Elle croyait qu'il allait venir vers elle, mais il n'en fit rien. Il alla prendre une couverture sur le canapé et l'étendit devant le feu. Puis il rajouta l'oreiller.

— Votre lit, madame.

— Non, dit-elle en se lovant dans ses bras. Je veux m'allonger sur toi.

Souriant, il glissa les mains sous sa chemise de lin.

— Je pense que c'est possible, affirma-t-il.

Ses doigts étaient chauds, mais la caresse la fit frissonner. Il fit passer la chemise par-dessus sa tête, lui effleurant les seins au passage. Elle finit d'ôter elle-même le vêtement, et il se pencha pour prendre un mamelon entre ses lèvres.

Sher sentit ses jambes se dérober. Elle lui agrippa les épaules pour conserver l'équilibre, mais il l'enlaça aussitôt, pour l'allonger sur leur lit de fortune. Quand elle fut sur le dos, il la caressa de la tête aux pieds.

Ses seins, son ventre, ses hanches... Elle serra les poings sur la couverture, se cambrant sous lui, lorsqu'il lui taquina la pointe des seins du bout de la langue. Elle voulut l'attirer vers elle pour l'embrasser, mais il la repoussa avec fermeté.

— Laisse-moi faire, ordonna-t-il en faisant descendre ses lèvres sur son ventre.

Ses doigts effleurèrent sa toison brune avant de se glisser profondément en elle, la faisant onduler de plaisir. Son pouce passa une fois, puis deux, sur la clé de son plaisir, puis sa langue se pressa au même endroit. Elle s'agita, éperdue. Mais c'était lui, qu'elle voulait. Elle voulait le sentir en elle.

— Brandon ! Oh, Brandon, je t'en prie !

Elle n'aurait su dire s'il la comprenait. Mais avant qu'elle soit emportée par la jouissance, il abandonna le lieu secret de sa féminité et lui embrassa les cuisses, l'une après l'autre, faisant glisser ses bas le long de ses jambes. Puis il les roula sur ses chevilles et les lui ôta prestement.

Soudain, il s'arrêta et s'agenouilla devant ses jambes ouvertes.

— Je ne me lasserai jamais de te regarder ainsi.

Son regard brûlant balaya tout. Sa gêne, sa honte, et aussi toutes ses pensées cohérentes.

— Je t'aime, dit-elle.

La passion assombrit son regard, ses reins s'embrasèrent, mais il ne fit pas ce qu'elle attendait. Son regard se porta vers son bureau. La pièce était si exiguë, qu'il n'eut pas besoin de se lever pour ouvrir un tiroir. Il fouilla un instant à l'intérieur, du bout des doigts, et en sortit un préservatif.

— Cela empêchera que tu sois enceinte, expliqua-t-il. C'est un...

— Je sais ce que c'est.

Elle avait été élevée parmi les prostituées, après tout.

— Merci, ajouta-t-elle en s'asseyant pour l'embrasser.

— Je m'en servirai toujours. Jusqu'à ce que nous soyons sûrs.

Elle se laissa retomber sur le dos en souriant, le ramenant vers elle.

— Je suis sûre... de te désirer.

Elle noua les bras autour de son cou et il se hissa au-dessus d'elle, prenant appui sur les coudes. Il pénétra en elle, et elle se cambra pour l'accueillir.

La sensation était merveilleuse. Elle serra les jambes sur lui, s'efforçant de l'attirer plus profondément en elle.

— Tu es prête ? chuchota-t-il.

Elle répondit d'un battement de paupières. Il ne bougea pas tout de suite, l'embrassant tout d'abord avec une passion mal contenue. Puis il s'enfonça dans sa chaleur.

Oh ! Elle n'avait jamais été aussi bien. Il se retira légèrement, et elle poussa un gémissement de protestation.

Puis il revint.

Ses mouvements se firent plus rapides, et elle se pressa contre lui. Ils étaient avides, haletants. Le plaisir grandit, se répandit... et ils basculèrent dans une explosion de tous leurs sens.

Brandon poussa un cri, mais il ne ferma pas les yeux. Sher non plus. Ils sombrèrent ensemble dans l'océan qui les engouffra.

25

La semaine s'écoula comme s'ils avaient vécu hors du temps. Mais pour Sher, ce moment entre parenthèses semblait plus réel que sa vie habituelle. Curieusement, tout paraissait facile. Une fois qu'elle eut admis son amour pour Brandon, le reste se déroula le plus naturellement du monde. Le personnel la traitait avec respect, exécutant avec zèle ses ordres lorsqu'elle en donnait. L'état de Channa continuait de s'améliorer, tant que Brandon ne s'approchait pas d'elle. Elle rêvait de retourner en Inde, et des chants indiens s'échappaient fréquemment de la chambre principale. Brandon passait ses matinées dans la bibliothèque à faire sa correspondance. Ses après-midi et surtout ses nuits étaient consacrés à Sher. Il riait de plus en plus souvent. Chaque jour.

Lorsque le moment arriva de préparer ses bagages pour retourner à Londres, Sher s'aperçut qu'elle était totalement amoureuse de Brandon. Elle était heureuse d'être sa maîtresse et avait le sentiment d'avoir pris la bonne décision. Ils passaient ensemble des moments tendres, excitants, incroyablement érotiques. Un pur bonheur. Mais maintenant... il fallait qu'elle rentre seule à Londres. Brandon allait rester pour régler tous les détails concernant son épouse. Il n'était pas sûr de bien connaître la législation, mais il promit à Sher de lui dire le plus vite possible ce qu'il en était. La veille, ils avaient fait l'amour une dernière fois sur le tapis, devant la cheminée de la bibliothèque, et maintenant... il fallait qu'elle s'en aille.

Elle dormit pendant tout le trajet. Les longues nuits sans sommeil finirent par avoir raison de sa résistance, et elle ferma les yeux dès que la voiture s'ébranla. Quand elle se réveilla, elle se trouvait devant le théâtre et toute la troupe était rassemblée pour lui souhaiter la bienvenue. À peine eut-elle mis pied à terre, que sa vie normale reprit son cours. Elle redevint lady Sher. Elle replongea avec une incroyable facilité dans le monde des costumes, des spectacles, des commérages, du foyer. Mais au fond de son cœur, elle éprouvait un immense bonheur à l'idée qu'elle était aimée. Cela faisait toute la différence.

Cet état de félicité dura une semaine. La deuxième semaine, des doutes commencèrent de s'insinuer dans son cœur.

Quelques jours plus tard, elle était en proie au désespoir. Brandon n'était pas venu la voir. Elle avait reçu des lettres, bien sûr. De petites notes brèves, qui reflétaient la frustration de leur auteur. La communication avec l'Inde était impossible, écrivait-il. Son banquier était obtus. Il mourait d'envie de la rejoindre, mais il faudrait attendre encore plusieurs jours pour se retrouver. Il signait de la lettre « B ».

Sher savait que Brandon avait du mal à exprimer ses sentiments. Et ceux-ci n'étaient pas de ceux que l'on transcrivait facilement sur le papier. Cependant, cela faisait deux semaines qu'elle ne l'avait pas vu, et cette séparation la rendait folle. Avait-elle vécu un rêve pendant une semaine ? Ce rêve allait-il s'évanouir maintenant qu'elle était revenue à Londres ? Comment était-il possible qu'elle soit au désespoir, en si peu de temps ?

Ses lettres étaient aussi creuses que celles de Brandon. Les détails sans importance y étaient abondants, mais elles ne contenaient rien de concret. Son message était toujours le même : « Je ne suis rien sans toi, quand te reverrai-je ? »

Trois semaines après son retour, l'éternel nuage gris qui enveloppait lady Sher avait réapparu. La morosité qui la poursuivait depuis son enfance s'était évaporée quelque temps, mais à présent elle s'accrochait à elle, plus fort que jamais.

Elle se rendait dans le foyer, après une représentation. Un brouhaha résonnait dans le hall, signe que les affaires marchaient bien. Ses gestes étaient vifs et précis, et elle comptait mentalement les entrées. Mais ce n'était qu'une partie de son existence. Son esprit était entièrement occupé par Brandon.

Aussi, quand un homme surgit de nulle part et la poussa contre le mur, ne fit-elle pas un geste pour se défendre. En une fraction de seconde, elle eut reconnu le parfum mentholé de son haleine. Elle se figea, et son esprit s'envola.

— Brandon, chuchota-t-elle.

— Sher...

Ils s'embrassèrent avec fougue, protégés par le large manteau noir de Brandon. Soudain, elle se sentit de nouveau merveilleusement vivante.

Il s'arrêta pour reprendre son souffle. Ils étaient haletants dans l'obscurité, front contre front, enveloppés d'un parfum de menthe.

— Je ne pouvais pas rester loin de toi plus longtemps.

— Cette attente m'a rendue folle. Tu vas rester ?

— C'est très compliqué, avoua-t-il dans un soupir.

Son cœur sombra, et elle s'accrocha à lui. Il la serra entre ses bras.

— J'ai quelque chose à te demander, Sher. Quelque chose dont on ne peut pas parler au milieu du couloir.

— Rejoins-moi dans ma chambre. Dans une heure, je remonterai du foyer et...

— Je veux t'emmener en voiture. Je viendrai te chercher demain. Cela te convient ?

— Bien sûr, mais...

— À demain.

Il l'embrassa longuement, puis elle entendit le pas de Seth dans le corridor.

— Brandon...

— Demain, chuchota-t-il avant de disparaître.

Sher apporta un soin particulier à sa toilette. Elle revêtit la robe verte qui plaisait à Brandon et laissa de côté le maquillage qu'il n'aimait pas. Puis elle se mit à arpenter le foyer en l'attendant. La salle était vide, ce qu'elle trouva étrange. Où étaient-ils tous passés ? Elle tendit l'oreille mais ne capta aucun bruit. Cela n'avait rien d'anormal, au milieu de l'après-midi, mais tout de même.

Puis elle entendit ses pas. Les mains croisées, elle regarda la porte s'ouvrir. Il apparut et elle eut le souffle coupé. Il était vêtu avec une recherche exceptionnelle ! Costume noir, chemise de lin blanc, et une cravate verte parfaitement assortie à sa robe. Son sourire était éclatant. Elle fut dans ses bras avant qu'il ait relâché la porte.

— Tu es merveilleux !

Fallait-il vraiment qu'ils aillent se promener ? Ne pouvaient-ils plutôt monter directement dans sa chambre ?

— Tu es superbe, dit-il en pressant les lèvres contre les siennes. Absolument magnifique.

Puis il la contempla, les yeux assombris par le désir. Elle était sur le point de suggérer de renoncer à leur promenade, quand il pivota sur lui-même.

— Allons ! Ma voiture est devant la porte, et si nous ne partons pas tout de suite je ne pourrai plus le faire.

— Est-ce si important ?

Il marqua une pause et la considéra avec gravité.

— J'ai quelque chose à te demander, et je ne me laisserai pas détourner.

— Très bien, répondit-elle, vaguement inquiète. Comme tu voudras.

Avant qu'elle ait pu poser davantage de questions, il l'entraîna dans le hall. Elle le suivit, l'esprit en ébullition, mais ne dit rien. Toutefois, elle eut le temps de constater autre chose. Le théâtre était vide. Complètement vide.

— Où sont-ils tous passés ? murmura-t-elle.

— Mmm ?

Il ouvrit les portes et elle vit Hank, souriant, qui tenait les chevaux par la bride. Il avait un nouvel uniforme, son visage était propre, ses cheveux coupés court.

— Comme tu es beau, Hank ! s'exclama-t-elle.

Le garçon s'inclina poliment.

— Merci, mademoiselle.

Elle hocha la tête d'un air approbateur et grimpa dans le phaéton de Brandon.

— Je ne me lasserai jamais de cette voiture.

— Alors, je ne la vendrai jamais.

Brandon saisit les rênes, et, un instant plus tard ils déambulaient dans les rues de Londres, prenant une rue parallèle à Hyde Park. Sher fut soulagée qu'il ne veuille pas l'exhiber devant toute la haute société. Elle n'avait pas envie de gâcher sa journée avec ces snobs.

— Comment va Channa ? Le Dr Dandin est-il toujours à son chevet ?

Il mit un moment à répondre, manœuvrant habilement les chevaux dans la circulation. Quand ils se retrouvèrent dans une allée à l'écart des grandes artères, il reporta son attention sur elle.

— Channa est partie hier matin en Inde avec Mme Dandin. Le docteur a quitté l'Angleterre il y a plus d'une semaine. Il va ouvrir un hôpital là-bas, Sher. Un endroit où il pourra soigner des malades comme Channa.

— Cela a dû être dur pour toi, Brandon. Mais je pense que c'était la meilleure solution pour elle.

Brandon haussa les sourcils.

— Ce n'était pas dur du tout. Je crois que j'ai trouvé le moyen d'agir honorablement, et d'assurer le bien-être et le confort de Channa.

Elle attendit en silence, sachant qu'il finirait par lui expliquer.

— J'ai donné toute ma fortune, Sher. La plus grande partie à Channa. Ce sera sa dot si elle décide de se marier, et l'autre partie au Dr Dandin pour fonder son hôpital. Si j'avais pu lui donner aussi mon titre je l'aurais fait, mais cela ne lui servirait à rien. Donc, tout l'argent de la Compagnie des Indes a été partagé entre Channa et le Dr Dandin.

Sher s'absorba dans ses réflexions, et ils gardèrent un moment le silence.

— Elle pourra se remarier ? demanda-t-elle.

— Les démarches sont compliquées, mais le Dr Dandin pense que c'est la meilleure solution. Elle est toujours vierge. Personne ne saura qu'elle a déjà été mariée, si elle ne le dit pas. Elle a tout l'argent nécessaire pour mener une vie indépendante, mais si un jour elle tombe amoureuse…

— Le Dr Dandin veillera sur elle. C'est un homme bon.

— De toute façon, je garderai moi aussi un œil sur elle. J'ai de bons amis en Inde, et je me sens encore responsable.

— C'est une solution très honorable, dit Sher en lui prenant la main.

— Honorable ou pas, c'était le seul choix. Cela lui donne une nouvelle chance, et me laisse libre de vivre avec toi.

Il arrêta les chevaux dans un quartier chic que Sher connaissait à peine. Puis il se tourna pour lui prendre la main.

— Aimerais-tu faire quelques pas ?

— Bien sûr.

Elle l'aurait suivi n'importe où. Il passa les rênes à Hank avec un clin d'œil complice, et sauta à terre. Le sourire radieux du gamin intrigua Sher.

— Par là, dit Brandon en l'entraînant dans une allée verdoyante.

Il régla son pas sur le sien. Ses manières étaient détendues, mais elle sentait une anxiété sourde chez lui. Pourquoi était-il aussi nerveux ?

— Qu'y a-t-il, Brandon ? finit-elle par demander.

— Sher, je n'ai plus un sou vaillant. J'ai gardé le manoir de Pottersfarm, mais je ne dispose pas de fonds pour l'entretenir. J'ai fait quelques travaux de rénovation au cours des deux dernières années, mais je n'ai plus de revenus. Je n'ai rien, conclut-il avec désinvolture.

— Mais tu es toi, et cela me suffit.

— Tu en es sûre ?

— Absolument.

Elle se haussa sur la pointe des pieds, et l'embrassa. Il l'aimait, c'était le seul trésor qui comptait pour elle.

Alors qu'elle s'écartait, elle éprouva un choc en le voyant tomber à genoux devant elle. Il lui tenait toujours la main, et sortit un document et un petit coffret en velours de sa poche.

— J'ai obtenu une licence spéciale, Sher. Si tu acceptes d'épouser un aristocrate sans le sou, nous pouvons nous marier immédiatement.

Il ouvrit le coffret, révélant une modeste bague.

— J'ai gardé la même somme d'argent dont je disposais avant mon voyage en Inde. Je m'en suis servi pour acheter ce bijou. Je t'en offrirai une plus belle un jour, mais en attendant je ne pouvais pas faire mieux. Sheherazade Martin, me ferez-vous l'immense honneur de devenir ma femme ?

Elle avait la gorge trop nouée pour répondre. Il lui offrait ce qu'elle avait toujours désiré. Un homme qui l'aimait. Elle avait déjà tout ce dont elle avait besoin, et la bonne société ne l'intéressait pas. Tout ce qui comptait, c'était l'amour qu'elle voyait dans ses yeux.

Sans un mot, elle ôta son gant pour qu'il puisse lui passer la bague au doigt. Puis elle l'embrassa.

— Je t'aime, chuchota-t-elle avant que leurs lèvres s'effleurent.

— J'ai une surprise pour toi, Sher.

Elle lui emboîta le pas, étourdie par les pensées qui tourbillonnaient dans sa tête. Elle allait devenir la femme de Brandon. Rien ne pouvait lui faire plus plaisir. Rien... Et soudain, elle se rendit compte que leurs pas les menaient vers la cathédrale St James.

— Brandon ?

— Tout le monde est là. Nous pouvons être mariés sur-le-champ, si tu veux. Sans que la haute société essaye de nous en empêcher.

— Ils n'y parviendraient pas, de toute façon, répliqua-t-elle en souriant.

Les portes de l'église s'ouvrirent toutes grandes et elle vit les gens à l'intérieur se retourner. Toute la troupe était là ! Ils l'attendaient, Brandon et elle. De l'autre côté de l'allée, se trouvaient quelques dames et des gentlemen, parmi lesquels William Wilberforce, le défenseur des esclaves d'Amérique. Apparemment, Brandon avait encore des amis prêts à le soutenir, quelle que soit l'épouse qu'il choisissait.

— Tu avais tout prévu à l'avance. Tu étais sûr de ma réponse, n'est-ce pas ?

— J'espérais. Je priais. Oui, j'étais presque sûr.

— Je t'aime, Brandon.

— Et moi aussi, je t'aime.

Il lui prit la main, et ils avancèrent ensemble dans l'église.

Épilogue

Kit poussa un grognement en sentant le monde basculer autour de lui avec un bruit d'eau.

De l'eau ?

Il ouvrit les yeux et attendit impatiemment que les ombres se précisent. Mais ce qu'il vit alors n'avait aucun sens. Une chambre tout en bois. Un hublot. Sans parler du bruit, sur le côté.

Il était donc dans un bateau ? Mais pourquoi ? Tout ce qu'il se rappelait, c'était qu'il avait été transporté du théâtre jusque chez Michael. Puis il avait plongé pendant un temps infini dans un état de souffrance et d'égarement. Jusqu'à maintenant. Comment avait-il embarqué sur ce bateau ?

Il ferma les yeux, s'efforçant de rassembler ses souvenirs. Des images décousues défilèrent dans son esprit. Il revit Michael debout près de son lit. La lumière entrait par le hublot, donc la scène s'était déroulée ici. Dans cette chambre. Qu'avait-il dit, déjà ?

— C'est pour ton bien, Kit. Un homme peut faire fortune dans les colonies. Tu verras. Tu ne le regretteras pas.

Kit écarquilla les yeux, et un sentiment de terreur le poussa à se lever. Ses muscles endoloris se crispèrent. Il avait mal partout ! Combien de temps avait-il dormi ?

Il se dirigea en trébuchant vers le hublot et pressa le visage contre la vitre. Il vit de l'eau. Beaucoup d'eau. Et rien d'autre.

Il n'avait donc pas rêvé. Ses jambes se dérobèrent et il s'affala sur le sol. Il n'était pas seulement dans un bateau. Il était au milieu de l'océan.

En route pour ces maudites colonies !

Découvrez les prochaines nouveautés
des différentes collections J'ai lu pour elle

AVENTURES
& PASSIONS

Le 3 avril

Inédit

Aimer encore ❧ **Carolyn Jewel**

Le scandaleux comte de Banallt est un séducteur né, qui attire toutes les femmes dans son lit. Toutes, hormis Sophie Evans. Mariée à un libertin notoire, désabusée, elle l'éconduit. Mais tenir tête à Banallt est un jeu dangereux... Quatre ans plus tard, quand Sophie devient veuve, Banallt se jure de conquérir celle qu'il désire depuis bien trop longtemps.

Inédit

Les trois grâces - 2 -Possédé par la grâce ❧ **Jennifer Blake**

Angleterre, 1486. Victime d'une malédiction qui causerait la mort de son futur époux, lady Catherine Milton a abandonné l'espoir de se marier. Le roi, lui, en a décidé autrement et lui intime l'ordre de séduire l'Écossais Ross Dunbar. De fait, Ross tombe aussitôt sous le charme de la belle. Et réciproquement. Mais Catherine doit se rendre à l'évidence : si elle succombe à son amour pour Ross, il en mourra...

Inédit

Pacte sensuel ❧ **Cecilia Grant**

Veuve depuis peu, Martha Russell doit à tout prix protéger son domaine des griffes de son détestable beau-frère. Et pour garder ses terres, il lui faut un héritier. Forte de cette idée lumineuse, elle propose un marché à son voisin, le scandaleux et débauché Theophilus Mirkwood : un mois de passion en échange d'une rémunération...

La fiancée offerte ☙ **Julie Garwood**
Au vainqueur du tournoi, le roi a promis la main de lady Nicholaa. Alors que la belle captive s'avance parmi la foule, elle commet un acte de bravoure en sauvant des flammes une enfant. Devant l'assemblée pétrifiée, le roi, ému par un tel courage, propose alors à la jeune femme de choisir elle-même un prétendant. Voilà pour elle l'occasion idéale de se venger de Royce, de ses humiliations et de ses caresses osées...

Le 17 avril

Inédit ***Les McCabe - 2 -La séduction du Highlander***
☙ **Maya Banks**
Dans l'Écosse du Moyen Âge, les mœurs sont parfois impitoyables. Rejetée par les membres de son clan, Keeley McDonald a été trahie par tous ceux qu'elle aimait. Pourtant, son cœur est pur et noble. Aussi, quand elle aperçoit un guerrier entre la vie et la mort, elle le recueille, le soigne, puis succombe à la tentation. Caresses exquises, étreintes passionnées, le bel Highlander l'ensorcèle. Et lui fait courir un immense danger...

Les Highlanders du Nouveau Monde - 2 -Fidèle à son clan
☙ **Pamela Clare**
1759. Quand Morgan McKinnon, le chef d'un bataillon de soldats sanguinaires, tombe aux mains des Français, il est voué à une mort atroce. Car ces derniers vont le livrer aux Abénaquis. Or, dans un premier temps, le prisonnier est confié à la pupille du commandant du fort. Contre toute attente, Amalie sent son cœur vaciller pour ce barbare sans foi ni loi...

Des roses pour le dire ☙ **Jacquie d'Alessandro**
Alors qu'il se rend à son pavillon de chasse pour quelques jours de repos, Stephen Barrett tombe dans un traquenard. Il parvient à échapper à ses agresseurs mais après une chute de cheval, il perd connaissance. À son réveil, une ravissante jeune femme est à son chevet. Troublé par la beauté de Hayley, Stephen, huitième marquis de Glenfield, préfère dissimuler son identité...

Le 3 avril

PROMESSES

Inédit

Destiny* - 2 - *À l'ombre des pommiers **Toni Blake**

Rachel Farris revient à Destiny avec un objectif en tête : faire déguerpir Mike Romo qui veut s'approprier la pommeraie familiale. Or Mike est intraitable sur le sujet, persuadé que les terres lui ont été spoliées des années plus tôt. S'engage alors un bras de fer des plus intenses entre la jeune femme et le séduisant policier.

Inédit

Toi, mon héros **Laura Kaye**

Quand Alyssa Scott comprend que Marco Vieri travaille dans le bar où elle vient d'accepter un job, elle manque défaillir. Le meilleur ami de son grand frère est encore plus beau qu'avant, mais bien plus sombre aussi. Et si par le passé l'ex-soldat l'a protégée d'un père violent, c'est à elle aujourd'hui de délivrer Marco de ses démons...

Passion intense

Des romans légers et coquins

Le 17 avril

Une lady nommée Passion **Lisa Valdez**
Quel est cet inconnu qui, profitant d'une bousculade au Crystal Palace, a enlacé audacieusement Passion et réveillé la sensualité de cette veuve respectable ? Comment ose-t-il, ici, au beau milieu d'honnêtes gens ? Tourmentée par le désir, persuadée qu'elle ne le reverra jamais, Passion se donne à lui. Et bientôt, elle se découvre esclave de celui dont elle ne connaît que le prénom. Mark...

Inédit ***Carrément dingue de toi*** **Erin McCarthy**
Quand le coureur automobile Ryder Jefferson réalise qu'il est encore marié à Suzanne, il est à la fois fou de rage… et de joie. Cela fait deux ans qu'ils sont séparés mais le divorce n'a jamais été effectif ! Ce malentendu ne serait-il pas l'occasion pour Ryder de reconquérir celle qu'il aime toujours ? En employant, par exemple, leur plus grand point commun : le sexe...

10248

Composition
FACOMPO

Achevé d'imprimer en Italie
par GRAFICA VENETA
Le 20 février 2013

Dépôt légal : février 2013
EAN 9782290058411
L21EPSN000986N001

ÉDITIONS J'AI LU
87, quai Panhard-et-Levassor, 75013 Paris

Diffusion France et étranger : Flammarion